BAGGERS MIT KRAUT

Petra Kirsch ist promovierte Literaturwissenschaftlerin. Nach ihrem Studium in München war die gebürtige Oberbayerin zunächst als Lokalreporterin und Redakteurin bei Presse und Funk tätig, schließlich als Textchefin und Pressesprecherin. Derzeit lebt die Autorin in Nürnberg.

Dieses Buch ist ein Roman. Handlungen und Personen sind frei erfunden. Ähnlichkeiten mit lebenden oder toten Personen sind nicht gewollt und rein zufällig.

PETRA KIRSCH

BAGGERS MIT KRAUT

Franken Krimi

emons:

Lust auf mehr? Laden Sie sich die »LChoice«-App runter, scannen Sie den QR-Code und bestellen Sie weitere Bücher direkt in Ihrer Buchhandlung.

Bibliografische Information der Deutschen Nationalbibliothek
Die Deutsche Nationalbibliothek verzeichnet diese Publikation in der Deutschen Nationalbibliografie; detaillierte bibliografische Daten sind im Internet über http://dnb.d-nb.de abrufbar.

MIX
Papier aus verantwortungsvollen Quellen
FSC® C083411

Umschlagmotiv: iStockphoto.com/TomekD76
Umschlaggestaltung: Nina Schäfer, nach einem Konzept von Leonardo Magrelli und Nina Schäfer
Umsetzung: Tobias Doetsch
Gestaltung Innenteil: César Satz & Grafik GmbH, Köln
Lektorat: Hilla Czinczoll
Druck und Bindung: CPI – Clausen & Bosse, Leck
Printed in Germany 2019
ISBN 978-3-7408-0646-0
Franken Krimi
Originalausgabe

Für Doris Schindler

Gott erhalte uns die Freundschaft.
Man möchte beinah glauben, man sei nicht allein.
Kurt Tucholsky

Prolog

Er stellte sich an den vereinbarten Platz, genau dahin, wo man ihn einbestellt hatte – an die Kreuzung der Zerzabelshofer Hauptstraße zur Urbanstraße. Vor einunddreißig Jahren war er das letzte Mal in Zabo gewesen. Und seitdem hatte sich in diesem Stadtteil doch einiges verändert. Und das nicht zu dessen Vorteil. Keine Menschenseele auf den Straßen, dafür überall Reste von Wohlstandsmüll auf dem Trottoir. Eine Kleinstadtwelt, so schäbig wie einsam.

Es roch nach billigem Fett, es war dunkel, totenstill – sein Atem war das Einzige, was er hören konnte – und bitterkalt. Einer von diesen kältestarren Wintertagen, wie er sie aus seiner Jugend kannte und wie sie in den letzten Jahrzehnten so selten geworden waren. Der Frost fuhr ihm in die Glieder, sodass er sich mit beiden Händen auf den Stock stützen musste, um nicht ins Wanken zu kommen.

Er sog die eisige Luft durch die Nase ein und blies sie durch den Mund wieder aus. Dann tastete er vorsichtig nach der linken Mantelinnentasche. Alles gut, der Umschlag war noch da. Angst bringt einen nicht weiter, Angst kann tödlich sein. Er aber hatte keine Angst, nein, nicht die geringste. Doch vielleicht hätte er dem Taxifahrer sagen sollen, dass … Eine Andeutung zumindest … Es war leichtfertig von ihm gewesen, diesem telefonischen Lockruf so bedingungslos zu folgen. Am liebsten hätte er jetzt einen Rückzieher gemacht. Doch dazu war es zu spät.

Nach einer endlos langen Viertelstunde war ihm, als würde es in diesem Schattenreich mit seiner albernen energiesparenden Straßenbeleuchtung endlich heller. Links neben ihm blitzte ein Licht auf. Es rückte langsam näher, dann blieb es auf einmal stehen. Er sah einen roten Kleinwagen, so rot wie frisches Blut, mit eingeschaltetem Fernlicht. Ein Gesicht hinter dem Steuer konnte er nicht erkennen. Er trat an die Bordsteinkante und hob den Stock hoch. Da gab das gleißende Licht Gas und raste direkt auf ihn zu. Wie ein wildes Tier, das zum Sprung auf seine Beute ansetzt. Die Blendgranate explodierte mitten in seiner Brust und vergrub ihn augenblicklich in der Schwärze der Nacht.

EINS

Still und starr, mit geschlossenen Augen, lag er im Bett. Die Hände hatte er hinter dem Kopf verschränkt und lauschte dem Ticken des Weckers. Wartete, bis dieser endlich klingeln würde. Er hatte ihn gestern Abend auf Punkt sechs Uhr gestellt. Und das, obwohl er seit fünf Jahren jeden Tag, werktags genauso wie am Wochenende, von selbst aufwachte. Immer zur gleichen Zeit, immer um sechs Uhr. Spätestens. Er brauchte keinen Wecker. Heute aber traute er diesem Automatismus nicht, heute wollte er auf Nummer sicher gehen. Da durfte er nichts dem Zufall überlassen.

Es war der elfte Oktober. Und wie hatte er ihn herbeigesehnt, diesen Dienstag, von dem er sich so viel versprach. In erster Linie wieder eine Aufgabe, ein Ziel. Oder einen Sinn in seinem Leben, was ja jetzt groß in aller Munde war, wovon er aber nicht hätte sagen können, was genau das sein sollte – der Sinn des Lebens. Auf jeden Fall konnte er ab heute eine Beschäftigung vorweisen, die nicht nur auf ihn Eindruck machte, sondern auch auf alle anderen. Da war er sich absolut sicher. Auch weil ihr so gar nichts Freizeitmäßiges, Vergnügliches und damit Überflüssiges anhaftete. Und endlich, endlich wieder eine feste Struktur im Alltag, der er sich fügen konnte und die seinem bisherigen Trott das Vermanschte, das zweckfreie Dahinplätschern nehmen würde.

Es gab Tage, da musste er nach dem Aufwachen eine Weile überlegen, um zu wissen, welcher Wochentag heute war. So etwas wäre ihm früher nie passiert. Nie! Für ihn war so etwas höchst bedenklich, der Anfang vom Ende eines höchst bedenklichen Sich-treiben-Lassens. Er wollte nicht verlottern, er wollte weiterhin rege sein und aktiv am Leben teilnehmen, auch am gesellschaftlichen.

Aber mit den Schludrigkeiten war jetzt gottlob Schluss. In seiner Vorstellung würde heute vieles anders, ja besser werden.

Für ihn begann heute ein neuer Abschnitt, einer, auf den er sich lange gefreut hatte.

Günther Gebhardt war jetzt achtundsechzig. Und seit fünf Jahren Rentner. Die ersten Monate hatte ihm der Ruhestand sogar gefallen, zumindest ein wenig. Zweimal in der Woche fuhr er jetzt ins Schwimmbad, immer am Dienstag- und Freitagvormittag. Immer ins Südstadtbad. Zu einer Zeit, wenn seine ehemaligen Kollegen schon mehrere Stunden gebückt über ihrer Arbeit saßen. Im Gegensatz zu ihnen konnte er sich jetzt so etwas leisten. Es ging ihm dabei weniger um die sportliche Betätigung. Es war vielmehr dieses erhebende Gefühl danach, eine Leistung erbracht zu haben, eine, zu der nicht jeder Rentner willens und fähig war.

Am größten aber war sein Glücksgefühl, wenn er es hinter sich hatte, wenn er aus dem Wasser steigen und sich wieder auf den Heimweg machen konnte. Dann fühlte er sich seinem zähen Alltag, dieser ewig rotierenden Wiederholung von vergeblichen Verrichtungen, nicht mehr so ausgeliefert.

Und als dann noch Erika starb, mit gerade einmal einundsechzig, da war es mit dem schönen Leben im Ruhestand ganz vorbei gewesen. Von einem Tag zum andern. Seitdem kämpfte er mehr schlecht als recht gegen die Ödnis seines Lebens an. Was für ein bitteres Gefühl, ganz und gar überflüssig zu sein und von niemandem mehr gebraucht zu werden!

Endlich klingelte der Wecker. Er schaltete ihn aus, sprang aus dem Bett, schlupfte in die akkurat parallel ausgerichteten Hausschuhe vor dem Nachtkästchen und ging ins Bad. Frische Unterwäsche, sein weiß-blau kariertes Hemd und die schwarze, gebügelte Jeans hatte er gestern Abend schon zurechtgelegt. Er hatte lange überlegt, ob er besser die graue Stoffhose anziehen sollte. Dem Anlass wäre es angemessener gewesen. Aber dann hatte er sich doch für die Jeans entschieden. Eine perfekte Wahl, denn zumindest in der Farbe zeigte er damit eine sinnfällige Verbundenheit zu dem Mann, der heute der Wichtigste im Saal sein würde.

Bevor er nach unten ging, um die Zeitung aus dem Briefkasten zu holen, setzte er die Kaffeemaschine in Gang. Er war stets bemüht, so effektiv wie möglich zu handeln, keine Zeit unnötig zu vertrödeln. Obwohl er, darüber war er sich durchaus bewusst, ja jetzt so viel davon übrig hatte. Er konnte eben nicht anders. So hatte er es sein ganzes Leben gehandhabt, und er sah auch nicht ein, warum er dem Schlendrian nun im Alter Tor und Tür öffnen sollte.

Nach dem Frühstück schlug er erwartungsvoll die Zeitung auf. Aber nein, seine Sache wurde mit keinem Wort erwähnt. Das enttäuschte ihn. Schließlich handelte es sich um ein schweres Delikt. Ein tödlicher Verkehrsunfall mit Fahrerflucht war doch kein Pappenstiel. Er hatte schon erwartet, dass die Zeitung darüber berichtete, vorab und hinterher auch. Im Internet, da hatte er bereits gestern nachgesehen, stand auch nichts drin.

Nachdem er die Zeitung sorgfältig zusammengelegt und auf den Wohnzimmertisch platziert hatte, für die ausführliche Nachlese am Abend, wusch er unter kaltem Wasser das benutzte Geschirr in der Spüle ab. Die Tasse, die Kaffeekanne, das Messer und den Kaffeelöffel. Er fand das praktisch. So machte er es auch nach dem Abendessen. Erika hätte das nicht geduldet. Sie hatte immer darauf geachtet, alles zusammenkommen zu lassen, damit die Spülmaschine voll wurde, »damit es sich richtig rentierte«.

Er sah auf die Uhr. Erst sieben Uhr fünfzehn. Eine Stunde hatte er noch. Gut, dann machte er eben seinen täglichen Kontrollgang durch die Wohnung jetzt sofort und nicht wie sonst am Abend.

Zunächst das Kinderzimmer, das seit Karins Auszug vor knapp zwanzig Jahren als Gäste- und Arbeitszimmer diente, das aber für ihn nach wie vor »das Kinderzimmer« war. Und immer bleiben würde. Über dem Gästebett lag die Tagesdecke faltenlos auf, im Regal standen die Leitz-Ordner in Reih und Glied, und auch auf dem Schreibtisch war alles an seinem Platz. Nur die hauchdünne Staubschicht hinter dem Computer störte ihn. Darum würde er sich morgen kümmern müssen, an seinem arbeits- und schwimmbadfreien Tag.

Es folgte das Schlafzimmer, ein prüfender Rundumblick – auch hier war alles in Ordnung. Schließlich das Wohnzimmer. Obwohl er wusste, dass es hier nichts zu richten, mithin zu beanstanden gab – er hatte ja erst vor Kurzem die Zeitung auf den Couchtisch gelegt –, widmete er allen Gegenständen dieselbe Aufmerksamkeit. Er war mit dem Ergebnis seiner Visite zufrieden.

Dann die Küche, das Bad, das Klo, der Flur. Er wusste, dass dieser täglichen kleinlichen Leidenschaft etwas Schrullig-Verstiegenes anhaftete. Und genauso bewusst war ihm, dass er davon nicht lassen konnte. Nicht ohne fremde Hilfe. Er hatte es unzählige Male versucht, es ging einfach nicht. Aber warum sollte er auch davon lassen? Er schadete ja niemandem damit.

Er sah auf die Uhr. Es war jetzt acht Uhr fünfzehn. Er griff nach seinem Sakko, verstaute die Lesebrille, den Wohnungsschlüssel, das Portemonnaie, den kleinen Block mit der Spiralbindung, den Kugelschreiber mit der grünen Tinte und das amtliche Schreiben in den Jacketttaschen und verließ die Wohnung.

Unten vor dem Haus standen die drei Mülltonnen an der Bordsteinkante wie mit dem Lineal gezogen. Oh, das hatte er vergessen, dass heute, wie jeden Dienstag, die Müllabfuhr kam. Ein kurzer erneuter Blick auf die Uhr, dann kehrte er um, stieg hoch in seine Wohnung. Es blieb ihm noch genug Zeit. Acht Minuten später, und er schleuderte den halb leeren Müllbeutel in eine der Tonnen.

Jetzt aber hatte er es eilig. Zügig lief er die Hochstraße in der Rosenau entlang. Vorbei an den prächtig sanierten, großzügigen Bürgerhäusern mit ihren hübschen, gepflegten Vorgärten. Kurz darauf bog er links in die Roonstraße ab, um wenige Minuten später in die geschäftige Fürther Straße einzuschwenken.

Schließlich erreichte er seinen neuen Arbeitsplatz, das Landgericht Nürnberg-Fürth, den Justizpalast in der Fürther

Straße 110. Ein Eisengitter trennte den Bürgersteig von dem gepflasterten Innenhof. Gebhardt blieb stehen und blickte zu den zwei Flaggen, der deutschen wie der bayerischen, hoch, die beide im Wind knatterten.

Nachdem sich eine Gruppe japanischer Touristen – oder waren es chinesische? Das konnte er nie unterscheiden, für ihn sahen sie alle gleich aus – seitlich an ihm vorbeigedrängt hatte, trat er auf den Hof.

Und als er wenig später das Haupttor des Landgerichts Nürnberg-Fürth durchschritt, war Günther Gebhardt in gehobener, ja geradezu beschwingter Stimmung. Er war kein Tourist wie diese Japaner oder Chinesen, die sicher alle zu dem Schwurgerichtssaal 600 strömten, in dem nach Ende des Zweiten Weltkriegs die Nürnberger Prozesse stattfanden. Genauso wenig war er ein bloßer Zuhörer im Gerichtssaal, ein Mitglied des zur Passivität verdammten stummen Publikums. Nein, er war ab jetzt ein Teil der Nürnberger Justiz, jemand, der die Gerichtsverfahren tatkräftig beeinflussen und mitentscheiden durfte. Und auch jemand, der diese bedeutende Aufgabe so gut erfüllen wollte, wie es ihm eben möglich war. Lange genug vorbereitet hatte er sich ja auf seine neue Rolle.

ZWEI

Der freie Zugang zur mittelfränkischen Gerichtsbarkeit endete jäh hinter dem Haupteingang des Zentralbaus. Seit dem tödlichen Vorfall im Dachauer Amtsgericht, bei dem ein Angeklagter auf den Staatsanwalt geschossen hatte, ging es am Landgericht in der Fürther Straße zu wie auf dem Nürnberger Albrecht-Dürer-Flughafen. Mit Durchgangs- und Metalldetektoren, Gepäckdurchleuchtungsgeräten und Videokameras. Und einem für Gebhardts Dafürhalten reichlich überzogenen Personalaufwand für die Einlasskontrolle. So zählte er vor, neben und hinter dem silbrig glänzenden Torrahmen sieben Polizeibeamte.

Er musste fast eine Viertelstunde warten, bis man die Reisegruppe aus Fernost durchgelassen hatte. Schließlich kam er an die Reihe. Er zeigte die Ladung und den Personalausweis vor, dann durfte er passieren.

Auf dem Weg in den dritten Stock, unter weiß gekalkten Kreuzdeckengewölben, vorbei an stämmigen rot geäderten Marmorsäulen, blieb Gebhardt so manches Mal stehen, sah auf den winzigen Innenhof mit seinen alten Bäumen hinab oder bewunderte die zierlichen, golden gefassten Vignetten über den Türen, die in schnörkeliger Schrift die Sitzungssaalnummer aufzeigten. Im dritten Geschoss ein letzter Blick auf seine Armbanduhr. Er erschrak – nicht einmal mehr fünf Minuten bis zum offiziellen Verhandlungsbeginn. Und das ihm! Ihm, dem Pünktlichkeit als oberstes Gebot der Höflichkeit galt. Er hatte alles so perfekt durchgeplant. Wenn er nun zu spät kommen sollte, dann hatte er es den Touristen aus Fernost zu verdanken.

Die letzten Meter legte er im Eilschritt zurück und erreichte den Königssaal zwei Minuten vor dem offiziellen Sitzungsbeginn. Immerhin, er kam nicht zu spät. Und nur das zählte.

Was für ein prachtvoller Verhandlungsraum! Gebhardt hatte

schon vor gut zwanzig Jahren den Schwurgerichtssaal 600 in Augenschein genommen – als gebürtiger Nürnberger hatte er das als seine innere, sozusagen angeborene Verpflichtung angesehen. Dabei war er von der unauffälligen Banalität dieses berühmt-berüchtigten Ortes enttäuscht gewesen, der architektonisch und atmosphärisch so gar nichts von den Gräueltaten vermittelte, die damals hier verhandelt wurden. Umso mehr war er heute überrascht und beeindruckt von dem herrschaftlichen Gepränge des Verhandlungsraums 300, der den Namen »Königssaal« zu Recht trug.

Schwere, wuchtige Türen, eine in Würde gealterte Holzvertäfelung mit reichlich Patina rundum an allen vier Wänden, dann der königsblaue Teppichboden mit kleinen weißen Sternchen und dichtem Flor, unter dem riesigen gläsernen Kuppeldach Porträtgemälde aus dem Haus Wittelsbach, darunter das von Ludwig II., dem Märchenkönig, und das des Prinzregenten Luitpold von Bayern. Ein durch und durch weiß-blauer Geist, so altbayerisch wie katholisch, war hier durch weit geöffnete Flügeltüren eingezogen, und das mitten in fränkisch-protestantischem Kernland.

Wenig später war auch die letzte Hürde genommen, die Günther Gebhardt von seinem neuen Amt trennte – die öffentliche Vereidigung zum Hilfsschöffen. Außer ihm war da nur noch eine circa fünfundvierzigjährige Frau, um mit ihm gemeinsam den Schwur zu leisten.

Daniela Dienstl, die sich bei ihm mit einem festen Händedruck vorstellte, war einen Kopf kleiner als er, korpulent und kurzatmig, trug eine unvorteilhafte Kassenbrille, einen burschikosen Kurzhaarschnitt und eine lilafarbene Steppjacke zur grauen Nylonhose. Auch sie war wie er für einen Schöffen nachgerückt, der im laufenden Geschäftsjahr ausgeschieden war. Es war nicht die so geschmacklose wie seiner Meinung nach für dieses hohe Amt auch unangemessene Kleidung von Frau Dienstl, die ihn am meisten befremdete, sondern ihre Jugend.

Und damit die Wahrscheinlichkeit, dass sie noch berufstätig war.

Er hatte fest damit gerechnet, dass alle Laienrichter so in etwa waren wie er, mit dem gleichen sozialen Hintergrund und vor allem im gleichen Alter. Also Rentner mit einem mittleren oder gehobenen bürgerlichen Lebensstil und einem gesellschaftlich geachteten Erwerbsleben, auf das man zurückblicken konnte. Frau Dienstl aber stand, so wie es aussah, noch mitten im Berufsleben und musste sich für ihr Richteramt diese Zeit irgendwie nehmen, ohne dafür einen großartigen finanziellen Ausgleich zu erhalten.

Ob er sich dazu auch bereit erklärt hätte, als er noch beruflich aktiv war – für die minimale Aufwandsentschädigung den Hilfsschöffen zu machen? Nein, da war er sich sicher, das hätte er nicht. Auch deswegen nicht, weil er davon überzeugt war, dass für ein solches Amt eine gewisse Reife, Menschenkenntnis und Lebenserfahrung vonnöten waren. Man konnte doch als gut Vierzigjährige nicht so profund und abgeklärt über andere Menschen urteilen wie jemand, der die sechzig bereits hinter sich gelassen hatte. Also so jemand wie er.

Nachdem er sich verstohlen umgesehen hatte, wurde aus der bangen Ahnung Gewissheit: In diesem Saal war er mit Abstand der Älteste. Der Vorsitzende Richter, ein schmaler, hoch aufgeschossener Mann mit fahlem Teint, wadenlanger schwarzer Richterrobe und einem spärlichen Haarkranz, vierzig, allerhöchstens Mitte vierzig. Dann die Staatsanwältin. Auch sie im schwarzen Ornat, das bei ihr knapp über dem Knie endete und ein sehr ansehnliches langes Beinpaar bloßlegte; blond gefärbt und dezent geschminkt, eine zierliche, aparte Erscheinung auf hohen schwarzen Pumps. Vielleicht Mitte fünfzig, wenn überhaupt. Sogar der Verteidiger, der unablässig mit seinem Mandanten tuschelte – wahrscheinlich gerade mal Ende dreißig. Und schließlich der Angeklagte selbst, der Jüngste im Saal; Gebhardt schätzte ihn auf Anfang zwanzig, nicht älter. Einzig die hagere Protokollführerin war deutlich über fünfzig.

Günther Gebhardt forschte weiter. Aber auch im hinteren Saal wurde er bei seiner Suche nach Gleichaltrigen nicht fündig. Es waren nur wenige Zuhörer zu dieser Verhandlung gekommen. Er zählte drei Frauen und vier Männer, die sich auf die letzten Stuhlreihen verteilt hatten. Und alle, alle waren sie jünger als er. Viel jünger. Ob die anderen ihm sein fortgeschrittenes Alter ansahen? Oder noch schlimmer – ob die anderen vermuteten, worüber er Gewissheit hatte: dass er in diesem Raum der einzige Ruheständler war? Bei dieser Vorstellung war ihm nicht wohl zumute.

»… nur der Wahrheit und Gerechtigkeit zu dienen, so wahr mir Gott helfe.« Er hatte sich kurzerhand entschieden, den Diensteid mit dieser Formel zu beschließen. Es hatte sich so ergeben. Aus dem Moment heraus. Nicht, dass er besonders fromm oder gar ein regelmäßiger Kirchgänger gewesen wäre, das nicht. Aber er war nicht ungläubig, er hatte eben seinen eigenen Glauben, der mit der strengen Kirchenlehre nicht immer konform ging. Außerdem stammte er wie der Großteil aller Nürnberger in seinem Alter aus einem strikt protestantischen Elternhaus. Und, ein gewichtiger Grund bei diesem Zeremoniell, er zahlte immer noch Kirchensteuer. Zudem war er der Überzeugung, dass ein wenig Beistand von oben bei einem solchen Amt nicht nur von Nutzen, sondern in diesem Rahmen durchaus passend sei. Wenn nicht bei einem öffentlichen Eid, wo denn dann?

Die Hauptverhandlung begann fünfzehn Minuten nach dem offiziellen Termin. Der Vorsitzende Richter hatte ihn und Frau Dienstl nach der Vereidigung zu der Rückseite des Saals geführt, um beiden zu ihrer Wahl zum Hilfsschöffen zu gratulieren und »für Ihrer beider verantwortungsvolle Tätigkeit« alles Gute zu wünschen.

»Ich danke Ihnen, dass Sie, Frau Dienstl, und Sie, Herr Gebhardt, sich bereit erklärt haben, Ihr Rechtsempfinden und auch Ihr Urteilsvermögen in den Dienst der Strafrechtspflege zu stellen und damit zu gerechten Entscheidungen beizutragen«, sagte er. Es sei ihre Aufgabe, an der Würdigung der erhobenen Beweise mitzuwirken und darüber abzustimmen, ob und inwieweit »Sie die Angeklagten einer bestimmten Tat für schuldig halten«.

Er freue sich insbesondere, fügte der Vorsitzende noch mit einem winzigen Lächeln hinzu, dass nun das Richtertrio um einen Hilfsschöffen wie ihn, Günther Gebhardt, »mit einer so tiefgehenden Lebenserfahrung« ergänzt worden sei, der allein aufgrund seines Alters manche Dinge eventuell aus einem anderen Blickwinkel beurteile. Dieser sicher freundlich gemeinte Zusatz ließ Gebhardt irritiert aufhorchen. Bestimmt kannte der Richter sein genaues Alter und seinen Beruf. Er hatte ja beides auf der Schöffenbewerbung angeben müssen.

Gebhardt, der zu seinem Ruhestand bislang relativ unbefangen gestanden war, eben mal mehr, mal weniger bemüht, diesen zu verbergen, sah ihn hier und jetzt als eindeutiges Manko. Als eine Hürde, die ihn von den anderen unterschied und ausgrenzte. So als würde er nicht hundertprozentig in diese Richterrunde passen. Als sei er fehl am Platze. In den Augen der beiden anderen.

Dann war keine Zeit mehr für Grübeleien solcher Art. Richter Tobias Neumann drängte zum Aufbruch.

Nachdem sich der Vorsitzende, dann Frau Dienstl und schließlich er hingesetzt hatten, nahmen auch alle anderen schweigend Platz. Dieses Ritual mitsamt dem gedämpften Stühlerücken war ein funktionelles Ereignis und hatte eine eigene Würde. Für Gebhardt drückte diese Zeremonie aus, wie sorgsam man auch solch einfache Dinge wie eine Verhandlungseröffnung behandeln konnte.

Rechts die Bank des Angeklagten mit seinem Verteidiger, links von ihm saß die Protokollführerin, und halblinks, direkt unter der Glaskuppel, stand auf ihren hochhackigen schwarzen Pumps die Staatsanwältin, wegen der hereinfallenden kräftigen Herbstsonne nur mehr in Umrissen erkennbar.

Es wurde festgehalten, dass der Angeklagte sowie sein Rechtsbeistand anwesend waren. Dann folgte die zügige Abfrage der Personalien. Und schließlich las die Staatsanwältin die vom Gericht zugelassene Anklageschrift vor.

»Der zum heutigen Datum vor Gericht erschienene Angeklagte Patrick Munzinger hat ... Er war ferner ... Dadurch hat er den Tatbestand des Paragrafen ... erfüllt, Patrick Munzinger hat damit rechtswidrig und schuldhaft gehandelt. ... Anzeige wegen unerlaubten Entfernens vom Unfallort ... Verdacht auf Fahren unter Alkoholeinfluss ... Zumindest hat ein Alkoholtest am Tage nach dem Unfall um elf Uhr dreißig, durchgeführt von den Beamten der Polizeiinspektion Ost namens ... einen Restalkohol von eins Komma drei Promille ergeben, was darauf schließen lässt, dass der Angeklagte am Abend zuvor mit deutlich mehr als eins Komma null neun Auto gefahren sei und es dabei billigend in Kauf genommen habe, dass ...

Die nachträgliche Kontrolle des Blutalkoholwertes wurde bei dem zuständigen Richter ... beantragt und von den beiden Polizeibeamten ... durchgeführt ... In diesem Zusammenhang ist hervorzuheben, dass es der Angeklagte selbst war, der auf dieser nachträglichen Blutalkoholwertkontrolle bestanden hat, nachdem er sich am Folgetages des Unfalles, mithin am dreizehnten Februar um ... bei der ihm am nächsten gelegenen Polizeistation eingefunden und den Unfall gemeldet hat ... Zur genauen Klärung der Unfallursache sind auf Anordnung der Staatsanwaltschaft folgende Gutachter benannt worden ...

In diesem Zusammenhang hat der Beschuldigte des Weiteren angegeben, es sei im Rahmen des Möglichen, dass er als Unfallverursacher in Frage komme ... An den Unfallhergang selbst aber könne er sich nicht mehr erinnern, dafür sei er an diesem Abend, ich zitiere wörtlich aus dem polizeilichen Protokoll, ›einfach zu breit‹ gewesen ... Bei dem Unfallfahrzeug handelt es sich um einen Opel Corsa mit roter Lackierung, den sich der Angeklagte am Tag des Unfalls von einer Bekannten ausgeliehen hatte … Laut Fahrzeugbrief ist als Fahrzeugeigentümerin des Opel Corsa Frau Michaela Jovanovic, wohnhaft in Nürnberg … eingetragen … Weiter werden in der Erstverhandlung die Umstände, die zu dem … beigetragen haben könnten, zu klären sein … Auch dafür sind Gutachter herbeizuziehen und folgende Zeugen geladen …«

Einen Moment war es still im Gerichtssaal. Gebhardt hatte sich anfangs noch Notizen gemacht, in dem kleinen Block mit der Spiralbindung und mit dem Kugelschreiber mit der grünen Tinte, hatte dann aber kapituliert. Das waren einfach zu viele Paragrafen. Und dann – diese verklausulierte Sprache und dieser monotone Ton, in dem die Anklageerhebung vorgetragen wurde! Das war alles zu schnell für ihn. Zu schnell, zu vage und zu ungewohnt. Er hatte keinen blassen Schimmer, was genau die Staatsanwältin Patrick Munzinger nun vorwarf, was ihm zur Last gelegt wurde. Missmutig verstaute er den Notizblock wieder in der Sakkotasche.

Schade, wirklich schade, dachte Gebhardt, dass es bei seinem ersten Fall nicht um ein Wirtschaftsverbrechen ging. Er hatte das damals schon bedauert, als vor zwei Wochen die schriftliche Ladung im Briefkasten lag. In puncto Wirtschaftskriminalität hätte er sich wesentlich besser ausgekannt als bei dem, was heute verhandelt wurde. Das hätte ihm gelegen, als ehemaliger langjähriger Prokurist in einer mittelständischen Heizungs- und Sanitärfirma. Da hätte er seine tiefgehende Lebenserfahrung und sein Urteilsvermögen, wie der Vorsitzende es so anerkennend hervorgehoben hatte, sinnvoll in den »Dienst der Strafrechtspflege« stellen können. Aber so?

Er fühlte sich schon jetzt, nach gerade einmal zwanzig Minuten, in seinem neuen Richteramt, das er so lange herbeigesehnt hatte, überfordert, müde und gelangweilt. So hatte er sich das nicht vorgestellt, so nicht!

Ein rascher Seitenblick zu seiner Mitschöffin. Frau Dienstl, die endlich ihre hässliche Steppjacke abgelegt und dafür eine andere Scheußlichkeit offenbart hatte, nämlich zwei horizontal angeordnete Piercings in der Nackenfalte, machte einen konzentrierten und gelassenen, ja geradezu selbstsicheren Eindruck. So wie es aussah, hatte sie der Anklageverlesung mühelos folgen können, ganz im Gegensatz zu ihm. Anscheinend hatte er sie unterschätzt.

Gebhardt sah nach rechts, zu Patrick Munzinger. Mit seinen dreiundzwanzig Jahren war er der Jüngste im Saal. Kreisrundes Gesicht, dazu ein stufenloser Topfschnitt, die spiegelverglaste Fliegersonnenbrille hatte er ins glatte blonde Haar gesteckt. Es war vor allem diese Frisur, die ihm einen Panzer aus Unschuld und die Aura von einfältiger Treuherzigkeit verlieh.

Ab dem Hals abwärts wandelte sich das Bild – vom unbedarften Prinz Eisenherz zum klassischen Vertreter der tiefsten Nürnberger Südstadt: kaltschnäuzig, unverschämt und grenzenlos eitel. Der Dreiundzwanzigjährige trug ein tiefschwarzes Muskelshirt, unter dem sich ein breiter Rücken dehnte – das ließ auf regelmäßige Besuche in einem Fitnessstudio schließen –, und eine knielange schwarz glänzende Sporthose mit drei weißen Streifen. Dazu kalkweiße Turnschuhe, die nagelneu aussahen und aus denen ebenso kalkweiße Füßlinge hervorlugten.

Doch was Gebhardt an Patrick Munzinger am meisten faszinierte, waren die zwei dunklen Balken über den tiefblauen Augen. Seine Brauen. Sie waren nicht nur dunkelbraun gefärbt, sondern auch penibel in Form gezupft und an den Konturen sorgfältig mit einem schwarzen Stift nachgemalt. Welche wahre Identität steckte hinter dieser Maske und dieser Verkleidung?

Und was war das für eine Welt, in der sich junge Männer schminkten und Bürgersfrauen Nacken-Piercings trugen? Auf jeden Fall nicht seine, dachte Gebhardt. Konnte es sein, dass seine Tochter recht hatte, wenn sie ihm gelegentlich vorwarf, er habe den Anschluss an das richtige Leben verpasst, er würde sich in seiner kleinen Welt zu sehr einigeln und nicht rechts und links schauen, was sich um ihn tat?

Er musste Munzinger zu lange angestarrt haben, denn dieser gaffte nun seinerseits zu ihm herüber. Herausfordernd, ja geradezu bösartig, mit theatralisch weit aufgerissenen Augen. In diesen tiefblauen Augen, die um nichts baten, schimmerten eine gewisse Schläue und Dummheit. Als Gebhardt unter diesem frechen und geraden Blick verschämt zur Seite sah, wandte der Angeklagte sich von ihm ab, schob die spiegelverglaste Fliegersonnenbrille lässig nach vorn, über die Augen, verschränkte die Arme vor der Brust und kehrte sich wieder seinem Anwalt zu.

Gebhardt war verärgert. Er hatte sich von diesem Jungen vorführen lassen. Munzinger hatte ihn in aller Öffentlichkeit brüskiert. Wusste dieser Rotzlöffel nicht, wie man sich vor Gericht einigermaßen manierlich benahm, auch gerade gegenüber einem Schöffen? Oder war ihm das schlichtweg egal? In Gebhardt kochte es. Dann rief er sich zur Ordnung. Sein Zorn, der zwar berechtigt war, durfte im Prozess keine Rolle spielen. Es gab im Strafrecht keinen Paragrafen, der gutes Verhalten vor Gericht vorschrieb, leider. Über einem solchen flegelhaften Benehmen musste er stehen. Er musste sachlich, neutral bleiben und seine Gefühle für sich behalten.

Nachdem Munzinger vom Vorsitzenden Richter durch eine stumme Handbewegung dazu aufgefordert worden war, nahm der Angeklagte seine Sonnenbrille ab und legte sie vor sich auf den Tisch, mit einem versuchsweise ironischen Lächeln, das andeuten sollte, wie überflüssig er eine solche Forderung fand. Dabei bemühte er sich um einen dreist-forschen Blick. Und sah doch nur verlegen und viel jünger aus, als er tatsächlich war. Die muskelbepackten Arme und Schultern hingen jetzt schlapp an ihm herunter. Seine Sicherheit war weg, registrierte Gebhardt mit großer Genugtuung.

Richter Tobias Neumann belehrte Patrick Munzinger über sein Schweigerecht. Zudem sei er auch berechtigt, die Aussage vor Gericht gänzlich zu verweigern. Ob er davon Gebrauch machen wolle? Munzingers Antwort kaprizierte sich auf ein kurzes Kopfnicken. Derartige Gesten reichten vor Gericht nicht aus, sagte der Vorsitzende, der Angeklagte Munzinger möge sich dazu äußern, laut und vernehmlich, wie er in dieser Sache verfahren wolle.

Da schnellte Dennis Schwertfeger, Munzingers Verteidiger, aus dem Stuhl hoch. »Ja, mein Mandant macht von seinem Schweige- und Zeugnisverweigerungsrecht Gebrauch. Insofern bitte ich darum, in seinem Namen eine Erklärung verlesen zu dürfen.«

Gebhardt meinte, dabei von seiner linken Seite ein leises beifälliges Brummen gehört zu haben. So als habe der Richter nichts anderes erwartet. Er erteilte der Verteidigung Munzinger offiziell das Wort.

»... hatte bereits am Morgen nach dem Unfallabend einen ernsthaften Versuch gemacht, sich den Strafverfolgungsbehörden zu stellen ... So hat er sich am dreizehnten Februar aus freien Stücken auf der Polizeiinspektion Ost eingefunden, wie ich nochmals betonen möchte: aus freien Stücken, um den Unfall ... Bereits dort hat Herr Munzinger eingeräumt, das Tatfahrzeug am Abend des zwölften Februar gefahren zu haben ... ausdrücklich nicht in der Absicht gehandelt, jemandem zu schaden ... Dass der Verunfallte dabei zu Tode kam, kann nur als ... gesehen werden ...

... möchte ich noch hinzufügen, dass bislang nicht nachgewiesen werden konnte, ob Friedhelm Manz tatsächlich an den Folgen dieses Unfalls gestorben ist ... muss man in diesem Zusammenhang auch das hohe Alter des Verunfallten von immerhin sechsundachtzig Jahren bedenken ... Da könnte die Möglichkeit durchaus gegeben sein, dass eventualiter dem Unfall eine andere Todesursache, nämlich eine natürliche Todesursache vorausgegangen ... muss die Frage erlaubt sein: In welcher Verfassung war Manz, als er die Straße überquerte? ... Sollte sich herausstellen, dass der Verunfallte ... dann wäre die Gefahr auch für den sichersten Autofahrer der Welt nicht erkenn- respektive vermeidbar gewesen ... Insofern werden wir mit allem Nachdruck rein vorsorglich auf einem gerichtsmedizinischen Gutachten bestehen, das diese für meinen Mandanten nicht unerhebliche Frage zu klären imstande ist ...

... selbst wenn sich dabei herausstellen sollte, dass der Unfall ursächlich den Tod des Verunfallten herbeigeführt hat, dann ... Auf keinen Fall handelt es sich dabei aber um eine absichtsvolle Täterschaft, so viel ist hier und jetzt schon zu sagen ... Ebenfalls kann bislang keine Rede davon sein, dass im Verhalten des Angeklagten irgendwelche Hinweise auf grobe Fahrlässigkeit zu erkennen sind ... Speziell in diesem Punkt sollten wir die Ergebnisse des Blutalkoholtests hinzuziehen und nicht vorschnell ... könnten eventualiter zu dem Ergebnis führen, dass sich mein Mandant des Fahrens unter Alkoholeinfluss strafbar gemacht hat, nicht aber ... Daraus allein kann ihm nicht der strafrechtliche Vorwurf der ... gemacht werden.«

Hier legte Schwertfeger eine wirkungsvolle lange Pause ein. Nachdem es so aussah, dass ihn niemand an seinen weiteren Ein- und Auslassungen hindern würde, fuhr der Anwalt fort.

Auf nicht nachvollziehbaren Wunsch seines Mandanten trage er vor ... Es sei für einen Angeklagten in diesem Alter nicht eben selbstverständlich, dass er so offen zugebe, schuldhaft gehandelt zu haben.

»Mein Mandant erkennt das von ihm verwirklichte Unrecht. Gerade vor dem Hintergrund der Tatsache, dass dabei eventuell ein Mensch ums Leben kam.« Aber dieses Unrecht, fügte der Advokat hinzu, sei von Patrick Munzinger nicht gewollt gewesen. Er sehe ein, unter den bereits erwähnten einschränkenden Umständen einen Riesenfehler gemacht zu haben.

»Ich betone: unter Umständen. Sollte sich im Laufe der Verhandlung tatsächlich herausstellen, dass mein Mandant ursächlich für den Tod des Friedhelm Manz verantwortlich ist, dann wird das einzig und allein auf das Fahren unter starkem Alkoholeinfluss zurückzuführen sein.«

Hatte er soeben richtig gehört? Dass Schwertfeger jetzt doch die Möglichkeit eingeräumt hatte, sein Mandant könnte schuld am Tod des Rentners sein? Damit hatte Gebhardt nicht gerechnet, nicht nach all den Versuchen, um ebendiese Schuld zu leugnen. Oder zumindest kleinzureden. Das war ja fast schon ein Geständnis. Aber warum hatte er sich vorher dann so ins Zeug gelegt?

Gebhardt richtete seinen Blick auf Patrick Munzinger. Der Dreiundzwanzigjährige wirkte wieder entspannt und selbstgewiss. Keine Spur mehr von Unsicherheit oder gar Ängstlichkeit. Auch das verstand Gebhardt nicht. Selbst Prinz Eisenherz in seiner Naivität musste jetzt davon ausgehen, dass ihm nach diesem verblümten Schuldeingeständnis Gefängnis drohte. Dass es mit einer Strafe auf Bewährung nicht mehr getan war.

Oder glaubte er tatsächlich, dass ihn sein exorbitanter Alkoholgenuss davor bewahren würde, wie sein Anwalt am Schluss angedeutet hatte? Dass eine amtlich beglaubigte Promillezahl am Morgen nach dem Unfall ihn von jeder Schuld freisprechen würde? Das würde ja bedeuten, dass exzessives Komasaufen den Tod eines Menschen rechtfertigen könne. Das durfte nicht sein! Und das konnte Gebhardt sich auch nicht vorstellen. Aber vielleicht irrte er hier. Er musste ja nur auf diesen Rotzlöffel, den selbstgefälligen, schauen oder auf dessen Kompagnon, seinen geschniegelten, arroganten Rechtsverdreher. Zumindest die beiden hielten das für möglich. Für naheliegend. Wahrscheinlich sogar für richtig.

Hoffentlich sah der Vorsitzende Richter das anders. Und wenn nicht? Dann wäre immer noch er, Hilfsschöffe Günther Gebhardt, zur Stelle. Er würde für Gerechtigkeit hier in diesem Saal sorgen. Selbst wenn er sich dafür mit allen anderen vor Gericht anlegen müsste.

Und überhaupt, was sollte diese Bemerkung vorhin mit dem »hohen Alter des Verunfallten von immerhin sechsundachtzig Jahren«? Das klang ja so, als ob man jedem, der die sechzig einmal überschritten hatte, den Schädel einschlagen durfte, ohne irgendwelche Folgen befürchten zu müssen. Als ob es dafür schon per se mildernde Umstände gäbe.

Gebhardt war nun überhaupt nicht mehr müde und gelangweilt, sondern hellwach. Und streitbar. Den beiden würde er einen Strich durch ihre infame Rechnung machen. Er zog den Notizblock aus der Jacketttasche und schrieb hinein: »Gerichtsmed. Gutachten wg. ursächlicher Todesursache. Wichtig!!« Dann klappte er den Block wieder zu.

Und wenn dieser Friedhelm Manz doch an einem Herzinfarkt oder Schlaganfall gestorben war – und nicht an dem Aufprall? Bliebe dann unberücksichtigt, dass Munzinger den Alten angefahren hatte? Würde der Angeklagte in diesem Fall auch zur Verantwortung gezogen, sprich: vom Gericht bestraft werden? Und wenn ja, in welchem Ausmaß? Wäre ein Führerscheinentzug auf eine bestimmte Zeit alles, was ihm drohte? Käme er um eine Gefängnisstrafe ganz und gar herum? Nein, das durfte nicht sein, dachte Gebhardt. Weil es falsch war. Falsch und ungerecht gegenüber diesem alten Mann, der an seinem Leben bestimmt so gehangen hatte wie die zwei jungen Schnösel von der Angeklagtenbank. Und weil man durch ein solch vages Teilgeständnis Fehler nicht wiedergutmachen oder aus der Welt schaffen konnte.

Am Ende dieser rechtswissenschaftlichen Meditationsübung angelangt, erschrak Gebhardt. Jetzt war er doch ein wenig voreingenommen gewesen. Nachtragend und ein bisschen rachsüchtig. Er hatte sich für Munzinger eine Gefängnisstrafe gewünscht, und nicht nur eine niedrige, sondern die höchste, die dafür in Frage kam. Er sollte leiden, und zwar richtig lange. Und er hatte sich ausgemalt, wie er sein Schöffenamt dazu benutzen würde, wie er alles daransetzen würde, dass der Dreiundzwanzigjährige auch tatsächlich in den Knast wanderte. Das aber stand ihm nicht zu. Das wäre ein Missbrauch seiner Machtposition.

»Bestraft wird, wer den Tatbestand für eine Bestrafung erfüllt hat.« So stand es in der Broschüre »Das Schöffenamt in Bayern«.

Nur daran hatte er sich zu halten, er durfte sich nicht von seinen Feindseligkeiten leiten lassen. Nein, die Straftat sollte allein der Richter aburteilen, der hatte ja die entsprechende Ausbildung und die nötige Erfahrung dafür. Er, Günther Gebhardt, würde sich ab sofort Mühe geben, den Jungen da vor ihm als das zu sehen, was er war: als einen Angeklagten, der sogar unschuldig sein konnte. Er würde sogar versuchen, ihn zu verstehen und auch das, was ihn eventuell entlasten könnte, zur Kenntnis zu nehmen und zu berücksichtigen. Keine Ressentiments mehr. Nur mehr Sachlichkeit und Neutralität bis hin zur stoischen Gelassenheit, das war ab jetzt sein Motto.

Leider war er so in seine Gedanken vertieft gewesen, dass er die Anklageeröffnung der Frau mit den schönen Beinen verpasst hatte. Und damit auch ihren Vor- und Nachnamen. Das bedauerte er fast noch mehr.

»... fahren wir fort mit der Beweisaufnahme. Frau Staatsanwältin, bitte schön.«

Sie stand auf und las vor: »Dann kommt es zunächst zur Verlesung des Aktenvermerks vom dreizehnten Februar des Kriminaldauerdienstes der Kriminalinspektion Nürnberg Ost aus der Beiakte der Staatsanwaltschaft Nürnberg, Band eins.«

Der Vortrag dieses Aktenvermerks dauerte fast eine halbe Stunde. Er bestätigte das, was bereits Munzingers Anwalt in seiner Eröffnung gestreift hatte: dass der Angeklagte sich am Morgen nach dem Unfall freiwillig auf der Polizeiinspektion eingefunden und dort zugegeben hatte, das Unfallfahrzeug gelenkt zu haben. Und dass er dabei stark alkoholisiert gewesen sei.

Das hieß: Munzinger hatte bei seinem Auftritt in der Polizeiinspektion Ost immer noch reichlich Restalkohol im Blut gehabt. Daran bestand also kein Zweifel. Und doch ließ der Richter jetzt die beiden Polizeibeamten in den Zeugenstand rufen. Welche neuen Erkenntnisse versprach er sich davon, wunderte sich Gebhardt.

Ja, sagten beide unisono auf Neumanns Frage, der Tatverdächtige war allein in der Inspektion erschienen, ohne Begleitung. Nein, zu dem Zeitpunkt wusste die Fahrzeughalterin noch nicht, dass mit ihrem Fahrzeug ein Unfall verursacht worden war. Herr Munzinger hatte darum gebeten, ihr das telefonisch mitzuteilen; ihm sei das zu peinlich, zu unangenehm gewesen. Wofür man ja durchaus Verständnis haben könne.

»Und Sie haben ihm diese Bitte erfüllt, sehe ich das richtig?«, fragte der Richter in einem missbilligenden Ton. Er erntete nur einen erstaunten Blick. Da setzte der Vorsitzende nach.

»Sie haben demzufolge die Fahrzeughalterin darüber in Kenntnis gesetzt, dass sich mit ihrem Fahrzeug am Abend des zwölften Februar ein Unfall mit Todesfolge, mithin ein Offizialdelikt ereignet hat. Dass sich die Polizei so bereitwillig als Informant für Tatverdächtige zur Verfügung stellt, ist mir neu. Ist das jetzt üblich?«

Für einen Moment war es ganz still in dem Gerichtssaal. Anscheinend gehörte es sich in deutschen Strafverfahren nicht, dass Beamte anderen Beamten kritische Fragen stellten, dachte Gebhardt. Aber nun war die Frage gestellt, und alle warteten auf eine Antwort.

»Was heißt hier schon ›Informant‹?«, wehrte sich der Ältere der beiden. »Wir mussten ja sowieso die Personalien der Fahrzeughalterin überprüfen, und da haben wir das eben gleich mit erledigt. Das bot sich doch geradezu an, die Halterin über den Unfall in Kenntnis zu setzen. Bis dahin wusste sie ja nichts von diesem Vorgang. Man hatte sie nämlich in der Nacht daheim nicht erreichen können.«

»Meiner Meinung nach hätte es bei diesem Telefonat völlig genügt, sich auf die Überprüfung der Personalien der Halterin zu beschränken.«

Das klang nach einem massiven Tadel. Mit einem Kopfschütteln entließ der Vorsitzende die zwei Polizisten aus dem Zeugenstand und ordnete an, die Zeugin Jovanovic, Michaela in den Saal zu rufen.

Sie war genauso alt wie Munzinger, dreiundzwanzig Jahre. Eine schmale, kleine Person, reichlich mit den Insignien der weiblichen Jugend aus der unteren Mittelschicht ausstaffiert: abenteuerliche Tätowierungen am Hals und über dem rechten Arm, Piercings auf beiden Nasenflügeln, lilafarbene Fingernägel in Überlänge und eine Stretch-Jeans, die die dünnen Beine noch spitzer und knochiger erscheinen ließ.

Als sie vor dem Richtertisch stand, suchte sie den Blickkontakt zu Munzinger und lächelte ihn an. Also trug sie ihm die Sache mit dem Autoschaden nicht weiter nach, vermutete Gebhardt.

Auf die Frage nach dem genauen Zeitpunkt und dem Ort der Fahrzeugübergabe sagte sie: »Das war am zwölften Februar gegen halb acht Uhr bei mir vor der Haustür, also in der Düsseldorfer Straße.«

Hatte der Angeklagte Munzinger dabei einen alkoholisierten Eindruck auf sie gemacht? Darauf habe sie nicht geachtet. Das könne sie nicht sagen. Daran könne sie sich doch heute, nach über einem halben Jahr, nicht mehr erinnern.

»Ich bestehe auf einer Antwort«, forderte die Staatsanwältin. »Sie müssen doch wissen, ob er eine Fahne hatte oder nicht. Sie haben ihm ja immerhin Ihr Fahrzeug überlassen.«

Nein, das wisse sie eben nicht, so nah, also körperlich nahe, seien sie sich nicht gekommen. »Ich habe Patrick den Schlüssel und die Papiere in die Hand gedrückt, und in der nächsten Minute war er auch schon wieder weg.«

War das regelmäßig vorgekommen, dass sich Herr Munzinger den Corsa von ihr ausgeliehen hat? Prompte Gegenfrage der tätowierten Jeans-Trägerin: Was das Hohe Gericht, so sagte sie tatsächlich: »das Hohe Gericht«, denn unter »regelmäßig« verstünde?

»Einmal im Monat oder meinetwegen auch nur einmal im Vierteljahr.«

»Nein, so oft auf keinen Fall. Das war viel weniger.«

»Und das Wenige wäre? Mir würde da schon ein Circa-Wert genügen.«

»Vielleicht«, die Zeugin sah hilfesuchend zu Patrick Munzinger, der diesen Blick ohne erkennbare Erwiderung in sich begrub, »vielleicht alle sechs Monate. Wenn es überhaupt so oft war.«

Dann hängte sie noch zwei Gegenfragen an: »Warum muss das so genau sein? Ist das denn für Sie so wichtig? Tatsache ist, ich habe Patrick mein Auto an diesem Tag geliehen, und damit basta.«

Auch Gebhardt wurde aus den Fragen der Staatsanwältin nicht schlau. Warum hakte sie bei diesem Detail so rigoros nach?

»Und umgekehrt: Hat Herr Munzinger Ihnen, Frau Jovanovic, seinen Wagen, einen«, die Staatsanwältin sah kurz auf ihre Unterlagen, »5er BMW, immerhin ein Fahrzeug aus der Oberklasse, auch des Öfteren ausgeliehen?«

Diesmal schenkte sich die Zeugin den fragenden Seitenblick zu dem Angeklagten und antwortete: »Eigentlich nicht.«

»›Eigentlich nicht‹, das heißt nie oder manchmal?«

»Eigentlich nie.«

»Also war das eine einseitige Leihgabe zwischen Ihnen beiden. Ich halte hiermit fest: Sie haben Herrn Munzinger ab und an Ihren Corsa ausgeliehen, er umgekehrt Ihnen seinen BMW kein einziges Mal. Vor diesem Hintergrund ist es für das Gericht von Interesse, warum sich jemand, der einen 5er BMW aus dem Jahr 2015 besitzt, einen zwölf Jahre alten Opel Corsa ausleiht, mithin ein Auto, das wesentlich älter und wesentlich kleiner ist. Haben Sie dafür eine Erklärung, Frau Jovanovic?«

Es folgte wieder dieser ratsuchende Blick zu der Angeklagtenbank. Gebhardt beobachtete, wie Munzinger zur Seite sah und sich auf die Lippen biss. Sein rechter Fuß wippte nervös.

»Vielleicht war sein Auto an dem Tag gerade in der Werkstatt. Ich habe ihn auf jeden Fall nicht danach gefragt.«

»Nein, Herrn Munzingers Auto war an diesem Tag nicht in der Werkstatt, das haben wir bereits überprüfen lassen. Also, irgendeine Erklärung, Frau Jovanovic, für dieses doch sehr merkwürdige Verhalten?«

Nach einer langen Denkpause hellte sich das Gesicht der Dreiundzwanzigjährigen auf. »Vielleicht wollte Patrick ja irgendwohin, wo man schlecht einparken kann. Und da ist man mit einem Corsa halt einfach besser dran. Eben weil er so klein ist.« Die Erleichterung war ihr anzuhören.

Der Kommentar der Staatsanwältin beschränkte sich auf ein vor Ironie triefendes »Ah ja«. Nach längerem Blättern in den Unterlagen dann die Frage: »Hat Ihnen Herr Munzinger mitgeteilt, wofür er Ihren Wagen an diesem Abend brauchte?«

Diesmal kam die Antwort wie aus der Pistole geschossen. »Nein, hat er nicht. Braucht er auch nicht. Wenn Patrick, also Herr Munzinger, meinen Opel braucht, dann kriegt er den von mir. Ohne blöde Fragerei. Wir sind ja Freunde, und unter Freunden macht man das halt so.«

»Dann frage ich nochmals: Sie hatten mithin keine Ahnung, wofür Herr Munzinger Ihr Auto an diesem Abend brauchte? Sie wussten nicht, wo er damit hinfahren wollte und für welchen Zweck er es bei Ihnen auslieh? Bevor Sie antworten, Frau Jovanovic, mache ich Sie darauf aufmerksam, dass Sie vor Gericht verpflichtet sind, die Wahrheit zu sagen. Sollten Sie sich durch Ihre Antwort selbst belasten, haben Sie das Recht, die Antwort zu verweigern. Sollten Sie jedoch antworten, muss es, ich wiederhole mich, die Wahrheit sein. Ich kann Sie zu diesem Punkt vereidigen lassen. Ein Meineid, auch das nur zu Ihrer Information, ist strafbar und wird mit einer Freiheitsstrafe nicht unter einem Jahr geahndet.«

Gebhardt sah zunächst zu Munzinger, der den Blick starr ins Weite gerichtet hielt, dann zu Michaela Jovanovic, die zu dem Angeklagten hinüberschaute und lange überlegte, bevor sie schließlich antwortete.

»Nein, ich wusste nicht, wofür er meinen Corsa brauchte und wohin er damit fuhr.«

Der Hilfsschöffe nahm ihr diese vorgebliche Ahnungslosigkeit nicht ab. Und wenn er das Gesicht der Staatsanwältin mit den hochgezogenen Augenbrauen richtig deutete, dann diese auch nicht. Dennoch verzichtete sie darauf, die Zeugin vereidigen zu lassen. Wahrscheinlich ahnte sie, dass das an deren Aussage nichts ändern würde. Auch unter der Last eines möglichen Meineids würde Michaela Jovanovic ihre Behauptung nicht revidieren.

»Dann habe ich nur mehr eine Frage an Sie. Ihr Fahrzeug war zu dem Zeitpunkt, als Sie es Herrn Munzinger überlassen haben, in einem tadellosen technischen Zustand?«

»Freilich«, lautete die Antwort der Gepiercten, »sonst hätte ich es dem Patrick nicht gegeben.«

Nachdem festgehalten worden war, dass weder die Verteidigung noch einer der drei Richter Fragen an die Zeugin hatte, wurde sie mit dem Hinweis entlassen, dass das Gericht auf eine Vereidigung verzichtete. Michaela Jovanovic stand bereits an der schweren Eichentür, da drehte sie sich nochmals um und kehrte mit forschem Schritt an den Richtertisch zurück.

»Jetzt hab ich auch mal eine Frage an Sie«, dabei sah sie zu Richter Neumann hoch, »können Sie mir bitte sagen, wann ich mein Auto wieder zurückbekomme? Ich bin seit Monaten ohne eigenes Fahrzeug. Und ich bin wirklich darauf angewiesen. Ich arbeite nämlich in der entgegengesetzten Richtung von meiner Wohnung, im Südwesten von Nürnberg. Mit den öffentlichen Verkehrsmitteln brauche ich über eine Stunde zu meinem Arbeitsplatz und dann noch mal eine Stunde zurück nach Haus. Das ist doch kein Zustand auf Dauer. Und ich«, betonte sie, »ich kann mir kein Leasingauto leisten. Also hätte ich jetzt schon gern eine Antwort von Ihnen, wie das weitergehen soll.«

Ihre Rede hatte leise und eine Spur unterwürfig begonnen, doch mit jedem Wort war sie lauter und fordernder geworden.

»Wir werden Sie zu gegebener Zeit darüber informieren, wann Sie Ihr Fahrzeug wieder erhalten«, antwortete die Staatsanwältin. »Aber ich denke, das wird sich noch einige Zeit hinziehen. Schließlich wurde mit Ihrem Fahrzeug ein Mensch zu Tode gefahren. Ihr Fahrzeug bleibt weiterhin beschlagnahmt.

Sie sollten sich also, das ist ein Rat von mir, in dieser Sache an denjenigen halten, der für diese Ihre Situation verantwortlich ist, Frau Jovanovic, nämlich an Herrn Munzinger.«

Damit war die Zeugin entlassen.

Es war noch nicht einmal zwölf Uhr, als der Richter die Verhandlung für die Mittagspause unterbrach. Punkt dreizehn Uhr würde es weitergehen.

Es folgten Stühlerücken, dezentes Geplauder, Stimmengewirr. Die schweren Eichentüren wurden geöffnet, und die wenigen Besucher zerstreuten sich schnell unter dem hellen Licht, das durch die Glaskuppel einfiel.

Günther Gebhardt war der Letzte, der den Saal verließ. Er hatte noch einen Eintrag in seinen neuen Notizblock vornehmen müssen und dazu warten wollen, bis sich auch der Vorsitzende Richter entfernt hatte. So stand jetzt auf der ersten Seite, direkt unter dem Vermerk zu dem gerichtsmedizinischen Gutachten: »Warum hat sich M. (5er BMW, fast neu!) den alten Corsa ausgeliehen?«

DREI

Als Gebhardt in den Vorraum trat, kam ihm eine freudestrahlende Frau Dienstl entgegen und sagte: »Ich habe extra auf Sie gewartet. Haben Sie etwas dagegen, wenn wir unsere Mittagspause gemeinsam verbringen?«

Ja, hatte er, sogar viel, sagte aber: »Nein, überhaupt nicht. Sollen wir kurz in die Kantine gehen? Das dürfen wir ja, als Schöffen.« Dann fügte er noch hinzu: Da man nicht wisse, wie lange sich die Verhandlung heute noch hinziehe, sei das doch ganz sinnvoll. Etwas essen wolle er jetzt schon, nichts Großartiges, eine Kleinigkeit tue es da auch.

Genau das Gleiche habe sie ihm auch vorschlagen wollen, sagte die immer noch strahlende Daniela Dienstl. Sie hatte eine ungekünstelte Art zu lächeln, die ihr Gesicht auf einen Schlag aufblühen ließ. Und die sie wesentlich jünger machte, als es ihre altbackene Kleidung nahelegte.

So kam es, dass sich die ungleichen Hilfsschöffen kurze Zeit darauf in der Kantine des Oberlandesgerichts Nürnberg einfanden. Mangels anderer Alternativen entschieden sie sich für dasselbe Menü: eine kleine Apfelsaftschorle plus zwei Wiener mit Senf und einer Semmel.

Während Gebhardt noch an seiner »Kleinigkeit« kaute, sagte Daniela Dienstl, die beides, das Essen wie ihre Schorle, sehr zügig verdrückt hatte: »Sie machen sich Notizen zu dem Fall, wie ich gesehen habe. Das finde ich prima. Morgen bringe ich mir auch einen Block und einen Kugelschreiber mit. Denn merken kann ich mir, das gebe ich ganz offen zu, nicht alles, was da gesagt wird. Und das ist ja auch oft schwer zu verstehen, dieses Juristendeutsch. Finde ich zumindest.«

Nachdem von ihrem Gegenüber nicht die erwünschte Reaktion kam, fragte sie nach: »Oder haben Sie alles auf Anhieb verstanden?«

Nein, nein, stimmte er ihr zu, deswegen seien für ihn die Notizen auch so wichtig. Damit er nichts vergesse und gegebenenfalls Fragen stellen könne, was ihnen beiden als Schöffen ja zustehe.

Das schien die Antwort zu sein, auf die Frau Dienstl gewartet hatte.

»Genau, da haben Sie vollkommen recht. Sagen Sie mal, Herr Gebhardt, finden Sie nicht auch, dass die Staatsanwältin ziemlich streng mit der Jovanovic umgegangen ist? Die hat ja mit ihrer Fragerei quasi so getan, als ob die Zeugin die Angeklagte sei. Dabei hat sie ihm doch bloß ihr Auto geliehen. Und das in bester Absicht, finde ich. Ich fand das nett von ihr. Ein Freundschaftsdienst, mehr nicht.«

So habe er anfangs auch gedacht, erwiderte Gebhardt, aber schließlich habe er den Hintergrund dieses Insistierens schon verstanden.

»Ach, da waren Sie aber schlauer als ich. Und worin besteht dann Ihrer Meinung nach dieser Hintergrund?«

Gebhardt antwortete gern. Endlich konnte er mit dem, womit er sich die letzten Wochen beschäftigt und was er sich oft mühevoll angeeignet hatte, brillieren.

»Zum einen wollte die Frau Staatsanwältin wahrscheinlich ausschließen, dass Frau Jovanovic Herrn Munzinger ihr Auto in keinem einwandfreien Zustand übergeben hat, und zum anderen, dass dieser bereits bei der Übergabe alkoholisiert war. Beides wäre nach der Straßenverkehrsordnung strafbar, verstehen Sie?«

»Und außerdem«, er schob seinen Teller zur Seite und legte nach, »wollte die Staatsanwältin sicher noch abklären, ob Frau Jovanovic eventuell sogar als Mittäterin in Frage kommt. Eine Mittäterschaft ist immer dann gegeben, wenn eine Person, die mit anderen zusammen eine Straftat begeht, ein Tatbestandsmerkmal in eigener Person verwirklicht. Und Mittäterschaft erfordert dabei nicht zwingend eine Mitwirkung am Kerngeschehen selbst. Ausreichen kann vielmehr auch ein die Tatbestandsverwirklichung fördernder Beitrag, der sich auf eine Vorbereitungs- oder Unterstützungshandlung beschränkt. So wie es vielleicht bei Frau Jovanovic der Fall sein kann. Ich betone: vielleicht.«

Als er mit seinem Vortrag geendet hatte, war er nicht eben wenig stolz auf sich. Und seine Mitschöffin sehr, sehr beeindruckt.

»Ja, freilich«, rief sie anerkennend aus, »da haben Sie vollkommen recht. Vollkommen recht. Eine Mittäterschaft wäre ja auch möglich. Dass Sie sich da so gut auskennen ... Hm, das finde ich ganz toll. Bei den Vorkenntnissen haben Sie wahrscheinlich früher selbst als Jurist gearbeitet. Oder gar bei der Kriminalpolizei?«

Günther Gebhardt fühlte sich geschmeichelt. Da war nur ein winzig kleiner Punkt in Daniela Dienstls Lobesrede, der ihn störte – die Zeitform, das Perfekt, das »früher«. Damit bestätigten sich seine Befürchtungen, dass man ihm den Rentner auf den ersten Blick ansah. Dennoch, die Freude über den Regen aus Komplimenten, der über ihn herniedergegangen war, wog schwerer als die Enttäuschung.

»Nein, Frau Dienstl, das habe ich nicht. Ich habe mich nur ein wenig in die Materie eingearbeitet. Eben weil ich beruflich mit ganz anderen Dingen zu tun hatte. Ich war Prokurist in einem mittelständischen Sanitärunternehmen.«

»Ach, das merkt man Ihnen aber überhaupt nicht an.«

Wie war das zu verstehen, als weiteres wohlwollendes Schulterklopfen? Oder als Schmälerung des Lobs von soeben? Zu gern hätte er nun seinerseits nachgefragt, was Frau Dienstl machte; ob sie sich auf ein Hausfrauendasein beschränkte, oder ob sie berufstätig war. Doch diese Frage erübrigte sich, weil sie ihm mit der Antwort zuvorkam.

»Da sind wir ja fast Kollegen«, sagte sie mit einem verschmitzten Lächeln. »Ich arbeite nämlich bei der N-ergie. Aber nur in der Verwaltung.«

Dann herrschte Ruhe an dem Kantinentisch. Gebhardt fühlte

sich verpflichtet, diese Stille, die, je länger sie dauerte, desto peinlicher wurde, zu beenden.

Ihm wollte nichts Besseres einfallen als der korrigierende Einwand: »Was heißt hier ›nur‹? Das ist doch auch wichtig. Und da haben wir ja noch eine Gemeinsamkeit«, sagte er, »wir beide haben es nicht weit bis hierher, also bis zum Landgericht. Ich wohne nämlich gleich ums Eck, in der Hochstraße.«

»Das stimmt schon, aber nur in der Theorie. Von meinem Arbeitsplatz am Plärrer aus könnte ich wirklich locker zu Fuß gehen. Aber in der Praxis schaut es anders aus. Ich wohne nämlich in Eckental. Und wenn ich als Schöffin geladen bin, muss ich mir immer den ganzen Tag freinehmen. Insofern ist mein Weg dann genauso lang wie in die Arbeit. Leider.«

Nach ein paar unverbindlichen Worten trennten sich die beiden. Günther Gebhardt wollte sich »noch ein wenig die Füße vertreten. Man weiß ja nicht, wie lange sich das heute noch hinzieht.« Und auch Daniela Dienstl hatte es jetzt sehr eilig, die Kantine zu verlassen.

»Die Sucht ruft«, sagte sie mit ihrem Markenzeichen, dem strahlenden, jugendspendenden Lächeln, und tippte auf die Zigarettenschachtel in ihrer Hand, die sie ruck, zuck aus ihrer Steppjacke gezogen hatte. »Ich muss noch eine rauchen. Oder zwei.«

Es war dreizehn Uhr zehn, als Joachim Manz, der Sohn des Unfallopfers, den Gerichtssaal betrat. Ein hochgewachsener, korpulenter Mann Anfang der fünfzig, schütteres blondes Haar, schmales, hageres Gesicht, das so gar nicht zu seiner derben Statur passen wollte. Nein, nein, wehrte er die erste Frage der Staatsanwältin fast schroff ab, sein Vater sei in keinster Weise verwirrt gewesen oder gar dement. Wie sie denn auf so etwas käme?

»In der Hinsicht war er noch hundertprozentig fit. Fitter als so mancher Jugendliche. Er hatte beispielsweise ein sagenhaftes Gedächtnis, bis zuletzt, und er war an allem, was um ihn herum passierte, sehr interessiert. In Sachen Politik oder Geschichte machte ihm keiner was vor.«

Und wie würde der Herr Zeuge den körperlichen Zustand seines Vaters bezeichnen, fragte die Staatsanwältin weiter.

»Na ja, da war er die letzten fünf Jahre schon stark eingeschränkt. Zuerst war es das Sehen, das ging immer schlechter. Dann kam noch hinzu, dass sein Gehör peu à peu nachgelassen hat. Und zuletzt fiel ihm auch das Gehen sehr schwer. Ohne Stock oder ohne seinen Rollator, den er jedoch strikt ablehnte und nur ganz selten benutzte, konnte er sich nicht einmal in der Wohnung fortbewegen. Wenn er das Haus verließ, zu einem Arztbesuch oder zu einem Gang aufs Amt zum Beispiel, musste immer jemand dabei sein und ihn stützen. Sonst wäre es nicht gegangen. Also war mein Vater außerhalb der Wohnung nur mit seinem Stock und einer Begleitperson unterwegs. Er wohnte in der zweiten Etage, und da war der Rollator sowieso nicht zu gebrauchen. Schon allein wegen der Stufen rauf und runter wäre das nicht gegangen.«

Die Staatsanwältin blätterte in ihren Unterlagen. »Aber am Unfallort hat die Polizei weder einen Rollator noch einen Stock oder eine anderweitige Gehhilfe gefunden.«

»Ja«, sagte Joachim Manz, »ich weiß. Das hat mich auch gewundert.«

»Wissen Sie, was Ihr Vater an dem Tag des Unfalls, also am zwölften Februar, in der Zerzabelshofer Hauptstraße wollte? Hat er in dieser Hinsicht Ihnen gegenüber eine Andeutung gemacht?«

»Nein. Ich weiß nicht, was er dort wollte. Ich habe keine Erklärung dafür.«

»Gibt es außer Ihnen noch weitere nahestehende Angehörige Ihres Vaters, die davon Kenntnis haben könnten oder ihn vielleicht sogar dorthin begleitet haben?«

»Nein, ich bin der einzige nahestehende Angehörige, den mein Vater in Nürnberg hatte, außer seiner Schwester. Meine zwei Geschwister wohnen in Berlin. Und bei allen habe ich nachgefragt. Aber weder meine Schwester noch mein Bruder wussten davon, noch waren sie zu dieser Zeit in Nürnberg.«

Nachdenkliches Schweigen, auch auf der Richterbank.

»Wie war es um das Verhältnis bestellt, dass Ihr Vater zu seinen Nachbarn hatte? Vielleicht, dass er einem seiner Nachbarn –«

»Nein«, fiel Joachim Manz der Staatsanwältin ins Wort, »auch da habe ich mich selbstverständlich bereits umgehört. Keiner von seinen Nachbarn weiß, was er an diesem Abend ausgerechnet in Zabo wollte. Es war für ihn auch ganz ungewöhnlich, das Haus so spät noch einmal zu verlassen. Wenn er etwas zu erledigen hatte, achtete er immer darauf, dies in den Vormittagsstunden zu tun. Spätestens um drei Uhr wollte er wieder daheim sein. Da kam nämlich seine Lieblingssendung ›Bares für Rares‹. Die wollte er unter keinen Umständen verpassen.«

Bevor die Vertreterin der Staatsanwaltschaft eine weitere Frage stellen konnte, fuhr Joachim Manz fort.

»Wir haben keine Erklärung dafür, was er an diesem Abend in Zerzabelshof wollte. Für alle von uns ist das ein Rätsel. Denn auch derjenige, der meinem Vater eigentlich am nächsten stand, neben mir natürlich, und ihn am besten kannte, kann sich keinen Reim darauf machen. Das ist sein Pfleger, Herr Reinhard Hausmann. Vaters Gewohnheiten kannte Herr Hausmann im Grunde besser als ich. Einfach deswegen, weil er ihn jeden zweiten Tag gesehen hat. Ich habe zwar täglich mit ihm telefoniert, es aber nur einmal in der Woche geschafft, ihn zu besuchen. Ich wohne in Oberasbach, arbeite mitten in der Stadt und habe Frau und Kinder.«

Der letzte Satz klang nach einer Entschuldigung für diesen seltenen Besuchsmodus.

»Also, wenn einer eine Erklärung für diesen völlig rätselhaften Ausflug nach Zerzabelshof gehabt hätte, dann wäre Herr Hausmann das gewesen. Aber, wie schon erwähnt, auch er kann dazu leider nichts sagen.«

Gebhardt hatte registriert, wie sich die Staatsanwältin während Manz' Rede eine Notiz gemacht hatte. Wahrscheinlich hatte sie den Namen des Pflegers aufgeschrieben.

Nachdem Richter Neumann sich vergewissert hatte, dass keiner mehr Fragen an Joachim Manz hatte, entließ er den Zeugen. Manz fragte, ob er bleiben dürfe.

»Bitte!«

Gebhardt glaubte dem Sohn des Opfers. Er hatte auf ihn einen guten Eindruck gemacht. Das Einzige, was ihn an Joachim Manz störte, war, dass dieser nicht als Nebenkläger in dem Verfahren auftrat. Er an dessen Stelle hätte das getan. Aber vielleicht hatte der Sohn volles Vertrauen in das Gericht und setzte darauf, dass die Richter denjenigen, der seinen Vater totgefahren hatte, schon entsprechend hart bestrafen würden. Vielleicht hatte das gar nichts zu bedeuten.

Trotzdem, seltsam war es schon. Und für Gebhardt auch ein wenig verdächtig. Also schrieb er in seinen Notizblock: »Der Sohn von Manz hat keine Klage eingereicht. Warum nicht?«

Als Gebhardt wieder hochblickte, sah er vor sich bereits den nächsten Zeugen. Ein attraktiver Mann, lässig, unrasiert, Mitte fünfzig, mit einer irritierend hellen Fistelstimme. Dr. Walter Pfitzner, der Sachverständige für das medizinische Gutachten.

Bei dem, was dann folgte, tat sich Gebhardt schwer, den Überblick zu behalten. Obwohl sich der Mediziner, das war durchaus zu erkennen, Mühe gab, seine Ausführungen allgemeinverständlich zu halten.

»Der Tod des Unfallopfers muss sofort eingetreten sein ... ist infolge Verblutens und Erstickens eines gewaltsamen Todes gestorben ... Auch sofortige intensivmedizinische Maßnahmen hätten den Tod des Mannes nicht abwenden können ... Alle inneren und äußeren Verletzungen des Sechsundachtzigjährigen wurden ausschließlich durch den Verkehrsunfall verursacht ... Dieser Aufprall muss so heftig ...«

Da blutgrätschte Verteidiger Schwertfeger dazwischen: Wie

sich Herr Dr. Pfitzner bei seiner Diagnose so sicher sein könne, dass er andere Todesursachen als die des Unfalls bei seinen Erwägungen derart entschieden ausschloss? Andere Ursachen und Möglichkeiten wie die zum Beispiel, dass Friedhelm Manz einen Schwächeanfall erlitten und sich seine Verletzungen durch den nachfolgenden Sturz auf den Boden zugezogen haben könnte?

Der Rechtsmediziner zeigte keine Spuren von Befremdung, als er antwortete.

»Ich bin mir unter anderem«, betonte er, »deswegen so sicher, dass das Opfer ursächlich an den Folgen des Unfalls gestorben ist, da seine Strickjacke massiv gedehnte und gerissene Gewebedurchtrennungen mit Einlagerungen aus rotem Autolack aufwies. Derartige Beschädigungen setzen einen solch enormen Kraftaufwand voraus, dass dafür nur ein Fahrzeug mit einer entsprechend hohen Geschwindigkeit in Betracht kommt. Andere Ursachen, wie zum Beispiel ein eigenverschuldeter Sturz zu Boden, scheiden dabei aus. Dafür gibt es keine –«

Der Forensiker hatte noch nicht zu Ende gesprochen, da folgte die zweite Blutgrätsche. Was Herr Dr. Pfitzner denn zum allgemeinen Gesundheitszustand des Verunfallten sagen könne, fragte der Verteidiger. Dr. Pfitzner werde den immerhin sechsundachtzigjährigen Friedhelm Manz sicher auch auf seine körperliche Konstitution zum Zeitpunkt seines Todes eingehend untersucht haben.

Und soweit er unterrichtet sei, fügte der Anwalt noch schnell hinzu, würden bei einem Herzinfarkt die Herzkranzgefäße verschlossen und parallel dazu bei einem Schlaganfall die Hirnarterien. Mit der Folge in beiden Fällen, dass das Gehirn nicht mehr genügend durchblutet werde.

»In so einem Fall sacken einem die Beine einfach weg. Vulgo: Man schlägt auf dem Boden auf. Oder aber der Körper krampft sich derart zusammen, dass er bewegungslos verharren muss und man selbst bei einer drohenden Gefahr nicht mehr in der Lage ist, dem aus dem Weg zu gehen. Und mit steigendem Alter nimmt der Grad der Arterienverkalkung ja zweifellos stetig zu, das ist doch nicht zu leugnen. Insofern ist eine fundierte Auskunft über den körperlichen Verschleiß von Friedhelm Manz, speziell unter dem Aspekt der altersbedingten Arteriosklerose, für die Verteidigung immens wichtig, um ...«

Hier stieß Gebhardt einen tiefen Seufzer der Empörung aus. Gut, ein Anwalt musste sich vor Gericht für seinen Mandanten starkmachen. Aber doch nicht mit solch perfiden Mitteln der Unterstellung. Das hätte Gebhardt diesem Schwertfeger nicht zugetraut. Der Mediziner offenbar schon. Denn diesmal zeigte Dr. Pfitzner Spuren eines ironischen Lächelns, bevor sich seine dünne Fistel erhob.

Selbstverständlich habe er das Unfallopfer daraufhin untersucht. Und er könne den Herrn Anwalt in dieser Hinsicht voll und gänzlich beruhigen. Denn bei Friedhelm Manz waren weder erhöhte Anzeichen einer auffälligen Arteriosklerose im Bereich der Herzkranzgefäße erkennbar noch solche für eine Minderdurchblutung im Gehirn, was auf einen apoplektischen Insult hinweisen würde. Im Gegenteil, der Sechsundachtzigjährige sei noch erstaunlich fit gewesen, weit über dem Durchschnitt in seiner Altersklasse.

In diesem Punkt habe er, führte Pfitzner weiter aus, natürlich auch Rücksprache mit dessen Hausarzt, Dr. Scharrer, gehalten, um seine Vermutungen hinreichend zu substantiieren. Und Dr. Scharrer habe seine Ergebnisse bestätigt. So hatte Manz weder einen Diabetes mellitus, wie so viele in seinem Alter, noch auffällige Werte in punkto Bluthochdruck. Und, fügte der Gerichtsmediziner fast triumphierend hinzu, ebenso wenig einen erhöhten Cholesterinspiegel. Er war, natürlich sein hohes Alter in Abzug gebracht, so rüstig, dass sein Hausarzt, eben jener Dr. Scharrer, bei ihm auf jedwede verschreibungspflichtigen Medikamente verzichten konnte.

Gebhardt hatte sich während der Ausführungen des Pathologen fleißig Notizen gemacht. Auch von den Wörtern, die ihm fremd waren. Wie beispielsweise von dem Verb »substantiieren«, das er sich heute Abend als Erstes von seinem Computer erklären lassen würde.

Zwar hatte sich der Hilfsschöffe vorgenommen, und das war noch gar nicht so lange her, diesen Prozess so neutral wie möglich zu verfolgen und sich nicht von Sympathien oder Antipathien leiten zu lassen, dennoch empfand er bei all dem, was Dr. Pfitzner vortrug, ein immer größer werdendes Wohlbehagen, welches letztendlich in einer sehr unneutralen Mischung aus Triumph und Schadenfreude gipfelte.

Er blickte zu dem Anwalt, der die Dämpfer, die ihm einen nach dem anderen der Rechtsmediziner serviert hatte, erstaunlich gelassen wegzustecken schien. Nach dem Motto: Einen Versuch war es wert. Sein zweiter Blick galt dem Angeklagten. Und bei Patrick Munzinger war nun gar nichts von der Gleichmut seines Rechtsbeistands zu sehen.

Munzinger, der sich anfangs so selbstgewiss und überlegen geriert hatte, vor allem ihm, dem Schöffen Gebhardt gegenüber, wirkte jetzt klein und geduckt. Wahrscheinlich hatte er große Hoffnungen auf die körperlichen Handicaps des Sechsundachtzigjährigen gesetzt, die sein Tun in einem günstigeren Licht erscheinen lassen sollten. Hoffnungen, die sich nun grundlegend erledigt hatten. Weit und breit keiner da, den man für alles verantwortlich machen konnte. Diesmal war es Patrick Munzinger, der unter Gebhardts forschendem Blick verschämt zur Seite sah. Das Blatt hatte sich gewendet, stellte Günther Gebhardt zufrieden fest. Zu seinen Gunsten.

Nachdem der Richter festgehalten hatte, dass es keine weiteren Fragen an den Rechtsmediziner gab, wurde er entlassen.

Auf Antrag der Verteidigung war ein weiterer Zeuge vorgeladen worden. Es sollte der letzte an diesem ersten Prozesstag sein. Arian Zeka war zweiundzwanzig Jahre alt und Kosovo-Albaner, wie er bei der Angabe seiner Personalien ungefragt hinzufügte. Auch er trug weiße Turnschuhe wie der Angeklagte und ein ärmelfreies Muskelshirt, das seine aufgepolsterten und mit optischen Parolen übersäten Oberarme eindrucksvoll zur Wirkung brachte. Dies aber waren die einzigen Gemeinsamkeiten zwischen den beiden jungen Männern. Denn Zeka trug weiße Bermudashorts und seine schwarzen, gegelten Haare an den Schläfen raspelkurz, mit einer Tolle auf dem Kopf, die ihm immer wieder in die Stirn rutschte.

Für den Bruchteil einer Sekunde fielen Günther Gebhardt die Augen zu. In diesem Moment bedauerte er, in der Mittagspause auf den gewohnten Kaffee verzichtet zu haben. Nicht nur in diesem Punkt hatte er sich wohl überschätzt. Frau Dienstl dagegen schien hellwach und konzentriert. Sie lächelte ihm kurz zu, als sie seinen Blick auffing. Gebhardt rutschte auf die vordere Stuhlkante und streckte den Rücken durch. Er wusste, dass ein vorübergehendes Einnicken eines Schöffen, so kurz es auch sein mochte, als Grund für eine Revision reichte. Diese Peinlichkeit wollte er sich ersparen. Dennoch, die Müdigkeit blieb und damit auch eine auf Minimalmaß heruntergedimmte Aufmerksamkeit für diesen Zeugen.

So blieb bei ihm von Zekas Auftritt nur wenig hängen. Und das Wenige war die Bestätigung, dass der Zeuge den Abend des zwölften Februar zusammen mit Patrick Munzinger in einem Wirtshaus in der Ostendstraße verbracht hatte. Auf die Frage des Verteidigers, was und wie viel der Angeklagte an jenem Abend an alkoholischen Getränken konsumiert habe, antwortete Zeka recht flott.

»Also, fünf, sechs Tequilas waren es mindestens. Und halt noch ein paar Biere dazu.«

»Wie viele Biere?«, fragte der Anwalt. »Können Sie dazu eine detailliertere Aussage machen?«

Das wisse er doch nicht mehr, nach so langer Zeit, sagte Zeka mit einem Anflug von Ungeduld. Außerdem zähle er bei solchen Treffen nicht mit, was seine Kumpels trinken. »Das gehört sich einfach nicht, finde ich. Das ist keine gute Basis für einen gemütlichen Abend.« Er schien das ernst zu meinen.

Schwertfeger verzichtete darauf, hier nachzuhaken, und

überließ der Staatsanwältin das Wort. Und die hatte noch Fragen an den Zeugen. Zum Beispiel die Frage, was und wie viel Herr Zeka selbst an diesem Abend getrunken habe.

»Im Prinzip, denke ich mal, das Gleiche wie der Patrick, also wie Herr Munzinger.«

»Und das heißt konkret?«

»Wahrscheinlich auch sechs Tequilas, ungefähr, und entsprechend Bier dazu.«

»Was heißt ›entsprechend Bier dazu‹, in einer Zahl ausgedrückt?«

»Ey, grad hab ich's Ihrem Kollegen mit der schwarzen Kutte«, er deutete nach links, »erklärt. Das – weiß – ich – nicht – mehr.« Jedes Wort ein Rüffel in Richtung der schwarzen Kuttenträgerin.

Die Staatsanwältin steckte sowohl diese Abfuhr als auch seinen rüden Ton erstaunlich gelassen weg. »Das ist aber seltsam, Herr Zeka. An die Zahl der Tequilas können Sie sich ziemlich genau erinnern. Und bei der Zahl der Biere versagt Ihre Erinnerung komplett«, sagte sie.

Pause. Dann redete sie weiter und sah Zeka dabei direkt in die Augen. Mit einem höhnischen Blick. Oder bildete Gebhardt sich das nur ein?

»Der Zeuge Arian Zeka weist ein auffällig dysfunktionales Erinnerungsvermögen auf, was den vereinnahmten Alkohol am Tatabend betrifft, das gilt sowohl für die Menge, die er selbst konsumiert hat, als auch insbesondere dafür, was der Angeklagte Munzinger getrunken hat. Insofern mache ich vorsorglich darauf aufmerksam, dass die Aussage des Zeugen im vorliegenden Fall für das Gericht ohne Belang ist und bei der Anklageerhebung unberücksichtigt bleibt.«

Unberücksichtigt und ohne Belang. Der Kosovo-Albaner hatte also vergebens die Harfe für seinen Freund gezupft.

Jetzt ging alles sehr schnell. Der Richter fragte seine Schöffen, eine Wendung nach links, eine nach rechts, ob sie noch Fragen hätten – das war nicht der Fall –, dann verkündete er das Sitzungsende für heute. In nicht einmal fünf Minuten war der Königssaal leer.

***

Während Gebhardt langsam zum Hauptausgang lief und diesmal weder auf die roten Marmorsäulen noch auf die in Gold gefassten Vignetten achtete, ließ er sich die Worte der Staatsanwältin durch den Kopf gehen. Warum hatte sie so energisch darauf bestanden, von Zeka die exakte Zahl der Biere zu erfahren? Warum war ihr das so wichtig? Wollte sie damit den Zeugen in Misskredit bringen? Und wenn ja, schadete das dem Angeklagten?

Als er auf den Hof vor dem Gerichtsgebäude trat, dämmerte es bereits. Daniela Dienstl, die schon vor dem Eisengitter stand, winkte ihm mit der brennenden Zigarette in der rechten Hand lebhaft zu. Da stellte er das Sinnieren ein und ging auf sie zu.

»Sie, Herr Gebhardt, ich habe den Richter gefragt, ob wir uns alle nicht mal in der Zerzabelshofer Hauptstraße treffen könnten. Also da, wo der Unfall passiert ist. Damit man sich ein besseres Bild davon machen kann, wie das abgelaufen ist. Und Herr Neumann war sofort damit einverstanden. Wahrscheinlich wird dieser Lokaltermin oder Ortstermin – wie sagt man richtig dazu? Das weiß ich jetzt nicht – am kommenden Freitag stattfinden, meint er. Nur damit Sie Bescheid wissen.«

»Ja, das ist ein wirklich sehr guter Vorschlag von Ihnen«, lobte Gebhardt die Schöffin.

Damit entfiel zwar auch sein zweites Schwimmtraining in dieser Woche, aber das war ihm recht. Schließlich hatte er jetzt Wichtigeres zu tun.

»Bei der Gelegenheit kann man sich tatsächlich ein konkreteres Bild von dem Unfallhergang machen. Ich wollte mit Ihnen auch noch über etwas reden, was mir aufgefallen ist. Haben Sie überhaupt noch so viel Zeit?«

»Freilich«, sagte Daniela Dienstl.

»Also, Folgendes: Für meine Begriffe war die Staatsanwältin ein bisschen zu hartnäckig und zu detailversessen bei Zekas Vernehmung. Immer wieder diese Frage, wie viele Biere die beiden an dem Abend getrunken haben. Warum hat sie denn ständig darauf herumgeritten? Munzinger hat doch zugegeben, an diesem Abend ganz gewaltig einen über den Durst getrunken zu haben.«

Bevor Daniela Dienstl, die jetzt ihre Multitasking-Fähigkeit unter Beweis stellen, nämlich rauchen und gleichzeitig nachdenken musste, etwas dazu sagen konnte, beantwortete sich Gebhardt seine Frage selbst. Ihm war etwas eingefallen.

»Ha, ich weiß die Antwort. Und ich bin mir ziemlich sicher, dass ich da recht habe. Die Staatsanwältin wollte zum einen, das war ja offensichtlich, die Glaubwürdigkeit dieses Zeugen in Zweifel ziehen und damit zum anderen auch die von Munzinger. Vor allem, was seinen Alkoholkonsum betrifft. Es ist ja denkbar, dass er sich erst hinterher, also nach dem Unfall, hat volllaufen lassen. Und warum?«, stellte er sich und Frau Dienstl die rhetorische Frage. »Um sich eine entsprechende Unzurechnungsfähigkeit anzutrinken.«

Gebhardt blickte auf ein verständnisloses Gegenüber, darum legte er nach. »Wer einen tödlichen Verkehrsunfall unter starkem Alkoholeinfluss verursacht, wird, glaube ich, weniger hart bestraft als ein vollkommen nüchterner Fahrer. Das habe ich mal irgendwo gelesen. Das heißt: Mit genügend Promille im Blut kriegt man mildernde Umstände. Darauf kann man ja, wenn man ein bisschen schlau ist, durchaus spekulieren, oder? Und Munzinger ist schlau.«

Daniela Dienstl quittierte diesen Ausflug in die Niederungen der gemeinen Angeklagten-Seele mit einem fragenden »Hm?«. Da sah sich Gebhardt gezwungen, seine Expertise auf breitere Füße zu stellen.

»Es könnte doch sein, dass Munzinger seinen Freund Arian gebeten hat, vor Gericht zu lügen. Zeka sollte behaupten, er habe an diesem Abend so viele Schnäpse und Biere getrunken, dass er zum Zeitpunkt des Unfalls so sturzbesoffen war, dass sich seine rechtliche Schuld an dem Unfall reduziert hat beziehungsweise ganz außer Acht zu lassen ist. Sprich: Munzinger könnte von Anfang an auf diese Einschränkung seiner Schuldfähigkeit hingearbeitet haben. Oder wie sehen Sie das, Frau Dienstl?«

Wieder kein Kommentar von seinem rauchenden Gegenüber. Aber Daniela Dienstl hatte während seiner Rede gelegentlich mit dem Kopf genickt, was er als Zustimmung deutete.

»So, jetzt will ich Sie nicht länger aufhalten. Sie haben ja noch einen langen Weg vor sich, bis Sie daheim sind. Bis morgen dann.«

Er war schon nach links eingeschwenkt, da fiel ihm etwas ein. Etwas Wichtiges.

»Halt, eine Frage noch. Wissen Sie zufällig den Namen der Frau Staatsanwältin? Ich muss zu dem Zeitpunkt, als sie vorgestellt wurde, unaufmerksam gewesen sein. Und wenn man mal mit ihr etwas besprechen oder sie etwas fragen möchte, was im Laufe des Verfahrens ja durchaus der Fall sein kann, weiß man gar nicht, wie man sie ansprechen soll. Das wäre doch extrem unhöflich.«

Viele Worte, die darüber hinwegtäuschen sollten, dass hinter dieser Frage weniger das Bemühen um gute Umgangsformen steckte als vielmehr ein durchaus persönliches Interesse.

Doch das taktische Manöver schlug fehl.

»Sie heißt Krüger. Anita Krüger. Und einen Doktortitel hat sie auch. Aber ich würde mir an Ihrer Stelle keine zu großen Hoffnungen machen«, sagte die Schöffin mit einem breiten Grinsen, »ich hab nämlich gesehen, wie sie vorhin von dem Gerichtsmediziner, diesem Pfitzner, abgeholt wurde. Und dabei haben sich beide umarmt. Sehr innig und überhaupt nicht freundschaftlich.«

Nach dieser Klarstellung trennten sich ihre Wege endgültig. Daniela Dienstl lief zügig nach rechts. Sicher hat sie ihr Auto weit weg von hier geparkt, dachte Gebhardt. In diesem Augenblick hätte er zu gern gewusst, ob da in Eckental jemand auf sie wartete oder ob sie wie er allein lebte.

Als er die Hochstraße erreichte, war es so dunkel, dass die Außenlampen über der Haustür bereits hell leuchteten. Die Mülltonnen waren von der Straße verschwunden und standen wieder in ihrer verschließbaren Edelstahlbox. Wahrscheinlich hatte sie Gertrud, seine Nachbarin von vis-à-vis, weggeräumt. Sonst erledigte er das nämlich. Von den anderen im Haus kam dafür niemand in Frage. Die waren allesamt berufstätig und überließen ihm gern diesen Hausmeisterdienst.

Zwei Minuten später schloss er seine Wohnungstür auf. Danach verharrte er lange auf dem Fußabstreicher, mit dem Schlüssel in der Hand. Er hatte heute nicht abgeschlossen! Weder zweimal, wie sonst, noch einmal, sondern gar nicht! Kein einziges Mal! Er konnte sich nicht erinnern, wann ihm das das letzte Mal passiert war. Doch, jetzt wusste er es: zu Erikas Lebzeiten, als er noch berufstätig war.

Während er so bewegungslos und sinnierend vor der Tür stand, sprach ihn von hinten seine Nachbarin an.

»Hallo, Günther. Hast du schon gesehen, die Mülltonnen habe ich heute weggeräumt. Du warst ja nicht da.«

Er hatte sie nicht kommen hören. Schwang da ein leiser Vorwurf mit? Nein, kam er zu dem Schluss, da war keine Missbilligung, nur die pure Neugier, wo er, der sich tagsüber doch meist daheim aufhielt, heute wohl gewesen sein könnte.

Langsam drehte er sich um. »Das stimmt, Gertrud. Ich war heute den ganzen Tag auswärts.«

Als er ihren intensiven, forschenden Blick spürte, fügte er hinzu: »Aber danke, dass du das mit den Mülltonnen heute ausnahmsweise für mich erledigt hast.«

»Na, hoffentlich wird das nicht zur Gewohnheit. Die Tonnen sind nämlich ganz schön schwer. Ich finde, das ist Männerarbeit. Wo ich doch hier im Haus die einzige alleinstehende Frau bin, und zwar eine alleinstehende und«, betonte sie, »schwache Frau.«

Sie lachte gequält, als sie das sagte. So als sei das eben überhaupt nicht ernst gemeint gewesen.

Das mit der »alleinstehenden Frau« war eine Lieblingsformulierung von ihr. Dabei war sie verwitwet. Gebhardt tat so, als hätte er die Ironie nicht verstanden. Er nahm sie wortwörtlich.

»Ach, deswegen würde ich mir an deiner Stelle keine Sorgen machen. Es gibt ja noch sechs weitere Parteien hier im Haus, außer uns beiden. Und einer wird sich bestimmt immer finden, der die Tonnen weg- und wieder hinstellt.« Langsam fand er Gefallen an dem Katz-und-Maus-Spiel.

Gertrud nicht. Sie wurde direkt. »Du bist doch sonst bloß vormittags beim Schwimmen. Wo warst du denn den ganzen Nachmittag?«

Da lächelte der Meister des kommunikativen Beschweigens ihr fein zu und sagte: »So, ich muss jetzt aber. Dir noch einen zauberhaften Abend.«

Auch als er die Straßenschuhe in dem Schränkchen in der Diele verstaute und in seine Birkenstock-Sandalen schlupfte, lächelte er immer noch. Es war das erste Mal seit dreißig Jahren, dass er seiner Nachbarin Paroli geboten hatte. Dass er sich von ihr nicht hatte ausfragen lassen. Das bereitete ihm großes Vergnügen. Und er kannte jemanden, dem das noch besser gefallen hätte – seine Frau Erika. Immer wieder hatte sie ihn vor dieser »neugierigen Person«, die die Leute nur ausrichten würde, gewarnt.

Er ging in die Küche. Jetzt brauchte er erst mal ein Bier, ein gutes Bier, ein Pyraser Grüner Hopfen. Er holte sich eine Flasche aus dem Kühlschrank und goss die bernsteinfarbene Flüssigkeit bedächtig in ein Glas. Als er zum ersten Schluck ansetzte, klopfte es an der Wohnungstür. Er seufzte und stellte das Glas zurück auf den Küchentisch.

Gertrud schon wieder. Sie stand auf dem Türabstreifer, den Kopf nach vorn gelegt. Er postierte sich mittig im Türrahmen. Sie verstand seinen dezenten Hinweis und trat einen Schritt zurück.

»Ich will dich gar nicht lange stören, Günther. Mir ist nur ein Gedanke gekommen. Wenn du jetzt öfter auswärts bist, hast du doch gar keine Zeit mehr zum Kochen. Da könnte ich das für dich erledigen. Selbstverständlich nur dann, wenn du magst. Es kocht sich viel leichter für mehr Personen als nur für eine. Das wirst du als Witwer auch schon gemerkt haben. Und allein essen ist auf Dauer auch nicht das Wahre, oder? Da könnten wir uns doch zusammentun, das bietet sich an, finde ich, jetzt, wo die Erika und mein Herrmann schon so lange tot sind, was meinst du?«

Ohne seine Antwort abzuwarten, plapperte sie weiter. »Ich mache zum Beispiel morgen einen Sauerbraten. Den isst du ja so gern. Die Erika hat mir nämlich mal verraten, dass das dein absolutes Leibgericht ist. Also, dann bis morgen. Kommst halt so um zwölf, halb eins. Bier hab ich übrigens keines im Haus. Das müsstest du dir schon selbst mitbringen.«

Er war baff. Mit einem derartig unverblümten Angriff hatte er nicht gerechnet. Erika schon. Als offensichtlich war, dass sie nicht mehr lange leben würde, hatte sie ihn daraufhin angesprochen. Er konnte sich noch haargenau erinnern, wo das war. Sie lag auf dem Sofa im Wohnzimmer, ganz dünn und schwach, das weiße Kopfkissen unter dem winzigen Kopf, die braune Kamelhaardecke bis unter das Kinn gezogen, und sagte, ohne Vorwarnung, wie aus dem Nichts und ohne ihn anzusehen: »Eins musst du mir versprechen, mein lieber Günther. Wenn ich mal nicht mehr bin, mit der Gertrud bandelst du nicht an. Bitte.«

Selbstverständlich hatte er ihr dieses Versprechen gegeben. Es war ihm leichtgefallen. Und er hatte sie nicht danach gefragt, wie sie auf so etwas Absurdes wie diese Möglichkeit, er könnte sich sofort nach ihrem Tod nach einer anderen Frau umsehen, käme. Er hatte sich auf die Sofakante zu ihr gesetzt, ihre Hand genommen und ihr dabei fest in die Augen gesehen.

Das schien sie zu beruhigen, denn sie hatte mit fester Stimme weitergesprochen: »Ich wette mit dir, die wird es versuchen. Die schon. Früher oder später.« Dann war sie wieder in diesen

Dämmerschlaf verfallen, der die letzten Tage in immer kürzeren Abständen eingesetzt und immer länger gewährt hatte.

Mit diesem Bild vor Augen sagte Gebhardt: »Ich denke, Gertrud, diese Mühe kannst du dir sparen. Seit Erika nicht mehr lebt und ich ihren einzigartigen Sauerbraten nicht mehr kriege, mag ich ihn gar nicht mehr essen. Das käme mir vor wie …«, er suchte nach einem harmlosen Synonym für das schlimme Wort »Verrat« und stieß dabei auf ein noch schlimmeres, »ja, wie ein Sakrileg. Und das bisschen, was ich brauche, das koche ich mir gern selbst. Und dabei sollten wir beide es auch belassen, finde ich.«

Gertrud schien ihm im ersten Moment nicht böse zu sein wegen dieser Abfuhr, nur höchst verwundert. So entschieden und unzugänglich hatte sie ihren Nachbarn noch nie erlebt.

Wenige Sekunden später aber war ihr klar, dass er ihren Plan, ihren schönen Plan, durchkreuzt hatte. Und so fiel ihre Replik entsprechend verkniffen und wortkarg aus: »Tja, wenn du meinst.« Ohne weitere Abschiedsformel drehte sie sich um, ging schnurstracks zu ihrer Wohnung gegenüber und zog die Tür mit Effet hinter sich zu.

Da schloss auch Günther Gebhardt seine Tür, vorsichtig und leise. Als er an dem Schuhschränkchen vorbeikam, fiel sein Blick auf Erikas Foto. Er blieb davor stehen. Er hatte dieses Foto gleich am nächsten Tag, nachdem sie gestorben war, in die Diele gehängt – und nicht, wie andere das mit ihren Familienfotos handhaben, ins Wohnzimmer. Denn sie sollte nach wie vor die Erste sein, die ihn begrüßte, wenn er von draußen hereinkam, und die Letzte, von der er sich verabschiedete, wenn er die Wohnung verließ.

Er strich mit der rechten Hand über den oberen schmalen Holzrahmen und sagte, kaum hörbar: »Bist du zufrieden mit mir? Hab ich alles richtig gemacht?«

Heute musste er nicht, wie sonst, überlegen, was er sich zum Abendessen kochte. Zur Feier des Tages gab es eines seiner drei

Lieblingsgerichte. Und das war eben kein Sauerbraten, den er schon zu Erikas Lebzeiten nicht mehr gern gegessen, ihr das aber bis zuletzt verschwiegen hatte, sondern zwei Scheiben warmen Leberkäses, darauf je ein kross gebratenes Spiegelei. Und dazu natürlich Salzkartoffeln, sein Passepartout für jede warme Mahlzeit.

Er schälte die Kartoffeln, gab sie in den Wassertopf, stellte die Pfanne mit etwas Butterschmalz auf den Herd und legte den Leberkäse hinein. Als das Wasser kochte, war sein Bierglas leer. Er schenkte sich nach.

Die Wartezeit am Küchentisch verkürzte er sich, indem er in seinen Notizen blätterte. Den Dringlichkeitsvermerk zum gerichtsmedizinischen Gutachten konnte er schon durchstreichen. Dagegen blieb die Frage offen, warum sich der BMW-Fahrer Munzinger ein solches Kleinauto wie diesen Corsa von der Jovanovic ausgeliehen hatte. Da musste er dranbleiben.

In dem Moment bedauerte er, dass er so wenig über den Angeklagten wusste. Was machte der beruflich? Übte er überhaupt einen Beruf aus? Wahrscheinlich schon, wovon sonst sollte er sich den BMW und auch die Saufgelage leisten. So ein Tequila war ja nicht eben billig. Sechs davon, und man war mit einem Schlag fünfundvierzig Euro los. Und lebte dieser Junge mit der Topffrisur, an dem so vieles widersprüchlich war, allein, oder hatte er eine feste Freundin? Gebhardt konnte den Angeklagten Munzinger nirgendwo einordnen.

Er versuchte, sich ihn bei dem, was ihm vorgeworfen wurde, vorzustellen. So deutlich, wie er nur konnte. Wie dieser aus dem Wirtshaus kam, sich in den roten Corsa setzte, Gas gab, die Zerzabelshofer Hauptstraße entlangraste, dann der Aufprall, er ließ das Auto stehen und rannte weg. Tauchte erst am nächsten Morgen in der Polizeiwache auf, geständig und mit gehörigem Restalkohol im Blut.

Irgendwie wollte Gebhardt diese Bildersequenz nicht gelingen. Irgendetwas passte da nicht. Als er den Film von vorn ablaufen ließ, klingelte der Küchenwecker. Die Kartoffeln waren gar. Er schlug den Notizblock zu und verstaute ihn im Flur in der Jackett-Innentasche. Dann goss er die Kartoffeln ab und deckte den Tisch.

Während er aß, bemühte er sich, seine offenen Fragen wie auch die heutige Verhandlung zu verdrängen. Es gelang ihm nur leidlich. Konnte jemand, der unter Alkoholeinfluss einen Verkehrsunfall verursacht hatte, nun mit einer milderen Strafe rechnen als jemand, der nüchtern war? Nach dem Essen würde er sofort ins Internet gehen und sich dort schlaumachen.

Endlich war der Teller leer. Er deponierte ihn im Spülbecken, zusammen mit dem Besteck, der Pfanne und dem Topf. Heute hatte er keine Zeit für den allabendlichen Abwasch. Die Recherche rief. Er nahm das noch halb volle Bierglas, wechselte ins Zimmer nebenan und ließ den Computer hochfahren.

Gute zwei Stunden später. Sein Rücken schmerzte, die Augen brannten vor Trockenheit, und an der rechten Schläfe pochte es unheilvoll. Und das alles ohne Lohn für seine Arbeit!

Die Recherche hatte nichts gebracht. Es gab keine Pi-mal-Daumen-Regel, wie tödliche Verkehrsunfälle unter Alkoholeinfluss sanktioniert wurden. Das fiel anscheinend unter das Richterrecht. Mit einer sehr breit gefächerten Spanne.

Da gab es zum Beispiel in Münster einen Unfall mit Todesfolge, und der alkoholisierte Verursacher kam mit einer Bewährungsstrafe davon. Den Führerschein durfte er sogar behalten, was er, Günther Gebhardt, als ungerecht und einen Affront gegen die Hinterbliebenen empfand. Und dann ein ähnlicher Fall – da plädierte der Staatsanwalt für eine Freiheitsstrafe von einem Jahr, die nicht auf Bewährung auszusetzen sei. Er kam damit durch. Der Angeklagte musste wegen schuldhafter Verursachung eines Verkehrsunfalles mit Todesfolge für ein Jahr ins Gefängnis. Außerdem sprach der Richter bei seinem Urteil auch ein sechsmonatiges Fahrverbot aus, wegen der fahrlässigen Tötung.

Wie war so etwas möglich, dermaßen unterschiedliche Strafen?, fragte sich Gebhardt und schaltete den Computer aus. Als er aufstand und die Schultern nach vorn, dann nach hinten ein paarmal kreisen ließ, erinnerte er sich an einen Richter irgendwo in einer fränkischen Kleinstadt. Dieser hatte in den neunziger Jahren mit seinen extrem milden Urteilen bei Verkehrsunfällen bundesweit für Furore gesorgt. Und dieser »Richter Gnädig«, wie man ihn in der Presse titulierte, wurde dann in der ersten Instanz sogar wegen Rechtsbeugung verurteilt. Und zwar zu einer längeren Bewährungsstrafe, da war sich Gebhardt ziemlich sicher.

Er setzte sich an den Wohnzimmertisch und blätterte die Zeitung durch. Müde, unaufmerksam und ohne jedes Interesse. Seine Gedanken wanderten immer wieder, gegen seinen Willen, zu Patrick Munzinger zurück. Es war dann eine kleine Schlagzeile im Lokalteil, die ihn aus seinem Tran aufweckte. Ein Verkehrsunfall, bei dem beide, das Opfer, ein älterer Autofahrer, und der Verursacher, ein jugendlicher Radfahrer, »leichte Verletzungen davontrugen«.

Wirklich beide? Ja, beide!

Wovon hatte der Gerichtsmediziner in seinem Gutachten gesprochen? Von dem »enormen Kraftaufwand« und der »entsprechend hohen Geschwindigkeit« bei diesem Aufprall. Also musste doch auch Munzinger irgendwelche sichtbaren Blessuren – Striemen, Quetschungen, blaue Flecken – davongetragen haben. Selbst wenn er bei dem Unfall angegurtet gewesen war.

Gebhardt sprang auf, ging in die Diele, zog den Notizblock aus der Jackett-Innentasche heraus, setzte sich wieder an den Wohnzimmertisch und schrieb in den Block: »Wurde M. verletzt? Hat man ihn daraufhin untersucht? Wenn nein, warum nicht?«

In dem beruhigenden Gefühl, alles erledigt zu haben, was im Moment anstand, schaltete er den Fernseher ein. Es lief eine Folge von irgend so einer dieser Krimiserien, von denen er glaubte, sie schon mindestens zweimal gesehen zu haben. Es dauerte keine fünf Minuten, da war er eingeschlafen. Wach wurde er kurz nach dreiundzwanzig Uhr. Auf dem Bildschirm räkelten sich fast nackte Frauen, die ihn animierten, sie unter einer bestimmten Telefonnummer anzurufen. Er musste im Schlaf aus Versehen mit der rechten Hand auf die Fernbedienung gekommen sein.

Noch verdöst sprang er aus dem Fernsehsessel und ging schnurstracks zu Bett. Ohne den obligatorischen Umweg ins Bad. Zähneputzen und Katzenwäsche fielen heute flach. Und auch ein anderes Ritual wurde am Ende dieses ereignisreichen Tages außer Kraft gesetzt. Mit der Folge, dass erstmals seit Jahren Einbrecher in dieser Nacht leichtes Spiel bei Günther Gebhardt gehabt hätten. Seine Wohnungstür stand so gut wie offen. Verschlossen war sie jedenfalls nicht.

VIER

Auch am nächsten Morgen klingelte der Wecker in der Hochstraße punkt sechs Uhr. Und riss Günther Gebhardt aus einem wundersamen Traum, in dem eine aparte Blondine so um die fünfzig, mit aufregend schönen Beinen und schwarzem Ornat, die Hauptfigur spielte. Doch anstatt aus dem Bett zu springen und seinem Tagewerk nachzugehen, oder besser: es überhaupt erst einmal in Gang zu setzen, blieb er einfach liegen. Zu verlockend der Gedanke, sich dieses reizvolle Szenario der Nacht nochmals in Erinnerung zu rufen. Und sich die lückenhaften Stellen nach eigenem Belieben auszuschmücken. Dann aber fiel ihm Daniela Dienstl von gestern Abend ein, kurz danach dieser gut aussehende, lässige Gerichtsmediziner, der vor allem wesentlich jünger war als er, und er stand auf. Das hatte ja alles keinen Sinn.

Er trank zwei Tassen Kaffee und ein Glas Orangensaft, aß ein Ei, dazu ein Butterbrot, schließlich noch ein Käsebrot, und stellte sich unter die Dusche. Nach dem Rasieren holte er die Zeitung aus dem Briefkasten. Es war Viertel nach sieben, als er die Schlagzeilen überflog. Es war nichts dabei, was ihn ansatzweise hätte interessieren können. Also klappte er die Zeitung zu und trug sie ins Wohnzimmer. Dort wunderte er sich, dass auf dem Couchtisch noch eine Zeitung lag, nämlich jene vom Vortag, genauso ungelesen wie die von heute.

Sitten waren in diesem Haushalt eingerissen, dass es eine Schande war! Er vergaß, die Wohnung abzusperren, er hatte keine Lust, die Zeitung zu lesen, er ließ das Zähneputzen sein, wusch sich abends nicht mehr, vom Vortag stand noch das benutzte Geschirr in der Spüle, er war jetzt auf die Zuverlässigkeit seines Weckers angewiesen, er hatte sich gestern seiner Nachbarin Gertrud das erste Mal seit immerhin dreißig Jahren klar und deutlich verweigert. Und er träumte nachts von blonden

Staatsanwältinnen. Das alles war so vollkommen anders als früher. Anders und höchst seltsam. Für ihn unerklärlich.

Es schien, als habe er mit einem Schlag all das, was ihm lieb und gewohnt war, aufgegeben. Irgendwie hatte er das Gefühl, dass ihm gerade sein Leben abhandenkam. Sein schönes Leben, in dem er es sich doch so bequem eingerichtet hatte und mit dem er im Prinzip auch, im Großen und Ganzen, zufrieden war.

Und warum dieser radikale und gefährliche Wandel? Nur weil er jetzt beim Oberlandesgericht Nürnberg in der Fürther Straße zum Schöffen ernannt worden war. Aber was hieß hier schon Schöffe? Er war ja nur Hilfsschöffe. Also einer, der lediglich bis Ende des Jahres, noch gute zwei Monate lang, vom Gericht eingesetzt werden konnte. Und das auch nur dann, wenn mal einer von den richtigen Schöffen nicht konnte. Und dafür krempelte er sein ganzes Leben um?

Er musste eine sehr lange Weile regungslos im Wohnzimmer, die Zeitung immer noch in der rechten Hand, dagestanden haben, denn als er auf die Uhr sah, war es bereits kurz vor acht. Und er war noch nicht einmal richtig angezogen.

Viertel nach acht verließ er seine Wohnung. Der Abwasch stand noch in der Spüle, keiner hinderte die feine Staubschicht auf dem Schreibtisch des Kinderzimmers, auch weiterhin die Zimmerdecke in die Höhe hinaufzuwachsen, Räume und Gegenstände wunderten sich, blieben sie doch heute von ihrem morgendlichen Kontrollgang verschont. Nur bei der Wohnungstür ließ er die gewohnte Sorgfalt walten – sie wurde jetzt, wie all die Jahre zuvor, zweimal verschlossen.

***

Dem panikartigen Aufbruch und einem äußerst zügigen Fußmarsch hatte Gebhardt es zu verdanken, dass er heute einer der Ersten im Königssaal war. Frau Dienstl saß bereits an ihrem Platz und winkte ihm voller Stolz mit einem Kugelschreiber und einem Notizblock, der nagelneu aussah, entgegen. Er trat zu ihr und bewunderte ihre Errungenschaften.

Als der Vorsitzende Richter den Raum betrat, flüsterte er ihr schnell zu: »Ich sag Ihnen dann, wenn wir etwas mehr Zeit haben, was ich gestern bei meiner Recherche herausgefunden habe. Vorab nur so viel: Viel ist es nicht.«

Dann ging alles sehr schnell. Gebhardt huschte hinter dem Richter auf seinen Platz, hängte das Sakko über die Stuhllehne, kramte seinen Notizblock aus der Tasche und legte ihn vor sich auf den Tisch.

Die ersten beiden Zeugen wurden in den Saal gerufen. Es waren die beiden Streifenpolizisten, die am zwölften Februar als Erste den Unfallort in Augenschein genommen hatten. Der eine auffallend lang und dünn, genauso dünn wie sein Haarwuchs. Der andere klein, korpulent und oben eine kahl geschorene Platte. Auf seinem Gesicht schimmerte eine gutmütige Fröhlichkeit. Wie Pat und Patachon in Uniform, dachte Gebhardt.

»Wie und wann haben Sie von dem Unfall erfahren?«, stellte Neumann seine erste Frage.

»Eine Anwohnerin, die anscheinend den Aufprall vor ihrer Haustür gehört hatte, rief die 110 an, also bei der Einsatzzentrale. Das war«, der Dürre mit dem spärlichen Haarkranz griff nach dem Schnellhefter, der vor ihm auf dem kleinen Tischchen lag und blätterte darin, »am Abend des zwölften Februar um dreiundzwanzig Uhr acht. Die Einsatzzentrale hat dann uns als die zuständige Inspektion angefunkt. Wir sind sofort zur Unfallstelle gefahren und dort um dreiundzwanzig Uhr«, erneuter Blick in den Schnellhefter, »zweiundzwanzig eingetroffen, zusammen mit einer weiteren Streife.«

»Warum in dem Fall gleich zwei Streifen?«, fragte der Vorsitzende.

»Weil auch die VPI, also die Verkehrspolizeiinspektion, zur selben Zeit ein Kommando an den Verkehrsunfallort geschickt hat. Nach der Absicherung der Unfallstelle sowie der Sperrung der rechten Fahrbahn der Zerzabelshofer Hauptstraße sowohl vorn als auch hinten konnten wir mit der Verkehrsunfallaufnahme bereits um dreiundzwanzig Uhr siebenunddreißig beginnen. Das waren im Einzelnen zunächst die Ausmessungen und die Identitätsfeststellung der Zeugen –«

»Waren zu diesem Zeitpunkt«, unterbrach ihn der Richter, »schon der Rettungswagen und ein Notarzt zugegen? Hat man sich um den Verunfallten gekümmert?«

»Ja, freilich«, antwortete wieder der dünne Polizist, »bei einem derart schweren VU beziehungsweise Verkehrsunfall informiert die ILS, also die Integrierte Leitstelle, immer auch die Rettung, den Jour-Staatsanwalt und den Notarzt.«

Neumanns Zwischenfragen hatten den Beamten, wie es schien, aus dem Konzept gebracht. Er musste den Schnellhefter eine lange Weile konsultieren, bevor er fortfahren konnte.

»Aber der Arzt konnte nur mehr den Tod des Verunfallten feststellen.« Und außerdem stünde das doch alles in seinem Bericht, fügte er sehr selbstsicher hinzu.

»Wenn es Ihnen nicht zu viel Mühe macht«, merkte Neumann etwas spitz dazu an, »würden wir es gern von Ihnen persönlich noch einmal hören. Also, es ist festzuhalten: Polizei, Notarzt und Rettungswagen waren um kurz vor dreiundzwanzig Uhr dreißig zugegen.«

Pat, der Streifenpolizist, antwortete, wie es sich für einen Stummfilmstar gehörte: wortlos, mit einem dezenten Kopfnicken.

Der Richter ließ ihm diese stumme Rückmeldung durchgehen.

»In Ihrem Bericht lese ich, dass Sie noch in der Nacht eine Streife zu der Halterin des Wagens geschickt haben, diese aber nicht an ihrer gemeldeten Adresse anzutreffen gewesen sei. Ist das richtig?«

»Ja, das ist richtig.«

»Gut. Sie sprachen vorhin von der Identitätsfeststellung etwaiger Zeugen. Jetzt finde ich aber in Ihrer Unfallaufnahme keinen einzigen Namen dazu. Kein Zeuge, der den Unfall beobachtet hat?« Neumann sah fragend zu dem Beamten.

»Den können Sie auch nicht finden, weil es niemanden gab, der den Tathergang beobachtet hat. Die einzige Zeugin, die wir trotz intensivster Bemühungen ausfindig machen konnten, ist eben jene Frau, die den Unfall bei der Leitstelle gemeldet hat. Ihr Name steht in unserem Bericht.«

»Und diese Zeugin konnte wohl keine Angaben zu dem Unfallhergang machen? Haben Sie sie dazu befragt?«

»Ja, freilich habe ich sie danach gefragt. Mehrere Male. Und nein, den eigentlichen Zusammenstoß hat sie nicht gesehen. Nur das, was danach passierte.« Das Gesicht des Polizisten leuchtete jetzt in einem ungesunden Rot auf.

Neumann blätterte in dem Papierstapel, der vor ihm lag. Schließlich hatte er gefunden, wonach er suchte.

»Ihre Unfallskizze deute ich so, dass die Unfallstelle relativ einfach zu überschauen war. Stimmen Sie mir da zu?«

»Auf jeden Fall. Dieser Straßenabschnitt war sicher, zumal zu einer so späten Uhrzeit, relativ unbelebt, um nicht zu sagen: ausgestorben. Insofern gehen wir davon aus, dass der Unfallverursacher die Regeln der Straßenverkehrsordnung nicht beachtet hat. Er muss abgelenkt gewesen sein, sonst hätte er wesentlich früher gebremst.«

»Aber vor Gericht verwertbare Hinweise dazu haben Sie nicht?«

»Nein. Dazu haben wir nichts gefunden. Bis auf die Bremsspur konnten wir am Unfallort keine tatrelevanten Spuren sichten. Und um die hat sich ja dann der Sachverständige von der Dekra sehr intensiv gekümmert. Das hat fast zwei Stunden gedauert. Der Staatsanwalt hat nämlich nicht nur die gerichtsmedizinische Obduktion, sondern auch die Hinzuziehung eines Sachverständigen angeordnet.«

»Hm. Dann meine letzte Frage. Sie schreiben in Ihrem Bericht von einer, ich zitiere wörtlich, ›erheblichen Personenansammlung zum Zeitpunkt des Leichenfundes‹. Wie viele waren das circa? Und haben Sie einzelne Personen davon befragt? Darüber kann ich in Ihrer Unfallaufnahme nämlich auch nichts finden.«

»Was meinst du, Harry, wie viele waren das?«, wandte sich die uniformierte Bohnenstange an seinen kompakten Kompagnon mit der Glatze.

Nach einer längeren Bedenkzeit sagte dieser: »Na ja, fünfzehn werden es schon gewesen sein. Mindestens.«

»Ja, da hast du aber dann die Leute von der Feuerwehr und vom Rettungsdienst mitgerechnet, oder? So viele waren es nicht, also summa summarum.«

»Ich gehe eigentlich davon aus«, sagte der Vorsitzende Richter mit deutlichen Anzeichen wachsender Gereiztheit, »dass Sie speziell bei einer Unfallaufnahme unter einer Personenansammlung lediglich die Schaulustigen und jene, die sich dort zufällig aufhalten, verstehen – aber nicht jene wie Sie, die dort vor Ort ihrem Beruf nachgehen. Also, wenn Sie uns jetzt die Zahl dieser Personen nennen könnten. Ein ungefährer Wert würde mir genügen.«

Die zwei Beamten tuschelten leise miteinander. Schließlich antworteten beide gleichzeitig: »Sechs waren es.« Und Patachon ergänzte die Personenangabe mit einem triumphierenden »Mindestens!«.

Neumann machte eine wegwerfende Handbewegung, die alles und nichts bedeuten konnte, und beließ es dabei. Dann entließ er die beiden Polizisten.

»Bis der nächste Zeuge erscheint, das ist der Sachverständige von der Dekra, haben wir noch eine Viertelstunde Zeit«, sagte er im Flüsterton zu seinen Schöffen. »Ich schlage vor, wir verbringen die Wartezeit in meinem Büro. Das ist gleich nebenan. Da sind wir ungestört. Vielleicht haben Sie irgendwelche Anmerkungen oder Fragen an mich.«

Gebhardt hatte sich das Büro eines Vorsitzenden Richters größer, übersichtlicher, ja insgesamt imposanter vorgestellt. Dieses jämmerliche Kämmerchen aber war ein besserer Abstellraum und eines hochrangigen Beamten in schwarzer Robe unwürdig, der hier seinen Papierkram erledigen musste. Ein unkontrollierbares Durcheinander von abgenutzten, teilweise schäbigen Holzmöbeln, die aus den sechziger Jahren stammten. Die Regale ächzten unter der Last der Leitz-Ordner, die sich bis an die Decke stapelten. Auf dem vollbepackten Schreibtisch stand eine Thermoskanne aus Plastik.

Neumann fragte seine Schöffen, ob er ihnen eine Tasse Kaffee anbieten könne. Beide lehnten sofort ab. Der Richter zog aus einer seitlichen Schreibtischlade einen einfachen Becher mit deutlichen Gebrauchsspuren hervor und griff nach der Thermoskanne. Keiner sagte ein Wort. Eine Zeit lang war es mucksmäuschenstill in dem richterlichen Kabuff.

Erst nach dem ersten Schluck unterbrach Neumann sein Schweigen. Und er kam gleich zur Sache.

»Vorab zu Ihrer Information: Ich habe diese Verhandlung auf vier Prozesstage festgelegt. Das dürfte genügen. Zumal der Angeklagte voll geständig ist und es sich dabei um einen überschaubaren Fall handelt. Das heißt, am Montag, allerspätestens am Dienstag, rechne ich mit der Urteilsverkündung. Haben Sie speziell dazu Fragen?«

Seine beiden Hilfsschöffen schüttelten verneinend den Kopf.

»Gut. Dann hätte ich eine Frage an Sie. Und zwar die, ob Sie sich Ihr neues Amt so vorgestellt haben, oder ob Sie jetzt, nach den ersten zwei Tagen, enttäuscht sind.«

Gebhardt schüttelte wieder den Kopf. Und Daniela Dienstl sagte, enttäuscht sei sie überhaupt nicht. Nein, im Gegenteil. Sie finde die Verhandlung sehr spannend, geradezu aufregend. Es sei ja noch alles offen bei diesem Fall. Und dass hier sei live, nicht so vorhersehbar wie in den meisten Gerichtsfilmen, die sie bisher gesehen habe.

Als ihr nichts mehr einfiel, fragte sie: »Und Sie, Herr Gebhardt, was meinen Sie?«

Dieser tat sich schwer mit einer vergleichbar euphorischen

Antwort. Was Frau Dienstl als spannend und aufregend empfand, war für ihn anstrengend und verwirrend. Aber er hütete sich, das zuzugeben. So rang er sich zu der sehr diplomatischen Formulierung durch: »Nein, enttäuscht bin ich nicht.«

Neumann sah ihn zweifelnd an, fragte aber nicht nach.

»Thema Lokaltermin. Das hatten Sie ja gestern dankenswerterweise vorgeschlagen, Frau Dienstl. Den müssen wir vorverlegen und zwar auf morgen Vormittag. Die beiden Herren von der Polizei haben am Freitag keine Zeit. Wir werden uns dann alle so um zehn Uhr in der Zerzabelshofer Hauptstraße treffen. Und mit ›alle‹ meine ich Sie beide, die Staatsanwältin, den Angeklagten und seinen Anwalt, mich sowie die beiden Polizeibeamten.«

Er klappte die vor ihm liegende Mappe auf. »Unser Treffpunkt ist an der Kreuzung zur Urbanstraße. Dort hat sich der Unfall auch ereignet. Das ist Ihnen doch recht?«

»Freilich«, bestätigte Daniela Dienstl. »Je früher, desto besser. Oder, Herr Gebhardt?«

»Ja, natürlich. Vielleicht ergeben sich aus diesem Termin neue Erkenntnisse, die für die noch ausstehenden Zeugeneinvernahmen hilfreich sein können.«

Nach dieser verklausulierten Einlassung gab sich Gebhardt einen Ruck und sagte: »Sie haben vorhin erwähnt, Herr Neumann, dass wir auch Fragen stellen dürfen.«

Neumann nickte, so freundlich wie auffordernd.

»Mich würde interessieren, ob der Angeklagte bei diesem Unfall auch verletzt wurde. Dr. Pfitzner hat ja in seinem Gutachten von dem hohen Kraftaufwand und der stark überhöhten Geschwindigkeit bei dem Aufprall des Opel Corsa auf das Opfer gesprochen. Da könnte es doch gut möglich sein, meine ich, dass auch der Angeklagte sich dabei irgendwelche Verletzungen zugezogen hat. Selbst wenn er angegurtet gewesen sein sollte. Oder sehe ich das falsch?«

»Nein, nein, überhaupt nicht«, versicherte ihm der Richter. »Das sehen Sie ganz richtig. Aber ich fürchte, eine entsprechende Untersuchung wurde damals verabsäumt. In dem, was ich vorliegen habe, steht jedenfalls nichts darüber. Die beiden Polizisten, die Munzingers Aussage aufgenommen haben, haben sich in diesem Fall eh nicht mit Ruhm bekleckert. Wenn ich da nur an dieses Telefonat mit der Fahrzeughalterin denke …«

Er stand auf und verstaute den Becher wieder in der Schreibtischlade. »Aber lassen wir das«, sagte er schließlich. »Am besten ist, Sie fragen Munzinger selbst danach, und zwar jetzt gleich. Das heißt: vor der nächsten Zeugeneinvernahme.«

Achtlos warf er die Robe über und geleitete die Schöffen zur Tür.

Günther Gebhardt war nicht wohl bei dem Gedanken an das, was jetzt auf ihn zukam. Eigentlich hatte er nur eine Anregung geben wollen. Einen Impuls. Für den Vorsitzenden. Aber dass er jetzt selbst reden sollte, ganz allein, in diesem großen Saal, vor all den anderen, das machte ihm Angst.

Umständlich nahm er Platz, um Zeit zu gewinnen. Alle anderen saßen bereits und warteten, er aber rückte den Stuhl vor, dann wieder ein zu großes Stück zurück, sodass er erneut … Und überlegte dabei die ganze Zeit, wie er das, wonach er fragen wollte, formulieren sollte. Als Herr Neumann verkündete, dass man vonseiten des Gerichts eine Frage an den Angeklagten Munzinger habe, gab es kein Zurück mehr.

So sagte sein Mund fast ohne sein Zutun: »Sind Sie bei dem Unfall auch verletzt worden?« Da er es bei dieser Frage vermieden hatte, irgendjemandem in die Augen zu sehen, fügte er noch ein klärendes »Herr Munzinger« hinzu.

Der Verteidiger war aus seinem Stuhl hochgeschnellt und wollte soeben zu einer Erwiderung ansetzen, als Neumann ihm zuvorkam.

»Und diesmal bestehen wir auf einer persönlichen Antwort des Angeklagten, zumal es sich dabei um eine Frage handelt, die relativ einfach zu beantworten ist und frei von jeder Gefahr, dass sich Herr Munzinger dabei selbst belastet.«

Eine Zeit lang hörte man nichts. Nur unverständliches Gewisper zwischen Schwertfeger und seinem Mandanten. Dann die Antwort: »Das weiß ich heute nicht mehr. Daran kann ich mich nicht erinnern. Das ist ja schon so lange her.«

»Aber an eines werden Sie sich sicher noch erinnern können«, hakte der Vorsitzende nach, »ob Sie sich damals des Unfalls wegen in ärztliche Behandlung begeben haben.«

»Nein. Ich war nicht beim Arzt.«

Jetzt bedauerte es Günther Gebhardt, mit dieser Angelegenheit so voreilig vorgeprescht zu sein. Im Nachhinein erschien ihm die Frage kleinlich, detailverliebt, unprofessionell, ohne jede Bedeutung für diesen Prozess. Wahrscheinlich hatte er dabei sogar einen roten Kopf bekommen. Er nahm sich vor, künftig keine Fragen mehr zu stellen. Sollten sich doch die anderen blamieren, er würde sich hüten, noch eine einzige …

So in seinen Gedanken vertieft, verpasste er den Anfang vom Auftritt des Dekra-Technikers, ein schwerfälliger, sehr großer Mann mit breiten Hüften, der in lautstarkem Bariton sprach. Erst als der Sachverständige bereits mitten in seinen Zahlenspielen war, war auch der Schöffe wieder aufnahmebereit.

»Eine Bremsspur ist ein schwarzer Streifen auf der Fahrbahn«, dozierte der Techniker mit offenkundiger Leidenschaft, »der durch den Gummiabrieb eines blockierenden oder zumindest stark abgebremsten Reifens sowie durch die Ausschwitzung des Bindemittels, welches sich auch innerorts in den meisten Fällen aus Bitumen zusammensetzt – aber dazu komme ich später –, auf der Asphaltdecke entsteht. In der Regel wird eine Bremsspur auf trockener Fahrbahn ab einer Verzögerung von sechs Metern pro Quadratsekunde gezeichnet.«

Der Referent hielt inne und sah forschend zur Richterbank. »Falls Sie etwas nicht auf Anhieb verstehen sollten, bitte sofort nachfragen. Ich beantworte Ihre Fragen gern.« Und das glaubte ihm Gebhardt aufs Wort.

»Wo war ich? Ah ja, trockene Fahrbahn. Ja, das Wetter, wie

Sie sich sicher denken können, spielt bei der Geschwindigkeitsrückrechnung aus der Bremsspur eine wichtige Rolle, da somit … Am Abend des zwölften Februar, also am Unfallabend, herrschte eine für die Jahreszeit unübliche Trockenheit, woran maßgebend der nachgewiesene Kältegrad von … verantwortlich zeichnete. Insofern können wir davon ausgehen, dass der Mittelwert von … zutrifft. Doch nicht nur das Blockieren der Räder verursacht Reifenspuren auf einer befestigten Straße, sondern«, der Sachverständige hob den Zeigefinger und vergewisserte sich der Aufmerksamkeit der drei Personen vor ihm, »auch seitliches Driften oder Schleudern des Fahrzeugs. Davon kann aber im vorliegenden Fall nicht ausgegangen werden. Ich habe keine dieser typischen Schleuder- oder Driftspuren am Unfallort wahrnehmen können.«

Gebhardt gab sich alle Mühe, den Ausführungen des Hünen zu folgen. Bis jetzt gelang ihm das auch recht gut. Frau Dienstl dagegen schien den Kampf aufgegeben zu haben. Sie, die bisher fleißig mitgeschrieben hatte, verstaute den Block in ihrer Handtasche, schleuderte den Kugelschreiber von sich und blickte dann genervt ins Leere. Das freute den Schöffen. Zumindest in der Hinsicht hatte er seiner Kollegin etwas voraus. Doch die Freude währte nicht lange.

»Durch den Einsatz von Antiblockiersystemen und Fahrdynamikregelungen bei Kraftfahrzeugen wird die Entstehung von Bremsspuren zwar verändert. Das aber«, und da war er wieder, der aufmerksamkeitsheischende Zeigefinger, »können wir hier vernachlässigen. Es handelt sich bei dem Unfallfahrzeug zwar um einen Opel Corsa B mit ABS, aber bei Personenkraftwagen hat die Verwendung von ABS fast keinen Einfluss auf die Entstehung von Bremsspuren. Und auch die beim Einsatz von ESP typischen Quermaserungen auf der Bremsspur habe ich nicht entdecken können.«

So langsam kam jetzt auch Gebhardt der rote Faden abhanden. Wofür er den Riesen da vor sich mit seiner tönernen Stimme und seiner mäandernden Herleitung einer im Prinzip einfachen Berechnung verantwortlich machte. Warum all diese falschen Fährten, wenn sie doch nur über kurz oder lang ins Leere führten?

Da nahte unerwarteter Beistand von links.

»Wenn Sie sich jetzt auf das Wesentliche konzentrieren wollten«, sagte der Vorsitzende Richter zu dem Experten, »also auf das, was für den Unfallhergang ausschlaggebend ist. Bitte.« Es klang nicht eben wie eine Bitte, sondern wie eine handfeste Belehrung.

»Ja, natürlich. Gern. Also, wie bereits erwähnt, lassen sich aus der Länge und dem Verlauf einer Bremsspur, unter Berücksichtigung des Fahrbahnbelags und der Witterung, nicht nur Rückschlüsse über den Hergang eines Unfalls ziehen, sondern daraus lässt sich auch die Ausgangsgeschwindigkeit des Fahrzeugs ermitteln. Dazu ist in dem vorliegenden Fall zu sagen: Der Fahrer des Opel Corsa war an jenem Abend mit deutlich überhöhter Geschwindigkeit unterwegs. Und zwar mit mehr als dreißig Stundenkilometern über der Höchstgeschwindigkeit, die in der Zerzabelshofer Hauptstraße in dem Streckenabschnitt, wo der Unfall passiert ist, bei fünfzig km/h liegt.«

Kurzer Blick zur Richterbank, wo man ihn mit großen Augen ansah. So wurde die Übersetzung in ein knappes, unmissverständliches Deutsch nachgereicht.

»Das heißt: Der Fahrer ist viel zu schnell gefahren. Fragen dazu?«

Neumann schüttelte verneinend den Kopf. »Dann danken wir Ihnen, Herr Ehrmann, für Ihre –«

»Halt. Ich bin noch lange nicht fertig, Herr Vorsitzender. Da ist noch etwas. Schwach ausgebildete Bremsspuren wie in dem vorliegenden Fall können zweierlei Gründe haben: entweder technische Ursachen oder eine nicht erfolgte Reaktion des Fahrers. Ein technischer Defekt liegt nicht vor, das kann man bei dem Fahrzeug ausschließen, das, von zu vernachlässigenden Kleinigkeiten abgesehen, in fast einwandfreiem Zustand war. Bleibt also nur mehr die nicht rechtzeitig erfolgte Reaktion des

Fahrers. Dafür spricht auch, dass es im Verlauf der Bremsspur kein Indiz für eine plötzliche Richtungsänderung gibt.«

Der Sachverständige zog aus seinen Unterlagen einen Bogen Papier heraus und lief damit für sein Gewicht erstaunlich schnell auf den Richtertisch zu.

»Wenn Sie dazu bitte mal auf Blatt drei sehen wollen, ich habe Ihnen das eigens aufgezeichnet und entsprechend markiert.«

Gebhardt sah auf Blatt drei, wurde aber aus all den Linien und Pfeilen auf den ersten Blick nicht schlau. Und auch nicht auf den zweiten und dritten Blick.

»Und das heißt konkret jetzt was? Das ganze Herumgequatsche versteht doch kein Mensch«, preschte eine sichtlich ungehaltene Daniela Dienstl vor, die Blatt drei erst gar nicht in die Hand genommen hatte.

Gebhardt fand nicht nur die Frage seiner Nachbarin, sondern auch deren Wortwahl höchst unschicklich. Damit hatte sie den Rahmen, der ihr hier vor Gericht gezogen war, gesprengt. Er sah verstohlen nach links. Der Richter schien nicht seiner Ansicht zu sein.

Und auch Herr Ehrmann zeigte sich von der Frage plus der unüberhörbaren Beanstandung seiner Person nicht beleidigt. Im Gegenteil, er machte einen hochzufriedenen Eindruck, als er antwortete.

»Das heißt konkret für Sie, verehrte Frau Schöffin: Der Unfallverursacher hat bei seinem Fahrvorgang nicht einmal ansatzweise abgebremst. Es konnten keine entsprechenden Spuren gefunden werden. Oder um es noch deutlicher für Sie zu machen«, sagte der Bremsspuren-Fachmann mit einer kleinen Verbeugung in Richtung der »verehrten Frau Schöffin«, »er hat auf das Opfer voll draufgehalten. In der Fahrschule lernt man das. Wenn Wildtiere plötzlich auf die Fahrbahn treten und sie sind kleiner als eine Kuh, sollte man ja im Zweifelsfall nicht ausweichen, sondern voll auffahren. Das klingt vielleicht für Frauen wie Sie etwas … sagen wir mal: brutal oder zumindest gewöhnungsbedürftig«, sagte er mit einem überlegenen Lächeln, »ist aber in jedem Fall in einer solchen Situation immer die bessere Wahl.«

Nachdem Daniela Dienstl bereits bei ihrer ersten Frage sämtliche Hemmungen, was vornehme Zurückhaltung bei Gericht betraf, beherzt hinter sich gelassen hatte, hatte sie bei ihrer zweiten Frage jetzt natürlich leichtes Spiel.

»Warum soll das ausgerechnet für Frauen gewöhnungsbedürftig sein? Das möchte ich jetzt schon mal wissen. Ich fahre Auto, und das jeden Tag und bisher unfallfrei. Und«, betonte sie, »ich wohne in Eckental. Ich weiß, dass Draufhalten manchmal einfach notwendig ist, wenn man andere Autofahrer nicht gefährden will.«

Dann murmelte sie: »Was soll denn das?«

Ihre dritte Frage, diesmal rein rhetorischer Natur, ließ Günther Gebhardt vermuten, dass Daniela Dienstls Verhältnis zu dem Sachverständigen trotz dessen Bemühungen noch immer unter keinem guten Stern stand. Er fand das Auftreten seiner Kollegin zwar etwas grob gestrickt, aber irgendwie imponierte ihm das auch. Er jedenfalls hätte sich solche Fragen und Einwürfe frei von der Leber weg nicht getraut. Da ahnte er das erste Mal, dass er sie wohl stark unterschätzt hatte.

Weder Staatsanwaltschaft noch Verteidigung hatten weitere Fragen an den Dekra-Experten. So wurde dieser fünf Minuten vor zwölf Uhr entlassen.

Gebhardt sah ihm nach, wie er mit hängenden Schultern Richtung Eichentür stapfte. Dort angelangt, drehte er sich nochmals um. Ob doch noch jemand Fragen an ihn stellen wollte, ob sein Fachwissen vielleicht weiterhin vonnöten sei. Über dieser Szenerie lag ein sentimentaler Klang. Ein Bedauern und ein Anflug von Selbstmitleid. Da fühlte Gebhardt eine Art Seelenverwandtschaft mit diesem ungelenken Riesen.

Dieser Ehrmann war einer wie er – sehr engagiert, zuverlässig, genau, ja geradezu penibel in seinem Beruf, aber sicher nicht fähig, seinem Privatleben oder seiner Freizeit etwas Substanzielles abzugewinnen. Seine Arbeit war für ihn sein Ein und Alles. Was aber würde werden, wenn es damit vorbei war und man ihn in den Ruhestand schubsen würde? Dann musste er sein Leben und Denken umkrempeln, um nicht die ganze Achtung vor sich selbst zu verlieren. Und das war schwer. Sehr schwer.

Einige der Zuhörer aus den hinteren Bänken hatten sich bereits erhoben, um in die Mittagspause zu eilen, als Richter Neumann sie zur Ordnung rief.

»Die Sitzung ist noch nicht geschlossen. Behalten Sie bitte Platz. Heute Nachmittag stehen keine weiteren Anhörungen an. Und da sich das Gericht morgen Vormittag zu einem außergerichtlichen Termin trifft, werden wir morgen erst gegen dreizehn Uhr weitermachen.«

Er blickte eine lange Weile versonnen auf die schweigsame Masse vor ihm und sagte dann: »So, jetzt ist die Sitzung geschlossen.«

***

»Wollen wir wieder in die Kantine gehen, Herr Gebhardt?«, fragte ihn Daniela Dienstl auf dem Weg nach draußen.

»Ach, ich habe heute überhaupt keinen Hunger. Mir würde schon ein Kaffee genügen. Aber wenn Sie möchten, gehe ich selbstverständlich mit.«

»Nein, wegen mir müssen wir auch nicht in die Kantine. Ich dachte nur, da können wir uns noch etwas unterhalten, bevor es morgen weitergeht.«

»Sie wollen doch bestimmt jetzt eine Zigarette rauchen?«

»Oh ja. Auf jeden Fall. Sehr, sehr gern.« Und da war er wieder, der Stimmungsaufheller der Frau Dienstl, ihr ansteckendes strahlendes Lächeln.

»Na, dann unterhalten wir uns halt draußen, in dem kleinen Innenhof oder auf dem Parkplatz. Und Sie können dabei Ihre Zigarette rauchen. Es ist ja noch schönes Wetter.«

Sie einigten sich auf den Hof mit seinen alten Bäumen,

durch deren Laubgitter mildes Licht und erstaunlich warme Luft schwärmte. Über ihnen ein blanker hellblauer Himmel, so dünn wie Pergamentpapier, an dem filigrane Wolken in Fetzen und Fäden nach Süden zogen.

Nachdem die Zigarette angezündet und der erste Zug genussvoll inhaliert war, brach es aus der Schöffin heraus: »Bevor wir uns unterhalten, hab ich noch eine Frage an Sie, Herr Gebhardt. Meinen Sie, ich hab mich vorhin gegenüber diesem Dekra-Menschen ein wenig danebenbenommen? Sie können ruhig ganz ehrlich sein.«

Kurzes Nachdenken. Danebenbenommen?

»Nein, das denke ich nicht«, antwortete er schließlich. Und das meinte er ernst. »Wir beide als Laienrichter haben nicht so viel Erfahrung wie die anderen, also wie der Richter oder die Staatsanwältin. Die machen das ja täglich. Trotzdem müssen wir uns ein fundiertes Urteil bilden, und das können wir nur, wenn wir wissen, worum es geht. Beziehungsweise: wenn wir die richtigen Fragen stellen.«

Dann fügte er noch hinzu: »Ganz ehrlich, ich hab dieses Blatt drei anfangs auch nicht verstanden. Man muss uns das schon erklären. Und wenn Sie nicht so beharrlich gewesen wären, hätten wir immer noch keine Ahnung. Ich finde, Sie haben das ganz prima gemacht.«

»Ehrlich?«

»Ehrlich.«

Einträchtiges Schweigen. Die Hilfsschöffin rauchte, und der Hilfsschöffe sah ihr dabei zu.

Schließlich, nachdem sie die Kippe mit der Fußspitze auf dem Boden zerbröselt hatte, sagte Frau Dienstl: »Können Sie sich das erklären, dass Munzinger auf den alten Mann voll draufgehalten hat? Kann man so besoffen sein, dass man in einer solchen Situation überhaupt nicht mehr reagiert?«

»Denkbar ist es. Und er hatte ja auch genug Alkohol intus.« Gebhardt hatte noch nicht zu Ende gesprochen, da schoss ihm ein abenteuerlicher Gedanke durch den Kopf.

»Und wissen Sie, was auch möglich sein könnte? Dass sich der Angeklagte an diesem Abend ein illegales Autorennen mit anderen geliefert hat. Darüber liest man ja hin und wieder in der Zeitung. Und bei so etwas bremsen diese Leute nicht; meist handelt es sich dabei um junge Burschen. Und wenn man dann noch den Alkohol dazurechnet, dann …« Den Rest des Satzes ließ er in der Schwebe, so ungeheuerlich und so fremdartig war diese Vorstellung für ihn.

»Freilich, das ist gut möglich«, stimmte ihm Daniela Dienstl umgehend zu. »Sehr gut möglich.«

»Ha«, rief sie dann frohlockend aus, »auf diesen Gedanken hätte dieser Dekra-Fuzzi aber auch kommen können, oder? Der ist doch vom Fach. Und so weit hergeholt ist das nicht, wenn schon Sie als einfacher Laie darauf kommen.«

Der zum »einfachen Laien« abgewertete Gebhardt fühlte sich verpflichtet, seinen neuen Seelenverwandten, den Dekra-Fuzzi, dem gegenüber Frau Dienstl offenbar immer noch einen leichten Groll hegte, in Schutz zu nehmen.

»Ich glaube, solche Vermutungen darf ein Sachverständiger nicht äußern. Der muss immer bei den reinen Fakten bleiben, die er auch beweisen und belegen kann. Wenn er das nämlich nicht tut, kann es gut sein, dass ihn die Verteidigung in die Zange nimmt und dann als befangen ablehnt. Ich glaube, der Herr Ehrmann hatte in seinem Leben schon etliche Auftritte vor Gericht. Der weiß, was gefragt ist.«

Das war nicht die Art Entgegnung, die Daniela Dienstl hören wollte. So fiel ihre Antwort ziemlich frostig aus: »Ja, kann sein, dass Sie da recht haben.«

Mit einem Mal hatte sie es sehr eilig. Sie verstaute Feuerzeug und Zigarettenschachtel in ihrer Handtasche, knöpfte den Mantel zu und sagte: »So, ich muss dann auch. Heute will ich endlich mal früher daheim sein.«

Was? Keine zweite Zigarette, kein Herumspekulieren, was es mit einem illegalen Autorennen auf sich haben könnte, keine weiteren Mutmaßungen, keine absichtslose Plauderei? Also nichts von dem, wonach Günther Gebhardt jetzt der Sinn stand. Er reichte ihr die Hand zum Abschied.

»Bis morgen, Frau Dienstl. Dann mal ausnahmsweise nicht an unserem angestammten Arbeitsplatz im Königssaal, sondern mitten in Zabo«, versuchte er es mit einem lauen Scherz. »Ich denke, ich werde mindestens eine halbe Stunde vor dem gesetzten Termin da sein. Sie auch?«

»Das weiß ich noch nicht, ob ich es da schaffe.«

Sprach's, drehte sich wortlos um und lief auf den Ausgang zu. Gebhardt sah ihr verwundert nach. Er konnte sich ihr unvermittelt ruppiges Benehmen, das ja schon an Unhöflichkeit grenzte, nicht erklären. Spürte sie etwas von seiner Wahlverwandtschaft zu Ehrmann und verhielt sich deshalb so abweisend? Oder war es nur eine einfache schlechte Laune, die sie an ihm ausließ, auch wenn er dafür gar nicht verantwortlich war?

Auf jeden Fall, schloss er, war weder das eine noch das andere ein Grund dafür, ihn dermaßen vor den Kopf zu stoßen. Seine Enttäuschung schlug in Ärger um. Ärger, von Frau Dienstl dermaßen abgekanzelt worden zu sein. Ja, und auch Wut auf sich selbst, all die Zeit viel zu freundlich zu ihr gewesen zu sein. Er hatte sie falsch eingeschätzt. Aber das sollte ihm kein zweites Mal passieren. Er konnte auch anders. In Zukunft würde er sich ihr gegenüber sehr kühl und sehr reserviert verhalten. Und seine Unterhaltungen mit ihr auf das Allernötigste beschränken.

Verdrossen machte er sich auf den Heimweg.

Als er die Wohnungstür aufschloss, waren Ärger und Wut verraucht und hatten einer lähmenden Enttäuschung Platz gemacht. Er deponierte die Tüte mit den wenigen Einkäufen auf den Küchentisch und setzte sich. Am liebsten hätte er sich jetzt ein Bier eingeschenkt. Er sah auf die Uhr. Erst Viertel vor eins. Kein Bier vor vier, das war seine Devise schon immer gewesen, und er würde mit seinen Gewohnheiten auch nicht wegen dieser launenhaften Frau brechen.

Er setzte Kaffee auf, ging ins Wohnzimmer, kramte in dem Sideboard nach dem guten Service, das Erika mit in die Ehe gebracht hatte – Rosenthal Sanssouci, cremefarben mit Moosröschen –, und legte sein Stück Torte, eine Donauwelle, auf einen Platzteller. Den Kaffee wollte er heute im Wohnzimmer an dem Esstisch nehmen. Und dabei wollte er sich viel Zeit lassen und jeden Schluck und jeden Bissen genießen. Dazu das besondere Geschirr und ausnahmsweise diesen Kuchen – das sollte seine Stimmung doch aufhellen.

Während er trank und aß, sah er sich um. Alles war wie immer. Alles, jeder Gegenstand, war an seinem Platz. Ordentlich, sauber, vorzeigbar. Aber so ruhig. Zu ruhig. Er musste sich anstrengen, um irgendwelche Geräusche zu hören. Doch da war nur das leise Rauschen des Straßenverkehrs, das durch die Schallschutzfenster von Ferne ins Zimmer drang.

Sonst gefiel ihm das. So zentral und doch ruhig zu wohnen. Doch jetzt störte ihn diese Stille. Je länger er sich umsah und in diesen trüben Nachmittag lauschte, desto mehr plagte ihn die Langeweile. Das Alleinsein, das Leben ohne Erika, mit dem er sich über die Jahre doch ganz gut arrangiert hatte, empfand er heute als Einsamkeit. Als bedrückende Verlassenheit. Dagegen konnte auch sein neues Amt nichts ausrichten, war er in diesem Moment überzeugt. Es schien, als hätte er sich von diesem Schöffenamt zu viel versprochen. Da war er zu blauäugig gewesen. Sein Leben mit all den kleinen Untiefen würde sich dadurch nicht ändern. Es würde alles so bleiben, wie es war. Nichts würde dadurch anders, gar nichts.

Heute fiel es ihm leicht, einfach so dazusitzen und nichts zu tun. Und an wenig zu denken. Sanft streifte ihn das Bild von der dünnen Staubschicht auf seinem Arbeitstisch; das Sauerkraut, das er vor einer guten Stunde gekauft hatte und das noch in dem Plastikbeutel auf dem Küchentisch lag, das er schon längst auf den Herd hätte stellen müssen, damit es zum Abendessen so schön braun und faserig, wie er es mochte, durchköcheln konnte; die illegalen Autorennen, die ihn vor Kurzem noch so brennend interessiert hatten. All das war ihm im Moment herzlich egal.

Er ließ die letzten Jahre Revue passieren. Die Jahre ohne Erika. Und kam zu dem Schluss: Es war noch genauso schlimm wie in den ersten Wochen nach ihrem Tod. Er hatte sich über die Zeit etwas vorgemacht. Hatte geglaubt, dass er mit den Terminen und Aufgaben, dem Schwimmen, Kochen, Putzen und den gelegentlichen Treffen mit den Freunden, etwas Schönes, Sinnvolles aus seinem Leben machen könnte. Ein fataler und großer Irrglaube. So groß wie das Selbstmitleid, das sich jetzt in seiner Brust ausdehnte.

In dem Augenblick, als der Erbarmensdruck mit sich selbst so immens war, dass er sich durch den Tränenkanal im rechten inneren Augenwinkel Luft verschaffen wollte, klingelte das Telefon. Er sah auf das Display. Die Nummer kannte er nicht. Er nahm trotzdem ab.

»Ja, bitte?«

»Herr Gebhardt, ich bin es. Daniela Dienstl.«

Er erinnerte sich: Sie hatte ihn gestern nach seiner Telefonnummer gefragt, und er hatte sie ihr selbstverständlich gegeben.

»Ich will mich bei Ihnen entschuldigen. Es tut mir leid, dass ich heute Mittag so bös zu Ihnen war. Ich weiß auch nicht, was da in mich gefahren ist. Sie können ja überhaupt nichts dafür. Sie am allerwenigsten. Das war falsch und ungerecht von mir. Und dabei waren Sie ja immer so nett zu mir. Wissen Sie, ich hab derzeit privat nur Ärger, nur. Mit meinem Ex-Mann und auch jetzt noch mit meinem Sohn. Aber da können Sie ja nichts dafür. Wissen Sie, ich …«

Spätestens bei diesem zweiten »Wissen Sie …« hörte Günther Gebhardt auf, ihr zuzuhören. Er lauschte nur noch ihrer Stimme. Und die klang aufgeregt, selbstanklagend – und ehrlich.

»… bitte ich Sie also, meine Entschuldigung anzunehmen. Mir liegt viel daran. Sie müssen ja den Vorfall von heute Mittag nicht unbedingt vergessen, aber schön wäre es schon, wenn Sie beziehungsweise wenn wir wieder …«

»Ja, freilich«, machte Gebhardt dem Gestammel ein Ende, »nehme ich Ihre Entschuldigung an. Das hat doch jeder von uns, solche schlechten Tage, wo man etwas ungehalten ist.«

»Ach, das ist schön. Da freue ich mich.« Ihre Erleichterung war nicht zu überhören.

»Dann sehen wir uns morgen also nicht an unserem angestammten Arbeitsplatz im Königssaal, sondern mitten in Zabo«, wiederholte sie seinen lauen Scherz vom Mittag. »Ich versuche auch, wie Sie, eine halbe Stunde früher da zu sein. Noch einen wunderbaren Abend für Sie.«

Nachdem er diese Abschiedsformel erwidert hatte, fügte sie noch hinzu: »Ich freue mich. Auf morgen und überhaupt.«

Und das tat auch Günther Gebhardt. Er räumte Teller und Tasse ab und trug sie in die Küche. Setzte das Kraut auf den Herd und würzte es, wusch das schmutzige Geschirr unter laufendem warmem Wasser ab, schälte vier große Kartoffeln, wischte den Staub von der Platte seines Arbeitstisches, speicherte Frau Dienstls Nummer auf seinem Telefon und war auch sonst bester Dinge.

Nach dem Abendessen – nach den Salzkartoffeln, den zwei Pfälzer Würsten und dem herrlich weichen und gebräunten Kraut – schenkte er sich ein zweites Bier ein. Während er die goldgelbe Farbe bewunderte und über die Wassertropfen auf der Glasaußenseite strich, kam ihm ein Gedanke. Ein kühner, ungewohnter Gedanke. Heute hatte es erstmals seit Erikas Tod eine Frau geschafft, ihn mit wenigen hingerotzten Bemerkungen aus der Bahn zu werfen. Und es war dieselbe Frau, die ihn kurze Zeit danach – mit einer Abbitte und dem Wunsch nach Verzeihung – das alles vergessen ließ.

Hatte das etwas zu bedeuten?

FÜNF

Auch an diesem Donnerstag klingelte der Wecker in der Hochstraße Punkt sechs Uhr. Da saß Günther Gebhardt bereits zufrieden und gut gelaunt am Küchentisch, vor seiner zweiten Tasse Kaffee. Als er kurz darauf nach unten ging, um die Zeitung zu holen, inspizierte er die allgemeine Lage vor der Haustür. Und bemerkte mit Wohlgefallen, dass sich auch dieser Tag recht schön anließ. Ein sauberer blauer Himmel, noch ziemlich kühl, aber mit Hoffnung auf eine dezente Wärme spätestens zur Mittagszeit.

Nach eingehender Lektüre der Tageszeitung packte er seine Siebensachen und machte sich auf den Weg. Der war relativ kurz, denn sein mit ihm in die Jahre gekommener Mercedes E 200 parkte gegenüber, direkt vor dem Haus.

Auf seiner Fahrt in den Osten Nürnbergs registrierte er, was ihm immer, wenn er mit dem Auto fuhr, unangenehm auffiel: dass die Straßen, unabhängig von der Tageszeit, voll waren, Ampelanlagen und Tempo-dreißig-Zonen über Nacht wie die Pilze aus dem Boden zu schießen schienen und ihm die Lust am Autofahren gründlich abhandengekommen war.

Wieder einmal spielte er mit dem Gedanken, seinen Wagen abzumelden und ganz auf die öffentlichen Verkehrsmittel umzusteigen. Billiger wäre es allemal, zeitsparender und praktischer auch. Er brauchte kein Auto. Wofür auch? Trotzdem hatte ihn dieser Gedanke immer abgeschreckt. So ganz ohne Wagen? Nein, dafür fühlte er sich noch zu jung. Vielleicht in ein paar Jahren …

Die Suche nach einem Parkplatz zog sich über eine gute halbe Stunde hin. Gebhardt stellte seinen Wagen schließlich in der Bingstraße ab. Dort traf er Frau Dienstl, die ihr Auto ebenfalls vor dem Wohnstift am Tiergarten geparkt hatte. Die Begrüßung fiel herzlich aus. Herzlich und verlegen. Gemeinsam gingen sie

Richtung Zerzabelshofer Hauptstraße, zu der Kreuzung, an der der Unfall passiert war.

Was für ein Unterschied! Hier die Seniorenresidenz, in nobler Nachbarschaft zur Akademie der bildenden Künste, beide in idyllischer Stadtrandlage gelegen, mitten im Naturschutzgebiet Lorenzer Reichswald, sehr sauber und gepflegt, sehr grün, sehr ruhig. Und einen Steinwurf weiter stapfte man in Staub und Lärm, auf engen Straßen und noch engeren Fußwegen, an grauenvollen Häuserfronten vorbei. Dieser Teil des Stadtteils Zerzabelshof war laut und dreckig, ohne pittoresk zu sein: nur unmalerischer Schmutz.

Als sie die Kreuzung zur Urbanstraße erreichten, stellten sie verdutzt fest, dass sie die Ersten am Unfallort waren. Kein Polizist, kein Richter, keine Staatsanwältin, kein Verteidiger, nicht einmal die Protokollführerin war zu sehen.

»Ach, das schadet gar nichts, dass wir vor den anderen da sind«, sagte Daniela Dienstl. »Dann können wir uns das alles erst einmal in Ruhe anschauen und uns einen Überblick verschaffen.«

Und so umkreisten sie die Kreuzung mit der Unfallskizze in der Hand mehrere Male. Und wunderten sich noch, dass der Unfall direkt an der Einmündung zur Urbanstraße passiert war, also auf der Fahrbahn Richtung Tiergarten und Mögeldorf und nicht Richtung Dutzendteich. Es war Daniela Dienstl, die ihrer beider Überraschung zum Ausdruck brachte.

»Das ist aber komisch. Munzinger fuhr doch an dem Abend von der Ostendstraße hierher, aus diesem Wirtshaus mit den vielen Tequilas, oder?«

Gebhardt nickte. »Ja. So hat er es zumindest behauptet.«

»Das passt meines Erachtens überhaupt nicht. Da ist er ja einen Umweg gefahren. Von der Ostendstraße ist der kürzeste Weg nach Zabo über Mögeldorf. Alles andere ist doch Quatsch, oder sehe ich das falsch?«

Diesmal wartete sie seine Antwort auf ihre zweite »Oder?«-Frage gar nicht ab, sondern setzte noch eins drauf: »Das möchte ich aber schon wissen, warum er diesen Umweg gefahren ist. Da bleibe ich dran.«

Gebhardt wunderte sich zwar auch über diese verquere Fahrweise, aber nicht in dem Maß wie Frau Dienstl. Ihn beschäftigte etwas anderes. Nämlich Patrick Munzinger, der wie aus dem Nichts auf der Zerzabelshofer Hauptstraße erschienen war und sich ihnen gegenüber positioniert hatte, auf der anderen Straßenseite. Er schien die beiden Schöffen nicht zu erkennen, oder er tat zumindest so. Seine Augen waren starr und suchend auf die Fahrbahn gerichtet.

Als er nach einer Weile hochsah und Gebhardts Blick auffing, winkte er ihm. Nicht als Gruß oder gar als unverbindliche freundliche Geste, das konnte jener ausschließen. Nein, dieses Winken war eine eindeutige Order. Eine Aufforderung, die Straßenseite zu wechseln und zu ihm herüberzukommen. Gebhardt folgte diesem Appell automatisch, ohne nachzudenken und ohne zu zögern.

Kaum hatte er Kurs auf den Dreiundzwanzigjährigen genommen, plärrte der ihm schon entgegen: »Hey, Sie stehen falsch. Wir sollten uns doch alle an der Unfallstelle einfinden. Und der Unfall ist hier«, er deutete auf die Bordsteinkante vor sich, »passiert und nicht da drüben.«

Für Gebhardt war Munzingers Irrtum so offensichtlich wie sein Vergnügen, ihn belehren zu können.

»Hier?«, fragte Gebhardt perplex. Er zweifelte nicht den Bruchteil einer Sekunde lang an der Fallskizze in seiner Hand, die war richtig. Es war Munzinger, der irrte. Doch warum war er sich da so sicher? Warum wusste er nicht mehr, wo genau er Friedhelm Manz angefahren hatte? Weil er zu dem Zeitpunkt besoffen war? Nein, das konnte man ausschließen. Wenn er so besoffen gewesen wäre, dass er sich heute nicht mehr an die richtige Unfallseite erinnern konnte, dann wäre auch etwas anderes ein Ding der Unmöglichkeit – seine Fahrerflucht. Denn dazu brauchte es eine gewisse Selbstkontrolle, eine Restfähigkeit zum Denken und taktischen Handeln. Nur bei einem Vollrausch wäre er im Auto sitzen geblieben, so lange, bis ihn die Polizei dort gefunden hätte.

»Und Sie sind sich hundertprozentig sicher?«, fragte Gebhardt, immer noch fassungslos.

»Freilich.« Das kam ohne den leisesten Zweifel. »Ich muss es ja wissen. Ich hab den Unfall verursacht, nicht Sie, oder? Ich hab den alten Mann gecrasht.«

Diese bizarre Allianz aus Schuldeingeständnis und Überheblichkeit, aus Selbstbezichtigung und Stolz machte Gebhardt sprachlos.

In dem Moment trat Dennis Schwertfeger zu dem ungleichen Paar. Nachdem er Munzinger beiläufig die Hand gereicht hatte, herrschte er Gebhardt an: »Wissen Sie nicht, dass Sie als Schöffe eigentlich bestrebt sein sollten, jedes private Gespräch mit dem Angeklagten im Laufe eines Prozesses zu vermeiden? Und dazu gehört auch dieser Lokaltermin. Andernfalls wären wir ganz schnell bei dem Eindruck, dass Sie justiziell befangen sind. Also unterlassen Sie das in Zukunft, sonst …« Den Rest dieser angedeuteten Drohung ließ Munzingers Verteidiger in der abgasgeschwängerten Luft der Zerzabelshofer Hauptstraße hängen.

Bevor sich der Hilfsschöffe zur Wehr setzen und ihm erklären konnte, dass nicht er es war, der dieses Gespräch gesucht hatte, sondern Patrick Munzinger, hatten die beiden bereits die Straßenseite gewechselt. Auf dem kurzen Weg dahin redete der Anwalt unablässig auf seinen Mandanten ein. Und das nicht begütigend oder verständnisvoll. So wie es aussah, war es nun Munzinger, der sich einen Rüffel einhandelte.

Mittlerweile war die Besatzung für diesen Lokaltermin vollständig. Nur zu gern hätte Gebhardt Daniela Dienstl brühwarm von dem, was er soeben erfahren hatte, berichtet. Doch diese war vollauf damit beschäftigt, Richter Neumann und der Staatsanwältin zuzuhören, die den Unfallhergang darstellten. Vielleicht war es auch noch zu früh, seine Mitschöffin ins Vertrauen zu ziehen? Vielleicht würde er sich damit wieder einmal vor ihr blamieren?

Derart in seine Gedanken vertieft, fand die ganze Unfallrekonstruktion keinerlei Beachtung bei Günther Gebhardt. Und damit auch all die Möglichkeiten, die Bedenken, Einwürfe, Richtigstellungen, das Pro und Contra, das Für und Wider, die der Richter und die Staatsanwältin in einem munteren Wechselspiel miteinander austauschten. Darüber hatte sich doch schon sein Seelenverwandter, der Sachverständige von der Dekra, hinlänglich ausgelassen! Das war Schnee von gestern. Nur er, der Schöffe, hätte heute etwas Neues und gleichzeitig Hochbrisantes zu diesem Lokaltermin beisteuern können. Aber er traute sich nicht.

Wer sich traute, war wieder einmal Daniela Dienstl.

»Ja, ja«, sagte sie, »das mag schon alles richtig sein, Herr Neumann. Doch ich frage mich: Wie kommt es dann, dass Herr Munzinger einen Umweg gefahren ist? Denn von der Ostendstraße hierher, also zu dieser Einmündung«, dabei deutete sie mit dem Zeigefinger auf die Fahrbahn, »geht der kürzeste Weg über Mögeldorf. Dann hätte Herr Munzinger den Unfall auf der anderen Straßenseite«, der Zeigefinger zielte auf den gegenüberliegenden Blumenladen, »verursachen müssen und nicht auf dieser. Das muss mir mal jemand erklären.«

Sie erntete nur Schweigen und ratlose Gesichter. Erst nach einer so umständlichen wie missverständlichen Erläuterung dessen, was sie meinte, hellten sich die Mienen der Gruppe Zabo-Lokaltermin auf.

Schwertfeger zog seinen Schützling beiseite und redete auf ihn ein. Schließlich sprach der Anwalt zu ihnen allen: Leider könne sich Herr Munzinger an solche Details wie das, welchen Weg er an diesem Abend nach Verlassen der Bar eingeschlagen habe, den direkten oder eben einen Umweg, beim besten Willen nicht mehr erinnern. Das alles sei wie ein weißer Fleck für ihn. Für immer aus dem Gedächtnis gelöscht. Wofür seiner anwaltlichen Meinung nach wieder der übermäßige Alkoholkonsum verantwortlich sei.

»Und ist es in einem solch stark alkoholisierten Zustand«,

sagte Schwertfeger nach dieser eleganten Überleitung, »in dem sich mein Mandant an jenem Abend offenbar befunden hat, nicht denkbar respektive völlig unstreitig, Frau Schöffin, dass man da Dinge tut, die hinterher rational nicht zu begründen sind? Eben solche Dinge wie einen Umweg fahren, hm?«

Der Ton dieser Einlassung schwankte, das fiel Gebhardt auf, zwischen sanfter Belehrung und fast schon unmenschlicher Nachsicht. Geduld gegenüber einer unbedarften Frau aus dem einfachen Volk, die vom Gerichtswesen und seinen komplexen justiziellen Variationen so gar keine Ahnung hatte. Er war gespannt, wie die »Frau Schöffin« reagieren würde. Ob sie ihm folgen und klein beigeben würde oder …

»Nein, das ist nicht denkbar«, widersprach Daniela Dienstl mit einem energischen Kopfschütteln. »Genau das macht man, wenn man voll ist wie eine Haubitze, eben nicht. Dann macht man automatisch das, was man gewohnt ist. So, wie man es immer macht. Und fährt keine Umwege.« Kurze Pause, erneutes Kopfschütteln, grimmiger Blick. »Aber schon gar nicht.«

In Gebhardts Ohren klang das sehr selbstbewusst für jemanden, dem gerade eine öffentliche Lektion erteilt worden war.

Schwertfegers Kommentar darauf beschränkte sich auf ein blasiertes Lächeln und ein lässiges Achselzucken.

Eigentlich hätte Gebhardt seiner Kollegin jetzt beistehen müssen. Es wäre seine Pflicht gewesen. Und er hätte gute Argumente gehabt. Es war ja falsch, dass sich Munzinger an gar nichts mehr erinnern konnte. Bei der Straßenseite, auf der der Unfall passiert war, schien er sich doch sehr sicher gewesen zu sein. Von wegen, die Fahrt sei »ein weißer Fleck« für ihn und »für immer aus dem Gedächtnis gelöscht«!

Nur schade, dass er für seine guten Argumente keinen Zeugen hatte. Außer Munzinger selbst. Und der hatte wieder sein Gesicht vom ersten Prozesstag aufgesetzt – hochmütig, herausfordernd, abweisend. Und wenn er die mittlerweile gelangweilten Mienen des Richters und der Staatsanwältin richtig deutete, dann war dieses Intermezzo zwischen Frau Dienstl und Herrn Schwertfeger eindeutig zuungunsten der Schöffin ausgegangen. Dann würde auch er sich blamieren. Nein, nein, das ließ er besser sein. Seine Sensation, das, was er herausgefunden hatte, würde er vorerst für sich behalten. Alles andere machte keinen Sinn. Dafür musste er Hilfestellung von außen erbitten, also von jemandem, der sich mit solchen Dingen auskannte.

Und dann ging alles sehr schnell. Die Beteiligten eilten zu ihren Autos – es hatte leicht zu regnen begonnen, der Himmel machte ein jähes Ende mit dem, was er in den frühen Morgenstunden versprochen hatte, und deutete an, dass das Nieseln bald in einen kräftigen Kittelwascher umschlagen würde –, bis auf Günther Gebhardt und Daniela Dienstl. Sie zog aus ihrer voluminösen Tasche, die mehr einer Reisetasche ähnelte als einem zierlichen Damentäschchen, einen Knirps, spannte ihn auf und überreichte ihn wortlos Gebhardt. Er griff danach und hielt den winzigen Schirm über sie beide. Augenblicklich und unaufgefordert hängte sie sich bei ihm ein. Als sie in Richtung Bingstraße liefen, blieb Frau Dienstl abrupt stehen.

»Ich mag nicht in die Kantine. Heute ausnahmsweise mal nicht. Ich würde mich lieber in ein gemütliches Café setzen und was trinken und eine Kleinigkeit essen.«

»Ja, ein Kaffee wäre jetzt nicht schlecht«, stimmte Gebhardt ihr sofort zu. Er deutete auf die andere Straßenseite, auf ein kleines, eingeschossiges Häuschen mit spitzem Giebel, das solide aussah und vor dem eine verheißungsvolle, da handbeschriebene große Speisetafel stand.

»Was halten Sie von diesem Café? Wie es aussieht, gibt es da auch kleine Gerichte. Außerdem haben wir noch genügend Zeit bis dreizehn Uhr.«

»Jawohl. Das schaut gut aus.«

Als sie die Ladentür hinter sich geschlossen hatten, kippte das Wetter vollends, und ein gewaltiger Platzregen ging über den Osten der Stadt nieder.

Sie waren die einzigen Gäste. So dauerte es keine zehn Minuten, da standen zwei dampfende Kaffeehumpen und zwei Miniportionen Flammkuchen plus zwei kleine Schalen Salat vor ihnen.

Während des Essens schwiegen beide. Kaum hatte Daniela Dienstl den letzten Happen verdrückt, legte sie los.

»Dieser Bubi von einem Anwalt wird mir auch immer unsympathischer. Der meint doch, ich bin ganz blöd. Das, was der mir gesagt hat, hätte mir der von der Fleischbrücke auch sagen können.«

Sie kippte den letzten Schluck Kaffee aus dem Humpen hinunter.

»Ich habe ihm eine Frage gestellt, und da wird man wohl eine anständige Antwort erwarten dürfen. Oder sehe ich das jetzt falsch, Herr Gebhardt? Sie können mir ruhig die Wahrheit sagen, ich bin da nicht empfindlich.« Anscheinend hatte sie wieder Normaltemperatur erreicht.

»Nein, nein«, beeilte er sich, ihr zur Seite zu springen, »das sehen Sie richtig. Da bin ich vollkommen Ihrer Meinung. Wenn man unter starkem Alkoholeinfluss steht, ist man zu solch diffizilen Herausforderungen wie zu diesem Umweg nicht mehr fähig. Denn dann hätte er ja erst über die Passauer Straße fahren und zweimal, *zweimal*«, betonte er, »links abbiegen müssen. Mag sein, dass es so war, aber die Wahrscheinlichkeit ist extrem gering. Dann wiederum würde etwas anderes nicht stimmen, was mir der Angeklagte vorher erzählt hat und wo er sich ganz sicher zu sein schien.«

Er berichtete ihr von seiner kurzen Unterredung mit Munzinger, sparte selbst den Rüffel, den er dabei von Schwertfeger kassiert hatte, nicht aus. Konzentriert lauschte sie seiner Schilderung. Aus ihren Augen strahlte aufrichtiges Interesse und – ehrliche Freude. Freude darüber, dass außer ihr noch jemand Klärungsbedarf hatte.

»Ach, da schau her, das ist ja allerhand«, war alles, was Frau Dienstl zunächst dazu einfiel. Dann kam eine lange Weile nichts.

Schließlich der Ausruf: »Da stimmt doch was nicht! An der ganzen Geschichte ist doch was faul.«

»Ja, irgendetwas ist da oberfaul«, bestätigte Gebhardt ihre Vermutung und legte das Besteck parallel auf den Teller.

»Aber was?«, sagte Dienstl, mehr zu sich selbst. »Ich fürchte nur, was dahintersteckt, das kriegen wir zwei nicht heraus. So wie ich den Munzinger kenne, wird der behaupten, dass er das nie und nimmer zu Ihnen gesagt hat. Ja, und dieser glatte Anwaltsfuzzi wird doch alles daransetzen, das unter den Tisch zu kehren. Der kennt bestimmt irgendeinen juristischen Fachausdruck, womit man gegen das, was wir beide herausgefunden haben, angehen kann. Die haben doch für alles einen Paragrafen.«

Verwundert sah Gebhardt seine Kollegin an. Warum auf einmal so mutlos? So kannte er sie ja gar nicht. Und so wollte er sie auch nicht kennenlernen.

Bevor er sie korrigieren konnte, war sie schon mitten in der Argumentation.

»Denn als Beweis dafür, dass an der Sache etwas nicht stimmt, wird Munzingers Aussage nicht herhalten können. Genauso wenig wie dieser Umweg, den er angeblich gefahren ist. Leider nicht. Da haben wir keine Chance.«

»Da mögen Sie recht haben, liebe Frau Dienstl«, sagte Gebhardt, »dass Munzingers Behauptung genau wie dieser angebliche Umweg sicher noch keine Beweise darstellen. Aber eine Bestätigung, dass wir beide, Sie und ich, mit unseren Zweifeln hundertprozentig richtigliegen, das sind sie auf jeden Fall.«

***

Auf der Fahrt zurück in die Fürther Straße kamen ihm die Straßen viel leerer, die Ampeln grüner und die anderen Autofahrer wesentlich freundlicher vor als noch vor wenigen Stunden. Günther Gebhardt war guter Dinge. Er hatte heute als Einziger – neben Frau Dienstl, das wollte er gar nicht abstreiten – bei diesem Ortstermin etwas Entscheidendes herausgefunden, was diesem Prozess eine unerwartete Wendung geben konnte. Das war etwas, worauf man stolz sein durfte. Zumal es sich um die erste Gerichtsverhandlung in seinem Leben handelte und er keine juristischen Vorkenntnisse hatte wie zum Beispiel der Richter und dieser Anwalt.

Ja, er war der richtige Mann am richtigen Ort. Und er würde an dieser Sache dranbleiben. Es stand für ihn außer Frage, dass er dem unter allen Umständen nachgehen musste. Und nicht erst in ein paar Tagen. Nein, das musste jetzt schnell gehen. Deswegen hatte er morgen keine Zeit für seinen Freitagssport. »Aber schon gar nicht«, wie Frau Dienstl sagen würde. Schließlich hatte er im Moment Besseres zu tun, als im Südstadtbad stundenlang auf der faulen Haut zu liegen.

Wie hatte ihn seine Frau manchmal genannt, wenn er es ihrer Anschauung nach mit seiner rechtschaffenen bis peniblen Art ein wenig übertrieb? Genau, »du Pflichterfüller«, das war das Wort. Und es war nicht immer liebevoll gemeint gewesen. Aber recht hatte sie damit, seine Erika.

Der Parkplatz vor seinem Haus war noch frei. Heute schien sein Glückstag zu sein. Er stellte den Mercedes ab und lief, beschwingt und heiter, zu Fuß in die Fürther Straße.

Früher hatten hier, wie an einer Perlenkette aufgereiht, die Werke der Nürnberger Industriegiganten gelegen. Hier baute Triumph Motorräder, Schuco sein Blechspielzeug, die AEG Waschmaschinen und Geschirrspüler. Das Imperium Quelle, einstmals das größte Versandhaus der Welt, verschickte von der Fürther Straße aus Pakete in alle Himmelsrichtungen Deutschlands. Und bei dem Traditionsunternehmen Grundig, Frankens Paradebeispiel fürs westdeutsche Wirtschaftswunder, standen zeitweise achtunddreißigtausend Mitarbeiter in Lohn und Brot.

All diese Firmen waren verschwunden oder auf einen nicht nennenswerten Bruchteil ihrer einstigen Größe zusammengefallen. In den ehemaligen riesigen Maschinenhallen logierten heute Büros und Labore. Die bayernweite industrielle Vormachtstellung Nürnbergs hatte sich peu à peu aufgelöst. Die wenigen Touristen, die heute noch in die Fürther Straße kamen, hatten lediglich das geschichtsträchtige Gebäude mit der Nummer 110, in dem damals die Hauptkriegsverbrecher des Nationalsozialismus abgeurteilt wurden, zum Ziel.

Im Königssaal wartete man bereits auf ihn. Auf ihn und auf Daniela Dienstl. Richter Neumann verkündete, dass man mit der Fortsetzung der Verhandlung noch ein wenig warten müsse. Dann fragte er Gebhardt leise, ob er wisse, warum die Schöffin Dienstl noch nicht an ihrem Platz sei. Seine Frage klang vorwurfsvoll und ungehalten.

»Ach, Frau Dienstl kommt bestimmt gleich. Sie wird halt noch auf der Suche nach einem Parkplatz sein«, versuchte Gebhardt, den Vorsitzenden zu besänftigen. Das misslang.

»Aber Sie sind doch pünktlich da gewesen. Und alle anderen haben es auch rechtzeitig geschafft. Da muss man sich eben früher auf die Suche machen, damit man nicht auf den letzten Drücker kommt.«

Du hast leicht reden, dachte Gebhardt. Du hast sicher einen amtlichen Vorsitzenden-Parkplatz, der dir Tag und Nacht zur Verfügung steht. Laut sagte er: »Ja, ich weiß aber auch, wo man in der Gegend suchen muss. Ich wohne nämlich gleich ums Eck.«

»So geht es auf jeden Fall nicht.«

Der Richter rief die Protokollführerin zu sich. Er hatte sie soeben damit beauftragt, »die Frau Schöffin via Handy anzurufen und wegen ihres Verbleibs nachzufragen«, da wurde die schwere Eichentür aufgerissen, und eine völlig aufgelöste Daniela Dienstl mit hochrotem Kopf hechtete zu ihrem Platz, lauthals eine Entschuldigung nach der anderen in den Raum werfend.

Noch während sie sich setzte, hörte Gebhardt, wie sie Neumann nochmals um Verzeihung bat. »Es war einfach kein Parkplatz zu finden. Ich musste über eine halbe Stunde –«

Doch der schnitt ihr mit einer eindeutigen und barschen Handbewegung das Wort ab und verkündete: »Jetzt, nachdem alle Richter anwesend sind, können wir mit der Verhandlung fortfahren. Der Zeuge Hausmann, Reinhard ist in den Gerichtssaal zu rufen.«

Während man im Saal auf den Zeugen wartete, sagte Neumann mit gedämpfter Stimme zu seinen Beisitzern: »So etwas wie heute möchte ich nicht noch mal erleben, Frau Dienstl, Herr Gebhardt. Es geht nicht an, dass wir alle auf einen wichtigen Prozessbeteiligten warten müssen, nur weil der oder die«, betonte er, ohne dabei jemanden direkt anzusehen, »es verabsäumt hat, sich beizeiten um einen Parkplatz zu bemühen. Nur zu Ihrer Information: Erscheint ein Schöffe unpünktlich zur Sitzung, kann gegen ihn ein Ordnungsgeld bis zu fünfhundert Euro festgesetzt werden. Und glauben Sie mir, ich habe keine Hemmungen, davon in Zukunft Gebrauch zu machen.«

Gebhardt fand diese Standpauke etwas unverhältnismäßig, sagte aber nichts. Und auch Frau Dienstl akzeptierte die Maßregelung stumm und mit gesenktem, immer noch hochrotem Kopf.

Als er wieder hochblickte, stand ein großer und schlanker Mann vor der Richterbank. Ein Nullachtfünfzehn-Gesicht, aschblondes, glattes Haar, akkurater Mittelscheitel. Er trug auf Hochglanz polierte rotbraune Lederschuhe, einen dunkelgrauen, sehr knapp sitzenden Anzug, der an den schmalen Hüften spannte, so eng war er, darunter ein schwarzes T-Shirt. Wie er so dastand, adrett und um ein verbindliches Lächeln bemüht, attestierte ihm Günther Gebhardt ein gutes Elternhaus, beste Manieren und eine gewisse Reife. Doch bei der Angabe der Personalien zeigte sich, dass Hausmann erst neunundzwanzig war. Als Beruf gab er »Servicekraft in Teilzeitstellung« an.

Beides, die Jugend und die anspruchslose Tätigkeit, überraschte Gebhardt. Zu gern hätte er Genaueres dazu erfahren. Servicekraft, das konnte alles Mögliche sein. Und warum arbeitete er nur in Teilzeit?

Mit derartigen Grübeleien hatte er wieder mal den Auftakt dieser Zeugenaussage verpasst. Hausmann erklärte soeben, Friedhelm Manz sei ein enger Freund der Familie gewesen und für ihn so etwas wie ein Ersatzvater. Denn sein leiblicher Vater starb bereits im Alter von achtundvierzig. Da war er selbst noch keine zwanzig. Herr Manz habe sich in der Folge um Hausmanns Mutter und vor allem auch um ihn »rührend« gekümmert. Er sei ihm nicht nur mit Rat und Tat zur Seite gestanden, sondern habe ihm die erste Zeit nach dem Tod des Vaters sogar mit finanziellen Zuwendungen hin und wieder ausgeholfen.

Später, als er dann selbst Geld verdient habe, sei das ja Gott sei Dank nicht mehr nötig gewesen. Er wollte seinem Ersatzvater diese Zuwendungen natürlich zurückerstatten, doch dieser hatte das kategorisch abgelehnt. Da sei Manz fast ein wenig ruppig geworden: Er habe ihm das Geld nicht gegeben, damit er es wieder zurückbekomme, sondern weil er – Reinhard Hausmann – es damals dringend brauchte. Es sei ein Geschenk gewesen, und Geschenke gebe man nicht zurück, zumal wenn der Geber in keinster Weise darauf angewiesen sei. So habe sich Manz damals ausgedrückt. Dem habe er sich dann auch gefügt, sagte der Zeuge noch.

Das war die Vorrede, die Hausmann aus freien Stücken ablieferte. Ohne vom Richter oder der Staatsanwältin danach gefragt worden zu sein. Endlich kam er zum eigentlichen Thema: seine pflegerischen Dienste bei dem Unfallopfer.

»Irgendwann aber ging es Herrn Manz sehr schlecht. Das war etwa vor sechs Jahren. Er ist abends in der Wohnung gestürzt, im Badezimmer. Die ganze Nacht ist er da auf den kalten Fliesen gelegen und konnte sich nicht mehr bewegen, insofern auch keine Hilfe holen. Als ihn sein Sohn am nächsten Tag aufgefunden hat und ins Krankenhaus einliefern ließ, dachten wir alle: Das war's dann. Aber Onkel Friedhelm ist zäh. Beziehungsweise er war es. Er wollte unbedingt wieder heim. Er wolle auf keinen Fall im Krankenhaus sterben, wenn schon, dann daheim. Genau so hat er sich damals ausgedrückt.«

Hier verharrte Hausmann in einem kurzen Moment offensichtlicher Rührung, um dann seinen Gesprächsfaden wieder aufzunehmen.

»Wo war ich? Ach ja, beim Krankenhaus. Also, nach vier Tagen konnte er die Klinik verlassen. Es ging ihm dann eigentlich wieder so gut wie vor dem Sturz, fast. Aber er war ab da, also seit dem Unfall, auf eine Gehhilfe angewiesen. Auf einen Stock oder einen Rollator. Beides, das nur nebenbei, lehnte er bis zuletzt kategorisch ab. Das hat dazu geführt, dass er, wenn er das Haus verlassen wollte beziehungsweise musste, jemanden brauchte, der ihn stützte. Und da sich Herr Manz, also der Sohn, nicht so intensiv um seinen Vater kümmern konnte, habe ich es als meine Pflicht erachtet, Onkel Friedhelm in dieser Situation beizustehen.«

Hier unterbrach Hausmann seinen Monolog kurz, was auf Gebhardt einen etwas einstudierten Eindruck machte. Der Zeuge hatte sich anscheinend auf seinen Auftritt vor Gericht gut vorbereitet. Knapp eine Viertelstunde hatte er geredet und war dabei kein einziges Mal ins Stocken geraten. Auch das verortete Gebhardt in dessen guter Kinderstube. Dieser junge Mann wusste eben, wie man sich vor Gericht einigermaßen manierlich benahm. Wenn er da an diese beiden Flegel, an Munzinger und Zeka, dachte …

Hausmann sah zum Vorsitzenden Richter hoch und fragte, ob es bis hierher Fragen an ihn gäbe. Er sei gern bereit, Unklarheiten, sofern sie bestünden, aus der Welt zu –

»Ja«, unterbrach ihn Neumann, »die gibt es. Herr Manz war auf eine Gehhilfe angewiesen. Und darüber hinaus, welche körperlichen Einschränkungen hatte er sonst?«

Hausmann schien diese Frage erwartet zu haben, denn seine Antwort kam stante pede.

»Er konnte schlecht sehen und schlecht hören, aber das akzeptierte er. Das war etwas, was man leicht in den Griff kriegen könne, sagte er. Davon dürfe man sich in den heutigen Zeiten nicht unterkriegen lassen, wo einem doch alle möglichen Hilfsmittel zur Verfügung stünden. Er hatte eine wirklich gute Brille und ein digitales Hörgerät, das speziell auf ihn angepasst war und mit dem er wunderbar zurechtkam. Wenn man es nicht wusste, man hätte nicht vermutet, dass er schwerhörig ist.«

»Und wie sah es mit den geistigen Funktionen von Herrn Manz aus, gab es da irgendwelche Einschränkungen?«, fragte der Vorsitzende.

»Überhaupt nicht! Keine!« Es war das erste Mal, dass Hausmann laut wurde.

»Onkel Friedhelm war bis zuletzt, bis zu seinem letzten Tag«, wiederholte er, »in dieser Hinsicht topfit. Er hatte nicht die geringsten Anzeichen von Demenz, wenn Sie das meinen sollten. Er war an vielem interessiert, und er hatte ein sagenhaftes Gedächtnis, und das nicht nur in Bezug auf die weit zurückliegende Vergangenheit, sondern auch, was die aktuelle Gegenwart betraf. Wenn wir uns unterhielten, und das taten wir regelmäßig, und ich suchte noch nach einem bestimmten Namen von einem Bekannten oder einem Nachbarn von ihm, hatte er ihn schon parat. Sein Gedächtnis war wirklich phänomenal.«

Neumann nickte. »Ich habe schon verstanden. Bitte fahren Sie fort.«

»Also, wie gesagt, Herr Manz hatte in den letzten fünf Jahren Schwierigkeiten, sich allein und dabei sicher zu bewegen. Auswärtige Termine, ob zum Arzt oder auf ein Amt, konnte er nicht mehr ohne Begleitung bewerkstelligen. Hinzu kam, dass er nach dem Sturz natürlich auch nicht mehr allein zum Einkaufen gehen konnte. Das waren im Prinzip die zwei großen Einschränkungen, das Gehen und das Einkaufen, die er von dem Sturz davongetragen hatte. Alles andere bekam er selbst sehr gut in den Griff. Wie die tägliche Körperhygiene und sogar das eigenständige Kochen. Einmal, ein einziges Mal, hat er es mit Essen auf Rädern versucht. Aber den Fraß, hat er gesagt, kann ja kein Mensch essen. Und fürs Putzen hatte er jemanden. Eine Reinemachefrau, die einmal in der Woche kam.«

Im Saal war es still geworden. Das Interesse für Friedhelm Manz und dessen Probleme und Beschwernisse schien groß. Auch Günther Gebhardt fühlte sich von Hausmanns Schilderung angesprochen. So also würde es um ihn in der Zukunft, in ein paar Jahren, bestellt sein.

»Insofern kam für mich gar nichts anderes in Betracht«, fuhr Hausmann fort, »als Onkel Friedhelm zur Seite zu stehen. Ihn da zu unterstützen, wozu er selbst nicht mehr in der Lage war. Ich habe meine Vollzeitstelle aufgegeben und auf Teilzeit umgestellt. Gott sei Dank war mein Arbeitgeber damit einverstanden.«

»Sie haben ihn also gepflegt?«, fragte der Richter.

»Gepflegt?«, wägte Hausmann das Wort sorgfältig ab. »Gepflegt ist vielleicht zu viel gesagt. Ich habe Onkel Friedhelm halt geholfen, da wo er Hilfe brauchte. In erster Linie beim Einkaufen. Und ich habe ihn begleitet, wenn er einen aushäusigen Termin hatte. Das war auch schon alles.«

Wieder war es ganz still im Saal. Hausmann hatte sich mit seiner letzten Einlassung noch tiefer in die Herzen des Publikums eingegraben. Endlich einmal einer, der diesen düsteren Zeiten des allgegenwärtigen Pflegenotstands etwas entgegensetzte. Der handelte und nicht nur redete. Und das mit einer unprätentiösen Bescheidenheit, die zusätzlich Respekt verdiente. Alle zeigten sich beeindruckt von diesem zarten Harfenspiel menschlicher Herzensbildung. Fast alle.

Eine Ausnahme gab es.

»Diese Ihre Dienste waren unentgeltlich, oder haben Sie sich dafür von Herrn Manz bezahlen lassen?«, fragte die Staatsanwältin. »Und mit Bezahlen meine ich ein regelmäßiges festes Honorar.«

Gebhardt fand die Frage unpassend und sehr plump. Das hätte er diesen Eins-a-Beinen nicht zugetraut. Schon eher, wenn überhaupt, Daniela Dienstl mit ihrer direkten und schonungslosen Art.

Und nicht nur Gebhardt war von dieser Frage irritiert, auch

Hausmann schien es zu sein. So dauerte es eine lange Weile, bis er antwortete.

»Herr Manz war es, der darauf bestanden hat, mich dafür zu entlohnen«, sagte er etwas pikiert.

»Dann sprechen wir also nicht von einer Hilfe im idealen Sinn, sondern von einer Stipulation, einem juristisch abgesicherten Vertrag auf Gegenseitigkeit. Hier das Geld und da die Dienstleistung«, erklärte Frau Dr. Krüger.

Gebhardt war von ihrem Nachtreten peinlich berührt. Ihm gefiel diese grobe Art nicht, den Zeugen hier derart im Gericht vorzuführen. Er hielt das für falsch. Was hatte die Staatsanwältin gegen diesen jungen Mann? Ja, wenn es gegen Munzinger und Zeka gegangen wäre, da wären solche klaren Worte angebracht gewesen, aber doch nicht bei …

»Ja, wenn Sie so wollen«, antwortete Hausmann, »dann war es eben ein Vertrag. Auch wenn ich es nicht so gesehen habe und, ich bin mir sicher, Herr Manz auch nicht.«

Dann fügte er noch hinzu: »Außerdem hatte ich dadurch, dass ich meine Stelle von Vollzeit auf Teilzeit reduziert habe, auch weniger Geld. Und Herr Manz hatte genug davon. Ihm hat das nicht wehgetan. Das hat er selbst gesagt.«

»Gut, lassen wir das. Nun zu etwas anderem. Wir haben die Aussage von Joachim Manz, dem Sohn, dass weder er noch Sie eine Erklärung dafür haben, was Herr Manz an dem Abend des zwölften Februar in der Zerzabelshofer Hauptstraße wollte. Stimmt das, Herr Hausmann?«

Genau, Joachim Manz. Das war das Stichwort für Günther Gebhardt. Er durchforschte den Gerichtssaal, konnte ihn aber nicht entdecken. Er verstand das Desinteresse des Sohns heute noch weniger als gestern. Er fand das seltsam. Seltsam und suspekt.

Hausmanns Antwort beschränkte sich auf einen lang gezogenen Murmellaut.

Und wieder hakte die Staatsanwältin nach: »Das heißt jetzt ja oder nein?«

»Das heißt ja. Es stimmt. Ich habe keine Erklärung dafür, genauso wenig wie Joachim. Das ist ein Rätsel und wird es auch immer bleiben. Denn sonst hat Onkel Friedhelm mir, mehr noch als seinem Sohn, alles erzählt, was er so tagsüber erlebt hatte und was er noch vorhatte. Und außerdem war das überhaupt nicht seine Zeit, um aus dem Haus zu gehen. Da war es ja schon dunkel. In der Dämmerung konnte er trotz Brille nur schlecht sehen.«

»Waren Sie nach dem Unfall in der Wohnung von Herrn Manz? Ich frage deswegen, weil die Polizei am Tatort weder einen Rollator noch einen Stock bei ihm gefunden hat. Ist es nicht möglich, dass Herr Manz ohne jede Gehhilfe aus dem Haus gegangen ist?«

»Um Ihre erste Frage zu beantworten: Ja, ich war in seiner Wohnung, gleich am nächsten Tag, natürlich zusammen mit Herrn Manz junior. Den Rollator haben wir in der Diele gefunden, da, wo er immer stand. Aber den Stock nicht. Und wir haben überall danach gesucht, glauben Sie mir. Also gehen wir davon aus, dass er mit dem Gehstock das Haus verlassen hat. Und um Ihre zweite Frage zu beantworten: Ohne Stock oder Rollator wäre er nicht aus dem Haus gegangen. Das war ein Ding der Unmöglichkeit. Aber das wird Ihnen doch Joachim schon gesagt haben, oder?«

Dr. Krüger ignorierte seine Frage. »Hatte Herr Manz denn gar keine Bekannten, mit denen er sich auch ohne Ihr Wissen treffen konnte beziehungsweise wollte?«

»Nein, die hatte er nicht.« Das kam sehr bestimmt.

»Dann habe ich keine weiteren Fragen an Sie.«

Der Richter und der Verteidiger verzichteten auf eine weitere Befragung, und somit wurde Reinhard Hausmann Viertel nach zwei aus dem Zeugenstand entlassen.

Kaum war die Tür hinter ihm ins Schloss gefallen, stand Neumann auf, griff nach seinen Siebensachen und verkündete: »Damit erkläre ich die heutige Sitzung für beendet. Nachdem der morgige Tag prozessfrei ist, wird die Verhandlung am kommenden Montag um punkt neun Uhr fortgesetzt. Aus gegebenem Anlass bitte ich um pünktliches Erscheinen.« Sprach's und eilte aus dem Saal.

Schnell hatte sich der Königssaal geleert. Auf dem Weg nach unten fragte Gebhardt seine Kollegin: »Sollen wir noch kurz in die Kantine gehen und ein wenig reden?«

»Seien Sie mir nicht böse, aber heute will ich einfach nur heim. Und mich von dem Anschiss erholen, den ich mir vorhin eingehandelt habe. Bei mir läuft derzeit alles, aber auch wirklich alles«, wiederholte Daniela Dienstl, »überhaupt nicht rund. Wahrscheinlich haben sie mir in der Zwischenzeit noch einen Strafzettel ans Auto gehängt. Das würde zu dem ganzen Scheißdreck hervorragend passen. Ganz hervorragend!«

Ja, sagte Gebhardt, solche Phasen kenne er nur zu gut, wo alles schieflaufe, was gerade nur schieflaufen könne. Aber dann kämen auch wieder die anderen Phasen, die positiven, wo einem alles auf Anhieb gelänge.

Schließlich standen beide auf dem Parkplatz vor dem Gerichtsgebäude.

»Sollen wir uns dann vielleicht morgen treffen, sagen wir: am späten Vormittag?«, fragte Gebhardt.

Und weil Frau Dienstl so verdutzt guckte, ergänzte er: »Damit wir unser weiteres Vorgehen abstimmen können, was diese beiden offenen Punkte anbelangt. Stichwort: Umweg und falsche Straßenseite. Da, sagten Sie, wollten Sie auch dranbleiben. Ich habe das so verstanden, dass Sie einverstanden sind, wenn wir –«

»Ja, freilich. Das hatte ich ganz vergessen. Aber ich muss doch morgen arbeiten, Herr Gebhardt. Das geht leider nicht.«

»Stimmt.« Das wiederum hatte er vergessen. Dass nicht jeder über seinen Tag frei verfügen konnte wie er als Ruheständler; dass es Menschen gab, die freitags einer geregelten Arbeit nachgingen.

»Machen wir es doch so: Sie fangen mit den Nachforschungen morgen schon mal an, und morgen Abend telefonieren wir uns zusammen. Ab achtzehn Uhr bin ich auf jeden Fall daheim zu erreichen. Sie wissen dann bestimmt mehr und sagen mir, was mein Beitrag sein könnte. Aber wie ich Sie kenne, brauchen Sie meine Hilfe gar nicht.«

Skeptisch sah er sie an. Versuchte Frau Dienstl gerade, die Arbeit auf ihn abzuwälzen und sich aus der Sache ganz und gar herauszuhalten? Nein, danach sah es nicht aus, wenn er ihr offenes Lächeln richtig deutete. Es schien eher auszudrücken, dass sie ihm viel zutraute. Wie aus dem Nichts hatte er eine gehörige Portion Lösungskompetenz zugewiesen bekommen, die er zwar für nicht gerechtfertigt hielt, die ihm aber doch sehr schmeichelte.

»Jetzt muss ich aber los. Vielleicht habe ich Glück, und die Politessen haben sich noch nicht an meinem Wagen zu schaffen gemacht. Das wär mal was sehr Positives an diesem Scheißtag. Drücken Sie mir die Daumen, Herr Gebhardt.«

***

Als er die Treppen hochstieg, sah er schon vom unteren Absatz ein scheckiges Ungetüm vor seiner Wohnungstür. Er erkannte es von Weitem, was erstaunlich war, hatte er es doch seit mehr als dreißig Jahren nur sehr selten gesehen. Zudem hatte sich der Gruß aus der nächsten Nachbarschaft seitdem gewaltig zu seinem Nachteil verändert.

Es war der weinrote Polstersessel, den seine Frau ihrer Nachbarin in den achtziger Jahren auf deren Betteln und Drängen hin überlassen hatte. Er war damals gegen diese Übereignung gewesen, hatte sich aber gegen Erika nicht durchsetzen können. Und jetzt war das gute Stück also zurückgekehrt. Wenn auch in einem sehr ramponierten Zustand.

Gebhardt warf einen kurzen Blick auf die durchgesessene Kuhle, den ausgebleichten, scheckigen Wollstoff und die hohen Armlehnen mit ihren inzwischen arg abgeschabten Oberseiten, schlüpfte dann hinter dem Monstrum durch und sperrte die Tür auf.

Als er kurz darauf an Erikas Bild vorbeiging, murmelte er: »Du, dein Sessel ist wieder da.«

Er war sich sicher: Hätte er sich Gertruds Avancen kampflos ergeben, würde er zum einen heute Abend einen tadellosen Sauerbraten serviert bekommen, und zum anderen würde das Monster noch dastehen, wo es hingehörte, nämlich in der Wohnung nebenan.

Was ihn an der Sache am meisten wunderte, war nicht einmal Gertruds kindisch-beleidigte Reaktion oder jene Dreistigkeit, ihm das Möbel sang- und klanglos, in einer Nacht-und-Nebel-Aktion, vor die Tür zu knallen, sondern wie ihn das alles kaltließ. Nein, er würde darüber kein Wort verlieren und es irgendwann einmal von der Sperrmüllabfuhr abholen lassen. Und so lange würde es da draußen vor der Tür stehen bleiben. Da war es gut aufgehoben.

Er setzte sich zwei Tassen extrastarken Kaffee auf. Schließlich musste er jetzt hellwach sein.

Während er ihn in kleinen, homöopathischen Schlucken trank, blätterte er gelegentlich in seinem Block und machte sich hin und wieder auf einem Blatt Papier Notizen. Er kam gut voran. Irgendwann spürte er, dass etwas Entscheidendes auf diesem Papier fehlte, aber es gelang ihm nicht, dieses Etwas in seinen Fokus zu rücken. Da stand er auf und begann, durch die Wohnung zu streifen. Im Arbeitszimmer angelangt, öffnete er die Schreibtischlade und entnahm ihr die Gelben Seiten. Jetzt hatte er alles, was er brauchte.

Als er eine Stunde später den Notizblock wieder zuklappte, ahnte er, dass da eine Menge Arbeit auf ihn zukam. Und nicht nur auf ihn. Auch auf seine Tochter, auf seine Freunde Max und Werner. Und natürlich auf Frau Dienstl. Es war ihm zuwider, andere um Gefälligkeiten zu bitten. Doch diesmal ging es nicht anders.

Er sah auf die Uhr. Acht Minuten nach sechzehn Uhr. Genau

die richtige Zeit für eine Belohnung. Er ging zum Kühlschrank, nahm eine Flasche Pyraser Grüner Hopfen heraus, spülte das Bierglas von gestern mit kaltem Wasser aus und setzte sich wieder an den Küchentisch. Nach dem ersten langen Schluck sah er auf das Blatt Papier. Hatte er etwas vergessen? Nein, darauf stand alles, was er brauchte:

Kriminalpolizei/ich
Kneipe i. d. Ostendstraße/Karin (bei Problemen: Werner)
Recherchen: Munzinger/Werner
Recherchen: Jovanovic/Frau Dienstl
Manz' Wohnung/ich
Recherchen: Joachim Manz/Max

So weit, so gut. Jetzt kam das Unangenehmste an seinem Schlachtplan. Vielleicht sollte er doch erst nach dem Abendessen …? So am Nachmittag würde er die anderen nur stören. Oder nicht? Nein, jetzt musste es sein. Jetzt und eben nicht später.

SECHS

Gebhardt stand auf, ging in die Diele und griff nach dem kleinen Adressbüchlein, das in der Schublade an der Wand lag und noch aus Erikas Zeiten stammte. Er schlug es bei dem Buchstaben G auf – G wie Gebhardt – und wählte die Nummer seiner Tochter.

Schon nach dem ersten Läuten nahm Karin ab. Im Hintergrund hörte er eine Frau lauthals lachen. Wahrscheinlich eine Kollegin. Da wusste er, dass er störte.

»Ja, Papa, was ist denn? Ist dir was passiert?«

Darauf war er nicht vorbereitet. Dass sie so schnell am Telefon war und dann diese Fragerei. Was sollte ihm bitte schön denn passiert sein? Er war doch nicht in einem Alter, wo die eigene Tochter immer mit dem Schlimmsten rechnen musste. Noch nicht.

»Nein, mir geht es gut.«

»Ach so.«

Pause.

»Und wie geht es dir?«, fragte er.

»Auch gut.«

Pause.

Es war ein Fehler, dachte Gebhardt, seine Tochter anzurufen. Er hätte Werner darum bitten sollen, der war für diese heikle Aufgabe auch wesentlich besser geeignet. Schon deswegen, weil er ein Mann war und sich in dieser Spelunke, denn um eine solche handelte es sich dabei bestimmt, tatkräftiger zur Wehr setzen konnte.

»So, nachdem das schon mal hinreichend geklärt wäre, dass es uns beiden gut geht, gibt es noch etwas, was du mir sagen willst?« Er hörte den belustigten, geradezu ironischen Ton in ihrer Frage, der ihm deutlich missfiel.

»Nein, natürlich nicht. Was soll es schon geben? Kann ich meine eigene Tochter nicht einfach anrufen und mich nach ihrem Befinden erkundigen?«, antwortete er mit einem Anflug von Ungeduld.

»Du hast mich noch nie in der Arbeit angerufen. Außer damals, als Mama im Sterben lag. Also ist doch etwas. Soll ich«, betonte sie, »dich heute Abend noch mal anrufen? Weil – so richtig viel Zeit habe ich im Augenblick nicht.«

»Ich brauche deine Hilfe, Karin. Es ist dringend.« Nach einer Weile hängte er noch ein leises »Bitte« daran. Jetzt war es heraus. Das, was er eigentlich gar nicht hatte sagen wollen.

Da er lange nichts von ihr hörte, fragte er vorsichtig: »Bist du noch dran?«

»Ja, freilich, Papa. Und dir geht es wirklich gut?« In dieser Frage schwang nun gar kein Hauch von Belustigung oder Ironie mit, sie klang abtastend und beunruhigt.

Er hatte es falsch angefangen.

»Ja. Sehr gut sogar. Mach dir wegen mir keine Sorgen. Diese Bitte ist auch nicht meinetwegen. Sondern … ach, das besprechen wir besser nicht am Telefon.«

»Und warum nicht?«

»Ich möchte ausschließen, dass uns jemand zuhört. Das ist eine Sache, die man besser unter vier Augen bespricht. Ohne Zeugen.«

Da lachte seine Tochter geradeheraus. Nachdem sie sich wieder beruhigt hatte, sagte sie: »Oh, ein Auftrag im Geheimdienst Ihrer Majestät. Das klingt ja alles sehr aufregend. Ich bin schon ganz gespannt, Papa. Und wo sollen wir unser konspiratives Treffen vereinbaren? An der Pegnitz zwischen der Fleischbrücke und dem Kettensteg? Oder besser doch auf dem Reichsparteitagsgelände? Da ist die Gefahr geringer, dass der Feind mithört. Ich setze auf jeden Fall meine Sonnenbrille auf und ziehe den grauen Staubmantel an, da erkennt mich schon mal keiner. Und du musst dir auch eine entsprechende Verkleidung anlegen, Mister James Bond.«

Sie machte sich lustig über ihn. Jetzt durfte sie das.

»Das wird nicht nötig sein. Besuch mich halt mal, wenn du

Zeit hast. Jetzt am kommenden Wochenende vielleicht? Denn auf die lange Bank will ich das nicht schieben. Es pressiert nicht sehr, aber schon ein wenig.«

»Kein Problem. Ich komme gleich heute nach der Arbeit vorbei. Dafür bin ich viel zu neugierig geworden. Jetzt ist es halb fünf. Ich könnte so halb sechs, drei viertel sechs bei dir sein. Passt dir das?«

»Ja, natürlich. Du kannst kommen, wann du magst. Ich freue mich.«

Und das tat er wirklich. Sie hatten in den letzten Jahren kein besonders enges Verhältnis gepflegt, er und seine Tochter. Nur hin und wieder ein Treffen, das dann meist von ausgesprochenen oder unterschwelligen Vorwürfen von ihrer Seite aus geprägt war. Er hatte sich immer um sie bemüht, und bemüht waren auch ihre Besuche. Aber im Grunde hatten sie sich nicht mehr viel zu sagen, das hatte er erkannt. Seine Tochter war ihm zu einer fremden Person geworden. Ein schleichender Prozess, der mit Erikas Tod eingeleitet worden war.

Vielleicht würde das jetzt eine Wende in ihrer Beziehung einleiten? Obwohl, nein, besser war, er machte sich da keine großen Hoffnungen.

Als Nächster war Werner dran. Er erwischte ihn gerade noch rechtzeitig. Er sei schon fix und fertig angezogen und quasi auf dem Sprung, erklärte sein Freund. Um was es denn gehe, fragte er. Und – ob das nicht bis morgen Zeit habe.

Hinter der hektischen Stimme hörte Gebhardt die Ungeduld mit den Hufen scharren. Wahrscheinlich war Werner wieder mal auf dem Weg in seine Stammkneipe hinter dem Hauptbahnhof.

»Schon«, antwortete er. »Aber lieber wäre mir, wir könnten jetzt zumindest einen Termin für morgen Vormittag vereinbaren.«

»Hä, einen Termin? Wozu das denn?«

Und dann hängte er nach einer Gedankenpause noch jene Fragen an, die Gebhardts Tochter exakt vor einer halben Stunde in demselben Wortlaut gestellt hatte: »Was ist denn los? Ist dir was passiert?«

Was hatten heute denn nur alle? Nur weil er sich an die im modernen Geschäftsleben üblichen Konventionen wie eine normale Terminvereinbarung hielt, musste ihm doch noch lange nichts passiert sein.

»Nein«, sagte er, »mir ist nichts passiert. Es geht mir gut. Ich hätte nur eine Bitte an dich.«

»Ja, sag das doch gleich, Günther. Freilich hab ich da Zeit für dich. Ob ich jetzt eine Viertelstunde früher oder später zum Karteln komme, ist doch wurst. Also, leg los.«

»Ich fürchte, Werner, mit einer Viertelstunde ist es da nicht getan. Sollen wir das nicht doch lieber auf morgen …?«

»Nein, das machen wir jetzt. Wenn du schon mal eine Bitte äußerst. Du hast mir auch oft genug geholfen, wenn ich etwas von dir wollte. Wie gesagt, ich habe Zeit. Warte kurz, ich ziehe mir bloß die Jacke wieder aus.«

Gebhardt kam diese Aufforderung sehr ungelegen. Viel lieber hätte er das Briefing persönlich und nicht am Telefon abgehalten. Aber er fügte sich, erzählte Werner nahezu alles in chronologischer Reihenfolge, sozusagen die halbe Wahrheit dieser Gerichtsverhandlung – seine peinlichen Auftritte sparte er großzügig aus. Ab und an unterbrach ihn Werner, wenn er eine Frage hatte. Er schien die Sache ernst zu nehmen, denn Gebhardt hörte, wie sein Freund sich Notizen machte. Ein gutes Zeichen.

Nachdem er mit seinem Bericht fertig war, fragte Werner: »Du bist also der Meinung, dass dieser Munzinger den Unfall nicht verursacht hat? Hab ich dich da richtig verstanden?«

War er dieser Meinung wirklich? Darüber hatte er sich noch keine tiefergehenden Gedanken gemacht. Und so musste er auf diese konkrete Frage eine Antwort schuldig bleiben.

»Das kann ich dir nicht sagen. Aber du musst doch zugeben, dass seine widersprüchlichen Aussagen zu dem Unfallhergang zumindest seltsam sind. Warum sollte jemand, der ein Schuldeingeständnis abgelegt hat, sich derart irren und vor allem auf diesen Irrtümern bestehen? Das ergibt keinen –«

»Für mich«, unterbrach Werner ihn, »war es der nicht, nach allem, was du mir jetzt erzählt hast. Man muss halt herausfinden, aus welchen Gründen dieser Munzinger lügt. Was sein Motiv dafür ist. Habe ich dir damit schon geholfen, war das deine Bitte?«

»Nein, nicht ganz. Ich möchte, dass du dich bei dem mal umschaust, in seinem Umfeld. Wie lebt er? Lebt er allein? Oder hat er eine Freundin? Solche Sachen halt. Und ganz wichtig: Ist er arbeitslos oder hat er eine Arbeit? Denn da hab ich nicht aufgepasst, die Berufsangabe war nämlich gleich am Anfang. Ja, und wichtig wär auch: Wie und wo verbringt er seine Freizeit? Ich gehe davon aus, dass er oft ins Fitnessstudio geht.«

»Das mach ich. Gib mir mal die Adresse.«

Gebhardt nannte sie ihm. »Das ist gleich am Nordring.«

»Ich weiß. Ich kenne die Pleydenwurffstraße. Ein Schulfreund hat da mal gewohnt.«

»Brauchst du sonst noch was von mir? Vielleicht sollte ich ihn dir genau beschreiben, wie er aussieht und welche Kleidung er trägt.«

»Das braucht's nicht. Das finde ich alles selbst heraus. Ich habe morgen sowieso nix zu tun, da fahre ich gleich am Vormittag mal hin und schau, was ich für dich herauskriegen kann. Sobald ich was weiß, ruf ich dich an.«

»Also, so eilig ist es auch wieder nicht, Werner. Du kannst dir schon Zeit lassen bis zum Wochenende.«

»Nein, das mache ich morgen. Ich bin jetzt nämlich selbst neugierig geworden.«

»Ich danke dir sehr. Und nun viel Spaß beim Kartenspielen«, sagte Gebhardt zum Abschied und legte auf.

Auch diese Bitte hatte er sich schwieriger vorgestellt. Aber beide, Karin und jetzt Werner, schienen ihm diesen Gefallen gern zu tun. Er rechnete schon morgen mit einem Bericht seines Freundes. Und darin würde alles vorkommen, was es über Patrick Munzinger mit leichter Hand herauszufinden gab. Denn

Werner war jemand, der keine Scheu vor niemandem hatte und der vor allem wusste, auf welche Knöpfe er drücken musste, um den Menschen das Wort zu entlocken.

Gebhardt sah auf die Uhr. Kurz nach siebzehn Uhr. Wenn er jetzt noch Max anrufen würde, wäre er mit seinen Aufträgen durch, bevor Karin käme. Er beließ es bei diesem Gedanken. Dazu freute er sich zu sehr auf seine Tochter. Und Max wollte er nicht zwischen Tür und Angel abspeisen. Also ging er in die Küche und schälte Kartoffeln.

Als er die Kartoffeln fertig gerieben hatte, klingelte es. Karin folgte ihm in die Küche und war begeistert, als sie die Schüssel mit den winzigen Kartoffelspänen auf dem hellgelben, fast durchsichtigen Sud sah.

»Sag bloß, das werden selbst gemachte Baggers?«, rief sie.

»Freilich«, sagte er mit einem selbstgefälligen Lächeln, »ich weiß doch, dass das eins deiner Lieblingsessen ist.«

»Jawohl, das stimmt. Wenn nicht sogar mein Lieblingsessen überhaupt. Aber erstens bin ich viel zu faul, um sie selbst zu reiben, und zweitens stinkt meine Küche dann tagelang nach dem Fett.«

»Aber du hast doch eine Dunstabzugshaube, soviel ich weiß?«

»Auch die wird mit dem Gestank nicht fertig. Und was gibt es dazu?«

»Apfelmus für dich und Kraut für mich.«

»Kann ich dir helfen, Papa?«

»Nein, du setzt dich hin und ruhst dich aus. Du hast ja einen langen, anstrengenden Arbeitstag hinter dir.«

Er hatte bis heute nicht verstanden, was genau seine Tochter in dem Loft dieses Start-up-Unternehmens tagsüber arbeitete. Irgendetwas mit Werbung und irgendetwas mit neuen Medien. Aber es schien, ihr machte der Beruf Spaß und sie verdiente ganz anständig damit. Zumindest hatte sie sich bisher nie darüber beklagt.

Während er am Herd hantierte, fragte sie, was das Monstrum vor seiner Wohnungstür zu bedeuten habe.

»Ja, kennst du den Sessel nicht mehr?«

Sie schüttelte den Kopf. »Nein. Sollte ich den wohl kennen?«

»Wahrscheinlich warst du zu jung, als der noch uns gehörte, also deiner Mutter und mir.«

Er erzählte ihr die Geschichte, die es mit diesem Sessel auf sich hatte, sparte sogar die Avancen der Nachbarin von gegenüber und seine Vermutungen nicht aus.

»Ach, daher weht der Wind«, sagte sie, als er geendet hatte. Dann, nach einer Weile, der Zusatz: »Jetzt kann ich es dir ja sagen. Mama hatte mich seinerzeit beauftragt, und da ging es ihr schon ziemlich schlecht, in dieser Hinsicht auf dich aufzupassen. ›Manchmal ist dein Vater ja so was von naiv. Der merkt gar nicht, wie schnell er bei der Gertrud am Haken hängt. Und die lässt ihn nicht mehr los‹, hat sie gesagt. Aber ihre Befürchtungen waren wohl, so wie es aussieht, grundlos. Das hast du gut gemacht.« Das klang nach einem aufrichtigen Lob.

Während sie aßen, redeten sie wenig. Als er die leeren Teller wegräumte, fragte er, ob sie auch ein »gutes Pyraser Grüner Hopfen« wolle.

»Um Gottes willen, nein, ich muss doch noch Auto fahren.«

»Ein«, betonte er den unbestimmten Artikel, »Bier habe ich gesagt. Nicht mehrere.«

»Ich glaub, du bist lange nicht mehr bei einer Alkoholkontrolle erwischt worden. Mit einem halben Liter liege ich – mit meinem Gewicht und als Frau – knapp über der Grenze. Und ich brauche meinen Führerschein noch.«

Alkohol – das war das Stichwort für Gebhardt. Während er noch an seinem Präludium herumdrechselte, unterbrach sie ihn.

»Ich hab ja gar nicht gewusst, dass du jetzt Schöffe bist. Warum hast du mir das denn nicht erzählt? Das ist doch wichtig.«

»Ach«, er machte eine abschätzige Handbewegung, »wichtig ist was anderes. Aber, Karin, du musst mir schon zuhören.

Weil, so einfach zu verstehen ist die Geschichte nicht. Da hab ja schon ich meine Schwierigkeiten. Und noch besser wäre, du machst dir Notizen dazu.«

Er zog die Esstischschublade auf, entnahm ihr Papier und einen Kugelschreiber und legte beides auf ihren Platz. Sie schaute ihn fragend an, sagte aber nichts.

Er erzählte ihr alles. Selbst das, was er Werner gegenüber aus zeitlichen und taktischen Gründen verschwiegen hatte. Ab und zu kritzelte sie etwas auf das Papier. Sie war die ganze Zeit über stumm. Stumm und hoch konzentriert.

Erst nachdem er zum Ende gekommen war, stellte sie ihre erste Frage.

»Und du willst jetzt herausfinden, was sich tatsächlich abgespielt hat. Wie diese ganzen Falschaussagen zueinanderpassen. Habe ich dich da richtig verstanden?«

Er nickte. »Das und mehr.«

»Was ›und mehr‹?«

Er gab ihr einfach den Floh weiter, den Werner ihm vorhin ins Ohr gesetzt hatte. »Ich möchte wissen, wer den Unfall wirklich verursacht hat. Denn ich bin fest davon überzeugt, dass es dieser Munzinger nicht war.«

»Obwohl er zugegeben hat, dass er der Fahrer war, und damit schuldig ist?« Karin sah ihn fragend an.

»Ja.«

»Aha. Dann muss er aber einen guten Grund haben, warum er für etwas, was er gar nicht getan hat, den Kopf hinhält. Unter Umständen droht ihm dabei Gefängnis. Und den Führerschein ist er auf jeden Fall los. Das allein ist für viele schon Strafe genug.«

»Ja.«

Schließlich, nach längerem Schweigen, sagte sie: »Und was kann ich dabei tun, Papa?«

»Ich bin mir jetzt gar nicht mehr sicher, ob ich dich um diesen Gefallen überhaupt bitten soll.«

»Warum nicht?«

»Tja, ungefährlich ist das Ganze nicht. Ursprünglich hatte

ich gedacht, dass du dich in der Kneipe mal ein wenig umhörst. Also in der Kneipe, wo der Munzinger mit seinem Freund Zeka an diesem Abend war. Du könntest ja fragen, ob die beiden da öfters sind, wenn ja, was sie so trinken, ob sie allein oder in Begleitung kommen. Und wenn ja, von wem sie begleitet werden. Und vielleicht kann sich sogar jemand von den Gästen noch an diesen zwölften Februar erinnern. Denn am nächsten Tag stand der Unfall groß in allen Zeitungen.«

»Und was, bitte, soll daran gefährlich sein?«

»Na, das ist eine Spelunke der übelsten Sorte. Wer weiß, wer da alles verkehrt. Ich möchte nicht, dass meine Tochter irgendwelche Risiken meinetwegen eingeht. Hinterher bin ich schuld daran, wenn dir was passiert.«

»Ich glaube«, und dabei leuchtete ihr Markenzeichen auf, dieses amüsiert-ironische Lächeln, »deine Tochter ist schon alt genug, um auf sich selbst aufzupassen. Wo ist denn diese Spelunke genau?«

»In der Ostendstraße.«

»Das hast du vorhin schon gesagt.« Sie klopfte mit dem Zeigefinger auf ihre Notizen. »Aber wo genau?«

Er nannte ihr die Hausnummer und den Namen.

»Mensch, Papa, das ist keine Spelunke. Das ist eine Cocktailbar! Und zwar eine sehr noble. Und eine mit gepfefferten Preisen.«

»Ach, du kennst die?«

»Ja, ein wenig kennt sich deine Tochter schon aus in der Nürnberger Kneipenszene.«

»Du meinst also, ich kann dich da wirklich allein hingehen lassen?«

»Das meine ich. Ich nehme den Auftrag an und werde undercover ermitteln. Sie können sich auf mich verlassen, Mister Bond. Über die Bezahlung sprechen wir später. Ich dachte da an eine entsprechende Anzahl Baggers, eben je nach Erfolgsquote. Wäre der Agent Ihrer Majestät damit unter Umständen einverstanden?«

So heiter, ja übermütig hatte er seine Tochter seit Jahren nicht mehr erlebt. Und auch nicht so herzlich. Da musste er erst Schöffe werden, damit sie beide wieder zueinanderfanden.

»Sehr einverstanden«, sagte Gebhardt frohen Herzens. »Aber bevor du gehst, sollte ich dir die beiden Männer noch beschreiben. Es könnte ja sein, dass sie zufällig da sind, wenn du dort aufkreuzt.«

Er ließ sich lange über die »fürchterlichen Tätowierungen« aus, wechselte dann zu der »in meinen Augen komplett unästhetischen Vergrößerung der Muskulatur, vor allem an den Oberarmen und im Rücken« und kam schließlich auf die identische Bekleidung zu sprechen.

»Alle zwei trugen im Gericht weiße Turnschuhe und ein ärmelfreies Unterhemd. Dazu Trainingshosen. Und wenn sie derart gekleidet an einem so offiziellen Ort erscheinen, machen sie das mit Sicherheit auch in ihrer Freizeit. Die haben wahrscheinlich nur solche Sachen im Kleiderschrank.«

Karin hatte aufmerksam zugehört, sich aber keine Notizen gemacht.

»Ja, willst du dir das denn nicht aufschreiben?«

»Papa, so rennen die jungen Kerle heutzutage alle rum. Mit Tattoos bis zum Anschlag, ordentlich Muckis, Tanktops und Jogginghosen aus Polyester oder Nylon. Das ist die Regel, die Ausnahme ist, wenn einer von denen mal in einer Stoffhose oder gar mit Anzug erscheint.«

Er dachte an die Ausnahme, den vorbildlich gekleideten Reinhard Hausmann mit den ebenso vorbildlichen Manieren, und sagte: »Ach so.«

»Hast du denn irgendetwas, was die zwei unverwechselbar macht, woran man sie einigermaßen zuordnen kann? Ein paar Kleinigkeiten würden schon reichen.«

Er dachte kurz nach, dann hellte sich sein Gesicht auf. »Doch, da ist etwas.«

Er erzählte ihr von dem hellblonden Topfschnitt Munzingers und seinen »affigen Augenbrauen, in Form gezupft und nachgemalt«. Als Charakteristikum bei Zeka fielen ihm nur die schwarzen gegelten Haare ein, die dieser an den Schläfen ausrasiert habe. »Oben hat er eine Tolle, die ihm dauernd in die Stirn fällt.«

»Also ein Undercut«, lautete ihr fachmännischer Kommentar.

Als er sie zur Wohnungstür begleitete, kamen sie an Erikas Foto vorbei. Karin blieb davor stehen. »Ich finde es schön, dass sie hier immer noch auf dich aufpasst.«

»Sie passt nicht nur auf mich auf – sie ist mir auch oft eine Stütze und ein Halt.«

Bevor er ihr die Wohnungstür öffnete, hielt er inne. »Gehst du da allein hin, oder nimmst du jemanden mit?«

Sie drückte ihm schnell einen Kuss auf die Wange. »Wahrscheinlich nehme ich jemanden mit.«

Er sah ihr vom Wohnzimmerfenster noch nach, wie sie die Hochstraße entlanglief, mit ihrem typischen Schritt, zügig, aber nicht hastig, und immer zielgerichtet, auch wenn sie nur spazieren ging.

Wen nahm sie mit, wer war der Auserwählte für diese Mission? Über ihre Männerbekanntschaften sprach sie nie. Obwohl er darüber noch kein einziges Wort verloren hatte. Nicht einmal, als sie noch ein Teenager war. Weder ein wohlwollendes noch ein kritisches. Das war allein ihre Angelegenheit. Da hatte er sich herausgehalten. Erika nicht: »Ich als Mutter muss doch wissen, mit wem sich meine Tochter trifft, mit wem sie so Umgang hat.« Das hatte oft zu Verstimmungen zwischen den beiden geführt. Die Scharmützel gingen so lang, bis Karin keinen ihrer Freunde mehr nach Hause mitbrachte und ihren Eltern vorstellte. Das bedauerte er in diesem Augenblick. Dass er so gar keine Chance gehabt hatte, an diesem wichtigen Teil ihres Lebens Anteil zu nehmen.

Auch heute verschob er den Abwasch auf morgen. Und rief stattdessen Max an. Er war der Einzige, der ihm noch fehlte, bis auf Frau Dienstl. Er musste es siebenmal klingeln lassen, bis sein Freund sich endlich meldete. Seine Stimme klang verschlafen.

»Habe ich dich geweckt, Max? Das täte mir leid.«

»Geweckt schon. Aber es braucht dir nicht leidzutun. Ich bin mal wieder vor dem Fernseher eingeschlafen. Passiert dir das auch manchmal, Günther?«

Er antwortete wahrheitsgemäß. »Nein, bis jetzt ganz selten. Aber das kann alles noch werden.«

»Du bist ja auch wesentlich jünger.«

»Ja, gerade mal ein halbes Jahr.«

So kamen sie ins Plaudern, dann ins Reden.

Da Gebhardt seine Geschichte heute schon zweimal erzählt hatte, ging das jetzt zum dritten Mal ziemlich flott.

»So, du bist also überzeugt, dieser Munzinger war es nicht. Richtig?«, fragte Max schließlich.

»Ja, genau. Eben wegen seiner angeblichen Gedächtnislücke, was diesen völlig verqueren Umweg von der Ostendstraße her anbelangt. Und andererseits hat er sich mir gegenüber ja so ungemein sicher gezeigt, was die Straßenseite betrifft, auf der der Unfall passiert sei. Da hat ihn sein Gedächtnis anscheinend nicht im Stich gelassen. Das passt doch alles hinten und vorn nicht zusammen.«

Da sein Freund nichts dazu sagte, hakte er nach: »Oder bist du anderer Meinung?«

Eine direkte Frage, der Max geschickt auswich. »Ach, dafür könnte es eine ganz banale Erklärung geben. Und dass man sich manche Sachen merkt, andere aber nicht, das registriere ich ja auch bei mir oft genug. Und dafür muss ich nicht einmal im Vollrausch sein.«

»Meinst du, ich übertreibe? Dass ich schon Gespenster sehe? Sag.«

Er spürte, wie sich Max so lange wand, bis er sich zu einer nichtssagenden Antwort durchringen konnte. »Nein, das nicht. Natürlich nicht. Es kann ja sein, dass du mit deiner Vermutung richtigliegst.«

Das reichte Gebhardt. Also konnte es nicht so verkehrt sein, was er –

»Aber ich finde deine Rekonstruktion trotzdem ziemlich dünn. Schon ein bisschen weit hergeholt«, sagte Max.

Da beschloss Gebhardt, diesen Punkt nicht weiter zu verfolgen, sondern jetzt direkt zu dem Grund seines Anrufs zu kommen. Sonst hätte er sich womöglich noch über den Freund ärgern müssen. Das wollte er nicht.

»Würdest du mich trotzdem in dieser Angelegenheit unterstützen, auch wenn dir die Notwendigkeit anscheinend nicht so recht einleuchtet?«

»Aber natürlich, Günther. Wenn ich dir irgendwie dabei helfen kann, dann mache ich das gern. Da musst du nicht fragen. Das weißt du doch.«

Und so beauftragte Gebhardt ihn mit der verdeckten Ermittlung gegen die verdächtige Zielperson Joachim Manz. Ein Auftrag, den Max zwar annahm – »Wenn dir das so wichtig ist, mache ich das natürlich« –, gegen den er gleichzeitig aber seine Bedenken anmeldete.

»Ich würde mir an deiner Stelle nicht zu viel davon versprechen. Denn für mich ist die Tatsache, dass dieser Sohn nicht als Nebenkläger auftritt, ein ganz normales Verhalten. Würdest du das denn machen, einen Anwalt beauftragen, damit du die Nebenklage einreichen kannst?«

»Ich denke, ja«, sagte Gebhardt nach kurzer Bedenkzeit. »Wenn es um meinen Vater ginge, auf jeden Fall. Ich finde, das gehört sich. Man kann doch nicht alles hinnehmen, einzig und allein in der Hoffnung, dass das Gericht dabei schon richtig entscheiden wird.«

»Und was hättest du davon, Günther? Außer der inneren Befriedigung.«

»Zumindest hätte ich das Gefühl, dass ich …«, setzte Gebhardt flott an und wusste dann nicht weiter, »… ja, dass ich mich bis zuletzt um ihn anständig gekümmert habe. Dass ich gerade da nichts dem Zufall überlassen habe. Schau, es ist das Einzige, was Joachim Manz für seinen Vater noch tun kann. Ich finde, das wäre seine Pflicht gewesen.«

»Ja, zu dir passt das«, war alles, was sein Freund dazu sagte. In Gebhardts Ohren klang dieser Kommentar nicht anerkennend, aber auch nicht nach einer Kritik, eher resignativ.

Max versprach ihm, er werde sich gleich im Laufe des morgigen Vormittages zu Manz' angegebener Adresse begeben und sich dort umhören.

»Der ist berufstätig, also ist er am Freitagvormittag aller Wahrscheinlichkeit nach in der Arbeit. Nicht, dass ich dem am Nachmittag noch in die Arme laufe.«

Auch diesen Auftrag wusste Gebhardt in guten Händen. Max war zwar nicht der kumpelhafte Typ wie Werner, der wildfremden Menschen so nebenbei jede Menge Klatsch und Tratsch entlocken konnte, dafür war er viel zu zurückhaltend und auf die äußere Form bedacht. Aber vielleicht war genau das bei diesem Spezialeinsatz auch besser, sein reserviertes und auf Distanz bedachtes Auftreten.

»Was machst du jetzt? Schaust du noch fern, auch auf die Gefahr hin, dass du wieder einschläfst? Oder gehst du gleich ins Bett?«

»Weder noch«, antwortete Max. »Ich lese jetzt die Zeitung fertig. Und dann ist der Tag für mich gelaufen. Morgen muss ich nämlich eine äußerst anspruchsvolle Mission für meinen Freund Günther erledigen, da kann ich es mir nicht leisten, unausgeschlafen an meinem Einsatzort zu erscheinen. Und du? Was machst du jetzt noch?«

»Im Prinzip das Gleiche wie du. Auf mich wartet morgen nämlich nicht nur ›eine äußerst anspruchsvolle Mission‹«, zitierte er den Freund, »sondern derer gleich zwei. Erst gehe ich zur Kripo, also zum Polizeipräsidium am Jakobsplatz, und anschließend schaue ich mich mal in der Mörikestraße um. Dort hat Manz senior gewohnt. Vielleicht erfahre ich da etwas, was uns weiterhilft.«

»Uns?«, fragte Max alarmiert nach.

»Ja, uns. Frau Dienstl, also meiner Mitschöffin, und mir. Die ist auch der Ansicht, dass da etwas nicht stimmt.«

»Aha. Und dein Freitagstermin, das Schwimmen?«

»Das entfällt. Derzeit habe ich Wichtigeres zu tun. Auch wenn mir das nicht leichtfällt.«

Das war ein wenig geschwindelt. Es fiel ihm leicht. Sehr leicht sogar. Er war froh, dass er morgen einmal nicht in das Südstadtbad musste, um dort sein langweiliges dreiviertelstündiges Pensum in dem viel zu warmen Chlorwasser herunterzuspulen.

Kaum hatte er sich von Max verabschiedet und den Hörer aufgelegt, klingelte das Telefon. Es war Daniela Dienstl, die ihn als Erstes fragte, ob sie störe.

»Es ist ja schon nach einundzwanzig Uhr. Da ruft man die Leute eigentlich nicht mehr an. Aber ich versuche es schon seit gut einer halben Stunde. Und es war immer belegt. Da dachte ich, er ist jetzt bestimmt noch wach, der Herr Gebhardt. Das stimmt doch, oder nicht?«

Er beeilte sich, ihr zu vergewissern, das dem so sei. »Hoffentlich hatten Sie keinen Strafzettel an der Windschutzscheibe Ihres Autos?«, lautete seine Gegenfrage.

»Nein, Gott sei Dank nicht. Ich glaube, meine Pechsträhne ist jetzt vorbei. Denn seitdem wir uns verabschiedet haben, gab es keine besonderen schlimmen Vorkommnisse mehr. Ich bin das gar nicht mehr gewöhnt, dass alles glatt läuft.«

»Das freut mich für Sie.«

»Der Grund, warum ich anrufe, ist folgender: Ich habe heute etwas herausgefunden. Das war der reine Zufall. Wissen Sie, wo unser Angeklagter arbeitet?«

Eine rhetorische Frage, auf die Gebhardt trotzdem antwortete: »Nein.«

»Aber ich. Wie gesagt, durch einen blöden Zufall. Ich fahre doch immer über die Äußere Bayreuther Straße und dann über die B 2 nach Eckental. Und wenn ich unterwegs tanken muss, dann mache ich das meistens an der Tankstelle in der Äußeren

Bayreuther Straße. Rechts, da, wo es in die Bessemerstraße geht. Die Tankstelle kennen Sie bestimmt. Und jetzt raten Sie mal, wer da heute an der Kasse saß.«

Nach dem Steilpass war das eine leichte Übung. »Patrick Munzinger?«

»Ganz genau.«

»Hat er Sie erkannt?«

»Freilich. Sofort. Ich ihn ja auch. Aber wir haben beide natürlich so getan, als würden wir uns nicht kennen.«

»Er hat also nicht versucht, Sie bei dieser Gelegenheit zu beeinflussen?«

»Nein, überhaupt nicht. Da wäre er aber heute an die Richtige geraten. Dem hätte ich schon was erzählt, von wegen versuchter Einflussnahme und so.«

»Das ist wirklich eine wichtige Information, Frau Dienstl. Da haben Sie vollkommen recht. Haben Sie jetzt Zeit? Denn dann würde ich Ihnen gern erzählen, worüber ich mir Gedanken gemacht habe. Oder müssen Sie früh ins Bett, wegen Ihrer Arbeit?«

»Nein, so viel Zeit habe ich. Außerdem bin ich jemand, der mit wenig Schlaf auskommt.«

So berichtete er ihr von seinen Undercover-Aufträgen im Freundes- und engsten Familienkreis. Nicht kurz, sondern sehr ausführlich. Vom anderen Ende der Leitung hörte er fast nichts, nur hin und wieder ein gelegentliches »Hm, hm« oder ein anderes Mitglied aus der wirkmächtigen Familie der Pausenwörter.

Als er mit seinem Bericht fertig war, hoffte er auf das freiwillige Anerbieten ihrer Hilfe. Aber da hoffte er vergebens.

Daniela Dienstl sagte nur: »Prima. Ich hätte nicht gewusst, wen ich damit auf die Schnelle beauftragen kann. Das sollten ja auch zuverlässige, verschwiegene Leute sein, die den Mund halten können und auf die man sich zu hundert Prozent verlassen kann. Nicht, dass da irgendetwas an einem hängen bleibt. Und von der Art kenne ich eigentlich nur wenige.«

Ein berechtigter Einwurf von Frau Dienstl. In seiner Euphorie, der auch ein gutes Stück Wichtigtuerei beigemischt war, hatte er ganz vergessen, dass er als Schöffe ja zur Amtsverschwiegenheit verpflichtet war. Vielleicht hätte er Max, Werner und Karin gegenüber doch nicht so offen sein, sich ihnen derart rückhaltlos anvertrauen sollen.

Andererseits, mit wem hätte er sonst sprechen können, wenn nicht mit seiner Tochter und seinen zwei einzigen Freunden?

Aber hatte er seinen Gehilfen eigentlich eingeschärft, mit niemandem über diesen Fall und vor allem über ihren Einsatz zu reden? Nein, hatte er nicht. Das war ein Fehler gewesen, ein Fehler, den er morgen sofort wiedergutmachen musste. Oder war das überflüssig? Er fand, mit etwas gesundem Menschenverstand würde man da auch von selbst darauf kommen.

Mit all diesen Fragen und Antworten versuchte Gebhardt, sein Gewissen zu beruhigen, das jetzt immer aufdringlicher murrte.

»Bleibt da für mich überhaupt noch etwas zu tun? Brauchen Sie meine Hilfe, oder nicht mehr?«, riss ihn Daniela Dienstl aus seinen Gedanken.

»Ich hätte Sie schon sehr gern dabei«, sagte Gebhardt.

Und da das in seinen Ohren recht herablassend klang, so als würde er hier die Arbeit an irgendwelche Untergebenen verteilen, ergänzte er: »Das heißt, auf jeden Fall brauche ich Ihre Hilfe. Ich hatte nur Hemmungen, Sie heute anzurufen. Weil Sie ja so einen verkorksten Tag hinter sich haben. Also, ich hatte mir gedacht, dass Sie sich einmal unauffällig und natürlich ganz unverbindlich im Umfeld der Jovanovic umsehen. Aber natürlich nur, wenn Sie möchten und wenn Sie Zeit haben.«

»Freilich. Ich mach das gern. Ich bin der Meinung, diese Zeugin ist extrem wichtig. Nicht nur deswegen, weil sie dem Munzinger ihr Auto so mir nichts, dir nichts überlassen hat. Mich interessiert vor allem, ob die beiden nur befreundet sind. Also ›nur‹ in Anführungszeichen. Oder ob da mehr dahintersteckt. Sie wissen schon, was ich meine, gell?«

Gebhardt nickte. »Ja, ich verstehe Sie schon. Es wäre auf jeden Fall sehr aufschlussreich herauszubekommen, welche Art Bindung zwischen ihr und Munzinger besteht. Obwohl, ich für meinen Teil glaube nicht an eine Liebesbeziehung. Ich glaube wirklich, die sind tatsächlich nur befreundet. Aber da kann man sich täuschen. Und trotzdem, mir kommen die beiden mehr wie gute Kameraden, fast schon wie Komplizen vor. Die beiden sind ein eingespieltes Team, man kennt sich schon sehr lange und kann sich voll und ganz aufeinander verlassen.«

»Das werden wir morgen alles herauskriegen.«

»Wer ist ›wir‹?«, fragte Gebhardt verwundert nach.

»Für diese Nachforschung nehme ich meinen Sohn mit. Der kann auch mal was für mich erledigen. In den letzten Wochen war ausschließlich ich es, die für ihn den Kopf hingehalten und seine Schlampereien ausgebügelt hat. Auch finanziell. Und jetzt wird zurückbezahlt. Das ist schon längst überfällig bei all dem, was ich für –«

Bevor sich Daniela Dienstl weiter in Rage reden konnte, fragte er: »Und Sie meinen, Ihr Sohn ist dafür der Richtige und will das auch?«

»Ha, der wird doch gar nicht gefragt. Der hat zu wollen. Außerdem, Herr Gebhardt, mein Niklas ist genau so alt wie die Jovanovic. Das ist doch ideal.«

Er verstand zwar nicht, warum ausgerechnet das Alter des Niklas Dienstl ihn für diese heikle Aufgabe prädestinieren sollte, fragte aber nicht nach.

Was er jedoch wissen wollte, war: »Kennen Sie eigentlich die Sendung ›Bares für Rares‹, die sich Herr Manz regelmäßig angesehen haben soll? Denn ich kenne sie nicht. Ich schau ja am Nachmittag nicht fern.«

»Schon, aber nicht besonders gut«, sagte Daniela Dienstl. »Die läuft doch unter der Woche von fünfzehn bis sechzehn Uhr, Herr Gebhardt, und da sitze ich ja meistens noch in der Arbeit.«

Schon wieder hatte er vergessen, dass er der Rentner war.

Und sie die Berufstätige. Da musste er in Zukunft besser aufpassen.

»... auf jeden Fall bieten da die Leute ihr altes Graffel an und nur selten wirklich teure Raritäten. Und die Verkäufer hoffen alle, dass sie erst eine tolle Expertise mit einer entsprechenden Preiseinschätzung kriegen und ihr Zeug dann für möglichst viel Geld verscherbeln können.«

Warum war Manz von einer solchen Sendung so fasziniert, dass er seinen Tagesablauf penibel danach ausrichtete, um keine Folge davon zu verpassen? Hatte er womöglich selbst Preziosen – Gemälde, wertvollen Schmuck, alte Münzen und so weiter und so fort –, die er verkaufen und sich mit Hilfe dieser Serie einen Überblick über ihren Wert verschaffen wollte? War das möglich? Und – hatte das etwas mit seinem Fall zu tun? Wahrscheinlich nicht.

Die Schöffen verblieben so, dass sie sich im Laufe des morgigen Abends wieder zusammentelefonieren würden.

»So, jetzt hab ich Sie aber lange genug aufgehalten. Sie müssen ja im Gegensatz zu mir morgen arbeiten. Und noch zusätzlich wegen unserer Zeugin recherchieren«, sagte Gebhardt zum Abschluss.

»Ach, das ist doch nicht der Rede wert. Das schaffe ich locker. Ich bin ja noch jung.«

Eine lange Weile sinnierte er über den letzten Satz von Frau Dienstl. Und kam dann zu dem Schluss, dass er zwar älter, ein wenig älter war als sie, aber seine Aufgaben morgen sicher auch locker schaffen würde. Dennoch ging er vorsichtshalber früh zu Bett.

SIEBEN

Als Günther Gebhardt am nächsten Morgen – diesmal ohne Assistenz seines Weckers – aufwachte und ihm zeitgleich sein selbst auferlegtes Tagespensum einfiel, durchströmte ihn eine Welle des reinen, grundlosen Glücks. Und das lag nicht daran, dass sich dieser Freitag wolkenlos und windstill zeigte, mit dem Versprechen auf einen sonnigen Verlauf, sondern an etwas anderem.

Wobei er sich, bevor er die Bettdecke zurückschlug, schwertat, dieses Andere zu fassen, einen Anlass für diese restlose Zufriedenheit und vollkommene Harmonie mit sich und seinem Leben zu benennen. Wahrscheinlich lag es daran, dachte er, dass er heute einen guten Grund hatte, sich vor seinem Schwimmtraining zu drücken. Wobei – es zwang ihn ja niemand, zweimal in der Woche ins Südstadtbad zu fahren, außer ihm selbst. Und wenn er schon so einen instinktiven Widerwillen gegen das Training hatte, und das jeden Dienstag- und Freitagmorgen, warum ließ er es dann nicht ganz bleiben?

Bevor Glück und Zufriedenheit in das gewohnte morgendliche Unbehagen umschlagen konnten, stellte er das Rätselraten ein, stand auf und schlurfte in die Küche.

Es folgten in gemessenem Abstand die Dusche, das Rasieren, das Ankleiden, der Gang zum Briefkasten, das Frühstück, das Durchblättern der Zeitung. Und all diese Dinge tat er mit großem Vergnügen. Selbst der Sessel vor der Wohnungstür, an dem er sich auf seinem Weg nach unten vorbeiwinden musste und den er über Nacht vollständig vergessen hatte, konnte seiner guten Laune nichts anhaben. Im Gegenteil. Wäre ihm jetzt die Nachbarin Gertrud zufällig über den Weg gelaufen, hätte sie in ein überaus freundlich lächelndes Gesicht geschaut. Und das, nach einigen Sekunden des Erstaunens, wahrscheinlich als Ironie oder gar als Sarkasmus gedeutet.

Als er mit seinen morgendlichen Aufgaben durch war, zeigte

die Küchenuhr auf fünf Minuten vor acht. Zu früh, um bei der Polizei aufzukreuzen, denn zum nahen Jakobsplatz würde er zu Fuß gehen, ein Zugeständnis an das verpasste Schwimmtraining. Dafür brauchte er gerade mal eine halbe Stunde.

Also erledigte er das, was in den letzten Tagen zu kurz gekommen war. Er wusch ab, wobei er sich über sich selbst wunderte, wie er das so lange vernachlässigen konnte. Er riss die Fenster und die Balkontür auf. Und vor allem machte er seinen gewohnten Kontrollgang durch die Wohnung. Dabei gab es etliches zu richten, zu arrangieren, auf- und wegzuräumen. Das hatte weniger mit ihm als vielmehr mit Karins Besuch zu tun, die es mit der Ordnung nicht so genau nahm. Es noch nie genau genommen hatte.

Dann verließ er das Haus. Noch immer vollkommen im Einklang mit sich und seinem Leben. Er hatte gerade mal zwei Schritte in Richtung Plärrer gemacht, da blieb er stehen. Er hatte seine Legitimation als Schöffe vergessen, das Schreiben vom Gericht. Das brauchte er unbedingt für seinen Auftritt bei der Polizei. Schon allein deswegen, damit für die Beamten von Anfang an klar war, mit wem sie es zu tun hatten. Einen Richter, selbst wenn es nur ein Laienrichter war, abwimmeln, das würde sich keiner von ihnen trauen.

Nachdem er umgekehrt war und seine Eintrittskarte, das offizielle Dokument, geholt hatte, setzte er seinen Weg fort. Es war kurz nach zehn Uhr, als er das Polizeipräsidium betrat. Schwungvoll und bei bester Laune.

Er musste eine Viertelstunde im Eingangsbereich warten, bis er zu der einzigen Diensthabenden hier im Foyer, die hinter einer Glaswand saß, vordringen konnte. Er nannte seinen Namen, hielt ihr gleichzeitig seinen Personalausweis und das Schreiben vom Gericht entgegen und sagte: »Ich habe etwas zu melden. Und dazu muss ich einen Ihrer zuständigen Kriminalkommissare sprechen.«

Unbeeindruckt von seinem Anliegen und den immer noch tapfer hochgehaltenen zwei Dokumenten erwiderte die junge

Frau mit dem Pferdeschwanz: »Dann haben Sie sicher einen Termin? Darf ich fragen, mit wem?«

Da erhielt sein Gerüst aus dieser blendenden Laune und dem forschen Tatendrang zum ersten Mal einen kleinen Dämpfer.

»Braucht man jetzt schon einen Termin, wenn man seiner Bürgerpflicht nachkommen will?«, fragte Günther Gebhardt verschnupft zurück. »Es heißt doch immer von Ihrer Seite, man solle ein Verbrechen ...«, er erschrak über dieses große Wort und ruderte sofort zurück, »... ich meine: eine strafbare Handlung umgehend bei der Polizei melden.«

Gut, das war jetzt immer noch leicht überspitzt formuliert, musste aber angesichts dieser verstockten und wenig zugänglichen Empfangsdame sein. Sie trug keine Uniform. Wahrscheinlich war sie gar keine richtige Polizistin, sondern von einem Sicherheitsdienst hierher abgestellt und somit kein adäquater Verhandlungspartner für ihn.

»Dafür gibt es unsere Polizeiinspektionen. Am besten, Sie wenden sich in dieser Sache an die Inspektion Nürnberg-Mitte. Die befindet sich im Rathaus und ist auch zu Fuß von hier aus schnell zu erreichen. Sie wissen, wie Sie am besten dahinkommen, oder soll ich ...?«

Dämpfer Nummer zwei. Er spürte, wie sein Begleiter an diesem Tag, dieses reine, grundlose Glücksgefühl, sich langsam auf Nimmerwiedersehen von ihm verabschiedete.

»Natürlich weiß ich, wie man zum Rathaus kommt«, entgegnete er ungehalten. »Aber ich sage Ihnen gleich, wundern Sie sich dann nicht, wenn ich in einer halben Stunde hier wieder vor Ihnen stehe. Und dann möchte ich von Ihnen keinen Vorwurf hören, ich hätte mich nicht rechtzeitig gemeldet. Vielleicht sollte ich noch erwähnen, dass es sich hierbei nicht um eine Lappalie handelt, also um so etwas wie ein gestohlenes Fahrrad oder um nächtliche Ruhestörung.«

Das widerspenstige Wesen hinter der Glasscheibe sah ihn mit schief gelegtem Kopf fragend an. Es schien nachzudenken. Darum legte er nach.

»Oder verrichten in der Inspektion Mitte auch richtige Kriminalkommissare ihren Dienst, wo ich meine Beobachtungen hinsichtlich der strafbaren Handlung gleich an der richtigen Adresse melden kann?«

»Nehmen Sie doch noch mal kurz da drüben Platz«, sagte die Frau und wies mit dem Finger auf eine einfache Holzbank. »Ich schau mal, ob jemand von den Kommissaren Zeit hat. Aber versprechen kann ich nichts.«

Er nahm natürlich nicht auf der ihm zugewiesenen Bank Platz, sondern blieb demonstrativ einen Meter vor der Glasscheibe stehen. In Sichtweite der Pferdeschwanzträgerin. Damit die wusste: So leicht würde sich ein Günther Gebhardt nicht abspeisen lassen.

Doch schon nach zehn Minuten sah er sich genötigt, seinen Beobachtungsposten aufzugeben. Verdrängt von denjenigen, die auch zu der Empfangsdame ohne Uniform wollten und die alle, so wie es aussah, im Gegensatz zu ihm einen Termin vorweisen konnten. Da gab er nach und setzte sich auf die Bank.

Eine gute halbe Stunde später wurde er endlich zu der Glasscheibe gerufen. Es habe sich jemand gefunden, der sich sein Anliegen zumindest anhören würde.

»Und wohin soll ich jetzt gehen?«, fragte er.

»Sie gehen nirgendwohin. Sie werden abgeholt.«

Es dauerte weitere dreißig Minuten, bis die stabile Glastür geöffnet wurde und eine schlanke, gut fünfzigjährige Frau direkt auf ihn zukam. Sie war komplett ungeschminkt, trug einen taubenblauen Hosenanzug, hatte dunkelbraune, fast schwarze große Augen, dunkelbraunes Haar mit ein paar weißen Strähnen und den gleichen Schritt wie seine Tochter: aufrecht, zügig, zielgerichtet.

Als sie direkt vor ihm stand, knipste sie ein sehr breites Lächeln an, das von Herzen zu kommen schien, und fragte: »Herr Gebhardt?«

Er nickte und stand auf.

»Mein Name ist Steiner. Paula Steiner. Kriminalhauptkommissarin. Man hat mir gesagt, Sie hätten eine Straftat zu melden.«

Da er nicht reagierte, fragte sie: »Oder stimmt das etwa nicht?« Das Lächeln verlor ein wenig an Strahlkraft.

»Doch, das stimmt schon. Ich glaube, es könnte sich dabei um eine Straftat handeln.«

»Aha. ›Glaube‹ und ›könnte‹.« Das Lächeln erstarb ganz.

»Ich bin mir ganz sicher, dass so etwas in der Art vorliegt.« Und da das für ihn recht kleinlaut klang, zu sehr nach Verteidigung und zu wenig nach eindeutiger Bevollmächtigung, setzte er forsch hinzu: »Oder ist die Polizei nicht daran interessiert, Verbrechen, die noch im Dunkeln liegen, auf den Grund zu gehen?«

Leider antwortete die Frau in dem Hosenanzug nicht darauf. Er registrierte, wie ihre rechte Augenbraue in die Höhe schnellte. Schließlich sagte sie: »Gut. Dann erzählen Sie mir, was Sie beobachtet haben.«

Sie nickte ihm auffordernd zu und ging ohne ein weiteres Wort voran. Er folgte ihr. Erst durch die schwere Glastür, dann rechts in einen schmalen Gang, bis sie einen winzigen, kahlen, unwirtlichen Raum erreicht hatten. Weiße Wände, ein Tisch, zwei Stühle, ein Sideboard. Sonst nichts. Nicht einmal eines dieser Fahndungsplakate, wie sie im Eingangsbereich des Präsidiums zuhauf herumhingen.

»Das ist aber nicht Ihr Büro?«

»Das ist eines unserer Vernehmungszimmer. Bitte nehmen Sie Platz.«

Er hängte sein Jackett über die Stuhllehne und legte die Einladung vom Gericht, seinen Ausweis als Schöffe, auf den Tisch. Direkt vor den taubenblauen Hosenanzug. »Damit Sie sich überzeugen können, dass ich im Besitz der entsprechenden Legitimation bin.«

Frau Steiner warf einen kurzen, in seinen Augen viel zu kurzen Blick darauf und schob das Papier wieder auf seine Tischseite zurück.

Dann fing er an zu erzählen. Und da er im Umgang mit der Polizei wenig Erfahrung hatte und davon ausging, dass bei einer solch offiziellen Aussage jedes Detail, und sei es noch so geringfügig, wichtig sein könnte, dauerte sein Bericht sehr, sehr lang. Was ihn dabei irritierte, war, dass sich die Kommissarin weder Notizen machte noch ein einziges Mal nachfragte. Da war nur dieser kerzengerade Blick in einem nahezu emotionslosen Gesicht. Er hätte gern gewusst, was hinter dieser verschlossenen Fassade steckte. Höfliche Langeweile, leiser Spott oder doch konzentriertes Interesse?

Nachdem er seinen Rapport beendet hatte, sah er sie erwartungsvoll an.

Sie fragte: »Fertig?«

Er nickte.

»Und was genau erwarten Sie jetzt von uns, Herr Gebhardt?«

»Na, das ist doch offenkundig: dass Sie Ermittlungen dazu aufnehmen. Dass Sie herausfinden, wer in der Nacht wirklich gefahren ist und dabei Herrn Manz so schwer –«

»Warum?«

Spätestens da, als er mit diesem markanten Ein-Wort-Satz plus einer eindrucksvoll bis zur Stirnobergrenze hochgezogenen Augenbraue konfrontiert wurde, verlor er seine blendende Laune vollends, sodass gar nichts mehr von ihr übrig war.

»Dieser Munzinger kann es ja nicht gewesen sein. Oder sehen Sie das etwa anders, nach allem, was ich Ihnen jetzt erzählt habe?«

Keine Reaktion.

Er spürte, wie eine leichte Gereiztheit in ihm hochstieg, die, je länger er in dieses emotionslose Gesicht sah, kurz davorstand, in eine handfeste Wut umzuschlagen.

»Es scheint Ihnen also nicht aufzufallen, dass es in seinen Aussagen doch sehr handfeste Widersprüche gibt?«

»Das Einzige, was mir auffällt, ist, dass es ein Gerichtsverfahren gibt wegen fahrlässiger Körperverletzung mit Todesfolge gemäß Paragraf 227 Strafgesetzbuch, bei dem der einzige Angeklagte ein eindeutiges Schuldeingeständnis abgelegt hat. Und dass weder er noch sein Anwalt dieses bis dato widerrufen hat.«

»Aber –«

»Und dass insofern«, fuhr Frau Steiner ungerührt fort, »für uns auch kein Anfangsverdacht existiert, wonach wir berechtigt wären, entsprechende Ermittlungsmaßnahmen einzuleiten. Erst wenn zureichende tatsächliche Anhaltspunkte für eine verfolgbare Straftat vorliegen, kann die Polizei aktiv werden. Und nicht nur die, sondern auch die Staatsanwaltschaft. Das, was Sie mir soeben erzählt haben, sind bloße Vermutungen. Mutmaßungen Ihrerseits, die keine nachträglichen Ermittlungen rechtfertigen. Und auf der anderen Seite haben wir ein Geständnis plus einen unzweifelhaften Sachverhalt plus belegbare Fakten, die einleuchtend und nachvollziehbar sind.«

Schon bei dem vorletzten Satz hatte sich die Kommissarin aus ihrem Stuhl hochgeschraubt – ein eindeutiges Zeichen, dass die Anhörung von ihrer Seite aus beendet war –, da nahm sie nochmals Platz.

»Wobei mich doch interessieren würde, in welche Richtung Ihre Mutmaßungen gehen. Vermuten Sie, dass dieser Munzinger die Schuld für die fahrlässige Körperverletzung auf sich nimmt für einen anderen oder eine«, betonte Paula Steiner, »andere? Aus Gründen wie einer Geldzuwendung, aus Liebe, Freundschaft oder was auch immer? Und dass er sich damit auch der latenten Gefahr bewusst ist, für diese Person womöglich in den Knast zu wandern?«

Jetzt, wo sie es sagte: Genau das war es, was er die ganze Zeit insgeheim geahnt hatte. Nur dass er es eben nicht in dieser Klarheit gedacht hatte oder gar auszusprechen gewagt hätte.

Mit einem Hauch von Bewunderung sah er sie an und nickte. »Ja, das ist richtig. Und das vermute ich nicht nur, davon bin ich überzeugt.«

»Oder gehen Sie von einer vorsätzlichen Körperverletzung mit Todesfolge aus? Oder gar von Mord, mit dem Fahrzeug als der Tatwaffe?«

»Mord?«, wiederholte er erschrocken.

»Natürlich, auch das ist möglich. Es könnte ja sein, dass es sich dabei nicht nur, ›nur‹ in Anführungszeichen, um eine fahrlässige Körperverletzung handelt, derentwegen der Angeklagte stellvertretend für eine andere Person, wovon Sie ja offenbar ausgehen, vor Gericht steht, sondern um eine vorsätzliche. Und bei einer solchen ist immer zu prüfen, ob Mord vorliegt. Aber auch in diesem Fall würde sich dieser Munzinger, genau wie in Option eins, der Strafvereitelung schuldig machen. Selbst wenn er an dem Mord nicht beteiligt war beziehungsweise davon Kenntnis hatte.«

Dann war es mucksmäuschenstill in dem kahlen Zimmer. Gebhardt war damit beschäftigt, diesen so kühnen wie schauerlichen Gedanken auf die weite Reise zu seinen Synapsen zu schicken, während Paula Steiner ihn dabei aufmerksam beobachtete.

»Aber ich denke«, sagte sie schließlich, »diese zweite Möglichkeit hat bei Ihren Überlegungen bisher keine große Rolle gespielt«, sagte sie mit einem klitzekleinen Lächeln. »Oder täusche ich mich da?«

Und dann passierte etwas, was ihm seit Jahren nicht mehr passiert war – er ließ seinem Instinkt den Vortritt vor jeder Vernunft. Das Hirn war komplett ausgelöscht; was möglich oder gar wahrscheinlich schien, existierte nicht, jetzt hatte nur sein Bauchgefühl das Sagen. Wenn man es hinterher hätte erklären wollen, war es, als ob er sich in diesem Moment einer Eingebung von ganz oben, einer Erleuchtung hingegeben hätte.

»Doch, Sie täuschen sich, sehr sogar«, antwortete er mit fester Stimme. »Natürlich kann es genauso gut Mord sein. Das hatte ich durchaus mit ins Kalkül gezogen. Warum denn nicht?«

Als er, völlig in sich zusammengesunken, wieder auf dem Jakobsplatz stand, starrte er auf den Weißen Turm und sinnierte über seine eigene Verwegenheit. Mord? Noch vor nicht einmal fünf Minuten hatte er das durchaus für möglich gehalten. Und das war nicht nur so dahingesagt, aus Trotz gegen diese spröde und unnahbare Kommissarin, er hatte das in diesem Moment wirklich geglaubt. Aber jetzt? War ihm diese Sicherheit fast vollständig abhandengekommen. Außerdem, das wäre dann schon ein ganz anderes Kaliber, mit dem Frau Dienstl und er es zu tun hätten.

Er entschied, diese Alternative ad acta zu legen und seine Nachforschungen weiter so zu betreiben, wie er das gestern geplant hatte. Darüber nachdenken konnte er heute Abend immer noch.

***

Gegen dreizehn Uhr hatte er sein Ziel erreicht – die Straßenbahnendhaltestelle der Linie 8 in Erlenstegen. Die letzten vier Stationen war er der einzige Fahrgast gewesen. Was ihn nicht weiter wunderte, galt doch dieser Stadtteil als der mit den happigsten Grundstückspreisen, der höchsten mittelfränkischen VIP-Dichte und damit auch der mit der geringsten Neigung seiner wenigen Bewohner, sich innerstädtisch mittels öffentlicher Verkehrsmittel zu bewegen.

Er ging über die Erlenstegenstraße und bog dann rechts in die Eichendorffstraße ab. Beim zweiten Abzweig stand er in der kurzen Mörikestraße. Hier hatten prächtig herausgeputzte Villen aus der Gründerzeit die Vorherrschaft, wurden aber flankiert von ein paar zwar großzügigen, doch modernen Einfamilienhäusern und einer Wohnanlage mit sechs zueinander versetzten dreigeschossigen Häusern, die sich bis zur Eichendorffstraße erstreckten und mit ihrer Waschbetonverkleidung in dieser noblen Nachbarschaft recht gewöhnlich und unpassend wirkten. Wenn er sich die Hausnummer richtig gemerkt hatte, dann musste Manz in ebendieser Anlage gewohnt haben. In einem von diesen Fünf-Parteien-Häusern.

Günther Gebhardt ging auf die Suche. Dabei fühlte er sich unangenehm getrieben, so als müsste er sich beeilen. Denn wohl war ihm bei dieser Mission nicht. Das war ganz und gar nicht seins: neugierig Leute ausfragen und dabei womöglich den wahren Grund seines Interesses verleugnen, also lügen zu müssen. Aber hier waren keine Leute, die er hätte ausfragen oder belügen müssen. Der Wohnblock mitsamt seinen winzigen Rasengevierten und den sauber gestutzten Sträuchern schien menschenleer.

Die Wohnung des alten Mannes lag zur viel befahrenen Eichendorffstraße. Wenn man der Anordnung der Klingelschilder trauen konnte, dann hatte Manz in der obersten Etage gewohnt, also in der Penthouse-Wohnung. Nachdem Gebhardt die Aluminiumplatte mit den fünf Klingelschildern eingehend inspiziert hatte, blickte er sich um – in der Hoffnung, ein lebendiges Wesen zu sehen. Er konnte doch nicht einfach bei irgendjemandem in diesem Haus läuten und dann …

Er hatte sich überschätzt. Grandios überschätzt. Wie handhabten eigentlich die anderen ihre Recherche, vor allem Max und Werner? Wahrscheinlich hatten sie mit den gleichen Problemen zu kämpfen wie er. Er sah sich alles noch eine Weile an, aber nichts rührte sich. Tja, und jetzt?

Gebhardt trat den Rückzug an. Er ging vor bis zur Mörikestraße, als er eine ältere Frau entdeckte, Mitte oder Ende siebzig, die soeben aus ihrem Kleinwagen gestiegen war und nun direkt auf ihn zukam. Sie hatte volles graues Haar, das zu einem Dutt hochgesteckt war, einen offenen Blick und einen einseitig schleppenden Gang. Bepackt war sie wie ein Lastesel. Links und rechts hingen an ihren Armen Taschen, Beutel, ein Stockschirm und ein Sechserpack verschweißter Wasserflaschen. Er gab sich einen Ruck und eilte ihr entgegen.

»Das ist ja viel zu schwer für Sie«, rief Gebhardt ihr zu. »Wenn Sie nichts dagegen haben, würde ich Ihnen gern etwas von Ihren Einkäufen abnehmen.«

Die Frau stellte das Sechserpack und den größten Beutel mit einem von Herzen kommenden Stöhnen auf den Boden. »Ach ja, bitte, wenn Sie so freundlich wären. Es ist auch nicht weit bis zu mir nach Haus.«

Er griff nach den beiden ihm zugedachten Sachen und folgte ihr. Sie wohnte in dem Haus direkt neben dem von Manz. Das war seine Chance. Die musste er nutzen.

Nachdem sich die Frau mit dem Dutt bei ihm bedankt hatte und nun ihren Schlüssel aus der Jacke holte, sagte er, und er gab sich Mühe, es so beiläufig wie möglich klingen zu lassen: »Ich wollte einen Nachbarn von Ihnen besuchen. Einen alten Bekannten, dem ich noch etwas schulde. Aber er scheint nicht da zu sein. Ich spreche von Herrn Manz.« Dann wartete er.

Lange musste er nicht warten.

»Ach, Sie meinen Friedhelm Manz?« Mit vorgebeugtem Oberkörper raunte die Frau ihm entgegen: »Der ist doch schon lange tot. Seit Februar schon. Da hatte er spätabends einen Verkehrsunfall.« Dabei verschattete sich ihr Gesicht leicht.

Jetzt war sein ganzes schauspielerisches Talent gefragt. »Was, tot? Ja, warum hat mir denn sein Sohn, der Joachim, nichts davon erzählt! Sonderbar.«

Eigentlich wäre das nun ein guter Zeitpunkt für sein Gegenüber gewesen, ihn in das Haus zu bitten. Leider machte die Frau keine Anstalten dazu und fragte ihn stattdessen, den zweifelnden Blick auf den Undercover-Agenten im Rentenalter gerichtet: »Woher kennen Sie denn Herrn Manz?«

Jetzt war guter Rat teuer. Woher kennt man nahestehende Bekannte? Aus der Arbeit, aus Vereinen, weil sie früher Nachbarn waren. Das konnte er alles vergessen. Blieb nur ein einziger, ein sehr schwacher und dünner Versuchsballon.

»Wir haben, oder vielleicht sollte ich nun besser sagen: wir hatten denselben Hausarzt. Dr. Scharrer. Da sind wir uns so manches Mal begegnet und haben dann einen losen, aber doch sehr herzlichen Kontakt gepflegt. Das verbindet, wenn man die gleichen Wehwehchen hat. Da tauscht man sich gern auch mal privat aus.«

Er sah noch eine Restskepsis in ihren graublauen Augen. Er musste also nachlegen.

»Herr Manz war zwar um einiges älter als ich, aber wesentlich besser in Schuss. Gut, er war auf den Rollator angewiesen, das bin ich nicht. Aber ich habe schlimmen Bluthochdruck und«, seufzte er, »beginnende Altersdiabetes. Davor war Herr Manz ja gottlob gefeit.«

Jetzt war auch der letzte Zweifel verschwunden.

»Ja, wären Sie denn auf seine Beerdigung mitgegangen, wenn man Sie –«

Mit einem so lauten wie überzeugten »Selbstverständlich!« fiel er ihr ins Wort. »Wenn man mich informiert hätte, auf jeden Fall. Also, da verstehe ich Herrn Manz junior nicht. Er hätte ja nur zum Telefonhörer greifen müssen. Das ist doch nicht zu viel verlangt. Auch in einer solchen Situation.«

»Das würde ich an Ihrer Stelle nicht persönlich nehmen. Der Joachim hatte in dieser Zeit wirklich viel um die Ohren. Und der Tod seines Vaters ist ihm schon sehr nahegegangen. Da denkt man nicht an alles.«

»Ja, da mögen Sie recht haben. Aber dann hätte doch zumindest der junge Mann, der ihn pflegte, dieser Herr Hausmann, mich benachrichtigen können.«

»Dem ist sein Tod doch genauso unter die Haut gegangen wie dem Joachim. Das war aber auch wirklich schlimm. So zu Tode zu kommen, in dem Alter, damit rechnet ja keiner. Eher schon –«

»Herr Manz hatte einen Verkehrsunfall, sagten Sie?«, unterbrach er sie erneut. »Mir hat er mal gesagt, er geht nachts überhaupt nicht mehr aus dem Haus. Wenn er was zu erledigen hat oder auch einen Termin, dann macht er das am Vormittag. Und fast ausschließlich in Begleitung von diesem Herrn Hausmann. Das verstehe ich nicht.«

»Das versteht keiner von uns. Wir alle haben keine Erklärung dafür, was er da draußen in der Nacht wollte. Weder der Joachim noch sein Pfleger oder einer von uns. Sogar die Polizei war deswegen hier und hat uns danach gefragt.«

»Und wo ist dieser Unfall passiert? Sicher hier in Erlenstegen, oder?«

»Nein, das war doch nicht hier. Das könnte man ja noch verstehen. Das war in Zabo.«

Da er nicht reagierte, wiederholte sie ihre Ortsangabe nochmals, langsam und mit scharf akzentuierter Silbentrennung. »In Zer-za-bels-hof!«

So wie sie das aussprach, klang das nach einem weit entfernten Erdteil. Er begriff: Hier wurde höchste Verwunderung von ihm erwartet, die er in Form eines zweifachen energischen Kopfschüttelns auch prompt lieferte.

»In Zabo?«, repetierte er. »So was. Hat man den Unfallverursacher wenigstens eruieren können? Weil Sie doch sagten, die Polizei war da und hat gefragt.«

»Ja, den Rowdy hat man erwischt. Ein junges Bürschla. Betrunken war er halt. Und viel zu schnell unterwegs. Der muss den Friedhelm frontal, also direkt von vorn auf die Kühlerhaube –«

»Bitte hören Sie auf«, sagte Gebhardt mit gespieltem Entsetzen. »Ich will es gar nicht so genau wissen. Ich kann es mir lebhaft vorstellen.«

»So, mir wird kalt. Auf Wiederschauen, der Herr.«

Die Frau mit den graublauen Augen schenkte ihm zum Abschied noch ein flüchtiges Allerweltslächeln, dann drehte sie sich von ihm weg, sperrte die Haustür auf und griff nach ihren Siebensachen. Ein eindeutiges körpersprachliches Signal: Die Unterredung war beendet.

Und das, obwohl er noch so viele Fragen an sie hatte. Das hieß, er musste gleich zur Sache kommen, hemmungslos und ohne falsche Rücksichtnahme.

»Wenn Herr Manz schon im Februar verunglückt ist, dann wundert mich aber, dass sein Name immer noch auf dem Klingelschild steht. Der Vermieter hat wohl die Wohnung noch nicht weitervermieten können? Obwohl das hier doch eine ganz gute Lage ist. Da gäbe es sicher etliche –«

Mit einem lauten Seufzer kehrte sie sich ihm wieder zu und sagte, jetzt sichtlich genervt: »Das ist eine Eigentumswohnung. Die hat Herrn Manz gehört.«

»Ach so. Dann ist jetzt wohl sein Sohn hier eingezogen.« So schnell würde er seine einzige Informantin nicht von der Angel lassen.

»Nein! Falsch. Die hat doch sein Pfleger geerbt. Friedhelm hatte seine Wohnung damals, als das losging mit seinen Behinderungen, als er immer gebrechlicher wurde, demjenigen versprochen, der ihn pflegen würde. Und das war eben dieser junge Herr Hausmann.«

»Was?«, rief Gebhardt in die Stille dieser betulichen Wohnanlage, so laut, dass er selbst erschrak. »Und dagegen hat Manz junior nichts unternommen, das hat er sich so ohne Weiteres gefallen lassen, dass man ihm sein Erbe vorenthält?«

Diesmal erhielt er keine Antwort. Denn zu dem Zeitpunkt war seine Informantin bereits in dem Haus verschwunden, und zwar ohne jeden weiteren Gruß. Kurz darauf ging in der Erdgeschosswohnung das Licht an. In dem kleinen Zimmer rechts neben der Eingangstür, in der Küche, so wie es aussah. Das Fensterbrett war vollgestellt mit terrakottafarbenen Töpfen, aus denen Petersilie, Schnittlauch und Basilikum sprossen.

Als er zur Endhaltestelle ging, lobte er sich für sein phantastisches Gespür. Er hatte sich die Richtige für seine Zeugenbefragung ausgesucht. Und er hatte alles aus ihr herausgequetscht, was möglich war. Mehr hätte er sowieso nicht erfahren. Von wem auch? In dieser verlassenen Straße samt ihrem biederen Wohnblock war ja niemand da, den er hätte fragen können.

Schon beim Warten auf die Straßenbahn bröckelte der Putz von seiner Selbstgefälligkeit ab. Wie schnell man doch bei der Hand ist, dachte er, seine jahrzehntelang gepflegten Überzeugungen und Gewohnheiten über den Haufen zu werfen – wenn es darauf ankommt. Er, der doch so an der Wahrheit hing, hatte Manz' Nachbarin ja nach Strich und Faden angelogen. Da gab es nichts zu beschönigen. Und keine Hemmungen hatte er dabei gehabt, das kam erschwerend hinzu. Im Gegenteil – im Laufe des Gesprächs war ihm das Schwindeln und Heucheln immer leichter gefallen. Sollte er sich so sehr in sich getäuscht haben?

Aus diesen selbstkritischen Gedanken riss ihn das aufdringliche Klingeln seines Handys. Es war sein Freund Werner.

»Ich hab es schon mehrfach bei dir daheim versucht. Du bist wohl unterwegs?«

»Ja. Ich sitze gerade in der Straßenbahn und fahre heim.«

»Wann wärst du denn daheim, ungefähr?«

Gebhardt sah auf die Uhr. »In gut zehn Minuten bin ich am Hauptbahnhof, dann steige ich in die U-Bahn um und laufe heim. Das heißt: in gut vierzig, sagen wir: in fünfundvierzig Minuten. Warum?«

»Dann komm ich bei dir vorbei. Falls dir das recht ist. Ich hab meinen Auftrag nämlich schon abgearbeitet.«

»Ja, sehr gut. Freilich ist mir das recht.«

»Gut, dann bring ich uns Kuchen mit. Einen anständigen Kaffee kriegt man ja bei dir.«

Gebhardt wollte ihm noch sagen, dass er das mit dem Kuchen sein lassen sollte, doch da hatte Werner schon aufgelegt.

So hatte er Zeit, sich ab der Haltestelle Tafelhalle wieder dem Gespräch mit Manz' Nachbarin zu widmen. Zunächst hatte dieses weder ihn noch seine Ermittlungen einen Millimeter weitergebracht. Das hatte er alles vorher schon gewusst. Bis auf ein winziges Detail: die Sache mit der Wohnung.

Dass der Alte diesen Hausmann so großzügig bedacht hatte, war schon ungewöhnlich. Fast so außergewöhnlich wie die Tatsache, dass der eigentliche Erbe, der Sohn, das anscheinend so ohne Weiteres akzeptiert hatte und rechtlich nicht dagegen vorgegangen war. Das musste Gebhardt als einen dicken Punkt zugunsten des verdächtigen Joachim Manz verbuchen, was ihm nicht leichtfiel. Leider war die Aussage dieser wandelnden Einkaufstüte zu diesem Vermächtnis ja kaum anfechtbar, weil sie immerhin von einer neutralen Außenstehenden vergeben wurde, der er glaubte.

Als er an der U-Bahn-Station Gostenhof ausstieg, hatte das »winzige Detail« erheblich an Gewicht und Bedeutung zugelegt. Es war jetzt kein Detail mehr, das er vernachlässigen durfte, sondern von immenser Wichtigkeit und damit wert, weitere Ermittlungen dazu in Auftrag zu geben. Max erschien ihm hierfür als der beste Kandidat. Aber wenn der nicht mehr wollte …? Ach, da würde ihm schon eine passende Lösung einfallen. Schließlich gab es ja noch seine Tochter, die, wie er den Eindruck hatte, gern Detektiv spielte. Und seinen anpassungsfähigen Freund Werner, der in viele Rollen schlüpfen konnte. Eben der Typ Mensch, der in solch schwierigen Situationen weiterhilft und auf den man sich auch voll und ganz verlassen kann.

Und so kam es, dass binnen einer Stunde aus einem jungen, adretten, sympathischen Mann mit hervorragenden Manieren und aus gutem Hause ein hochgradig dubioser Tatverdächtiger mit üblen Absichten und bösartiger Gesinnung wurde. Reinhard Hausmann war ins Fadenkreuz des Sonderermittlers Günther Gebhardt geraten.

Kaum hatte er die Jacke abgelegt und die Schuhe ausgezogen, da klingelte es. Er drückte auf den Türöffner und ließ die Wohnungstür einen Spaltbreit offen. Kurz darauf hörte er ein lautes Quietschen, Knarzen und Fluchen im Hausgang. Er eilte zur Tür und winkte Werner zu sich herein.

»Was ist denn das für ein Scheißdreck hier draußen! Was soll denn das, Gebhardt?«, lautete die wenig herzliche Begrüßung.

»Bitte, komm doch rein und krakeel im Haus nicht so rum. Das kann ja jeder hören.«

»Das kann auch jeder hören, von mir aus gern. Und wie«, fragte der Freund aufgebracht, »soll ich hier außen rumgehen? An diesem Drecksmöbel kommt ja keiner vorbei. Das ist was für Hungerhaken, aber nichts für mich.«

Nachdem Werner endlich mit hochrotem Kopf in der Diele stand, schloss Gebhardt schnell die Tür hinter ihm und nahm ihm den Mantel und das Kuchenpaket ab. Sein Freund hatte, das wusste er aus Erfahrung, manchmal einen Hang zum sehr unvermittelten Wutausbruch.

»Dass du dich immer gleich so aufregen musst für nix und wieder nix!«

»›Nix‹, Günther, ist für mich etwas anderes. Was soll denn das Trumm da draußen überhaupt?«

»So, du gehst jetzt erst mal in die Küche. Setz dich hin und komm zur Ruhe. Ich mach uns derweil einen Kaffee, und dabei erkläre ich dir alles.«

So geschah es. Nachdem Gebhardt mit seinem Bericht fertig war, sah ihn Werner kopfschüttelnd an.

»Und das lässt du dir von diesem Drachen gegenüber so ohne Weiteres gefallen? Da versteh ich dich nicht. Der hätte ich aber schon längst mal so richtig Bescheid gestoßen.«

»Du wohnst ja auch nicht Tür an Tür mit ihr und musst nicht mit ihr weiterhin einigermaßen verträglich auskommen. Ich will hier einfach in Frieden leben.«

Ein Versuch der Selbstverteidigung, den Werner nicht gelten ließ.

»Ja, ja, ich weiß. Du bist schon immer jedem Streit aus dem Weg gegangen. Aber manchmal, Günther, glaub mir, muss man richtig auf den Putz hauen, sonst ist man auf Dauer nur der Dumme. Ich sage nur: Wehret den Anfängen!«

Gebhardt schenkte den Kaffee in die vorgewärmten Tassen und setzte sich. Das Stück Marmorkuchen, das Werner ihm auf den Teller schob, lehnte er ab.

»Danke. Aber danke, nein. Ich habe mir vorgenommen, die nächste Zeit auf Kuchen und Schokolade weitgehend zu verzichten. Bei der letzten Blutuntersuchung waren meine Zuckerwerte nämlich nicht so berauschend. Insofern …«

Ohne ein Wort griff Werner nach dem Teller und eilte aus der Küche. Gebhardt konnte gerade noch vernehmen, wie die Wohnungstür aufgerissen und wieder geschlossen wurde. Zwischendurch erneutes Fluchen. Auf leisen Sohlen ging er in die

Diele, öffnete die Tür einen kleinen Spalt und begab sich auf die Lauer.

Es dauerte eine Weile, bis Gertrud öffnete.

»Ja, bitte?«

»Guten Abend, schöne Frau«, tönte Werners Kavaliersbariton durch das Haus. »Darf ich Ihnen ein Stück Marmorkuchen anbieten? Wir, Günther und ich, haben uns gedacht, dass Sie sich eventuell darüber freuen würden. Den Kuchen hab übrigens ich besorgt.«

Gebhardt grinste hinter der schützenden Tür. So hörte es sich also an, wenn Werner jemandem »mal so richtig Bescheid stieß«.

Sein Freund stellte sich mit seinem vollen Namen vor und fragte, ob er die »gnädige Frau« gerade bei etwas störe.

»Das könnte ja durchaus sein. Oder hätten Sie vielleicht doch freundlicherweise eine Minute, maximal zwei Minuten Zeit für mich, hm?«

Kurz darauf fiel ihre Tür ins Schloss, und Gebhardt war von weiteren Süßholzraspeleien ausgeschlossen. Leider.

Über eine halbe Stunde später rumorte und polterte, quietschte und krachte es im Treppenhaus. Schleunigst begab er sich wieder auf seinen Horchposten hinter der Wohnungstür. Was ihm kurze Zeit darauf zum Verhängnis wurde, denn Werner stieß ihm die Tür von außen mit voller Wucht gegen den Kopf. Jetzt war es Günther Gebhardt, der fluchte.

»Dann hast du es ja schon mitgekriegt«, sagte Werner ungerührt. »Dein Sessel ist weg.«

Sie gingen in die Küche. Gebhardt schenkte beiden Kaffee von der Warmhalteplatte ein.

»Der hast du ja so richtig die Meinung gegeigt, alle Achtung, Werner, alle Achtung.«

»Ach, weißt du, manchmal hilft das gar nix. Ich sag immer: Reden bringt die Leut z'samm. Und dann: So verkehrt ist deine Nachbarin gar nicht, wie du tust.«

»Warum? Was hat sie dir erzählt über mich?«, fragte Gebhardt alarmiert nach.

»Im Prinzip das Gleiche wie du, nur eben aus ihrer Sicht.«

Gebhardt entschied, hier besser nicht nachzuhaken. Ein heikles Thema. Und vor allem ein Thema, bei dem er mit Werner sicher in Streit geraten würde.

So reichte es nur für den kleinen Seitenhieb: »Aber den Kuchen, der eigentlich für mich gedacht war, den hat sie schon genommen, oder?«

»Ja«, antwortete Werner, »den Kuchen, den *ich*«, intonierte er das Pronomen, »für uns beide gekauft habe und den *du*«, betonte er erneut das Fürwort, »nicht wolltest, den hat sie genommen. Gern sogar. Das war sozusagen meine Eintrittskarte. Ohne den Marmorkuchen hätte ich, denke ich, ihr Herz nicht so leicht aufschließen können. Dann würde dein Sessel immer noch da draußen stehen.«

Ihr Herz aufschließen? Wenn sein Freund sich so gestelzt ausdrückte, war Vorsicht geboten. Er erinnerte sich an das polternde »Guten Abend, schöne Frau« – hatte Werner das Kompliment womöglich ernst gemeint? War da zwischen ihm und Gertrud etwas im Gange? Wollte er mehr von …? Und hatte sie sich darauf …? Das sähe ihr ähnlich. Und nicht nur ihr – ihm auch.

»Insofern könntest du ruhig einmal Danke sagen. ›Das hast du toll gemacht, lieber Werner. Denn ich, Günther Gebhardt, bin ja zu blöd für so was. Weil ich, Günther Gebhardt, strikt jeder Kontroverse aus dem Weg gehe. Und dann stünde das Monstermöbel bei mir immer noch im Hausgang, wo sich jeder weiß Gott was brechen kann. Vor allem und in erster Linie mein lieber Freund Werner.‹«

Wider Willen musste er lächeln. »Ja, danke, lieber Werner, das hast du wirklich toll gemacht. Reicht das als Dankeschön?«

»Mehr wollte ich gar nicht hören.« Sein Freund nickte.

»Und verrätst du mir jetzt auch, was deine Recherchen ergeben haben?«

»Natürlich. Deswegen bin ich ja da. Also, dieser Patrick Munzinger hat wohl keine leichte Kindheit oder Jugend gehabt. Die Mutter ist abgehauen, da war er erst sieben Jahre alt. Die hat sich auch nie wieder blicken lassen. Seitdem erzieht ihn sein Vater allein. Mit mehr oder weniger Erfolg. Wenn es stimmt, was du sagst, mit weniger Erfolg. Und wenn ich meiner Informantin glauben kann, mit gar keinem Erfolg. Die hat nämlich gemeint, dass –«

»Wie hast du eigentlich jemanden gefunden, der dir das alles erzählt?« Und weil es sich so schön anbot, fügte Gebhardt noch hinzu: »Also schon wieder jemanden, dessen Herz du aufgeschlossen hast?«

Doch Werner überhörte die feine Spitze. Oder er wollte sie nicht hören.

»Ach, das war ganz leicht. Ich hab dir doch gesagt, dass in der Pleydenwurffstraße mal ein Schulfreund von mir gewohnt hat. Zusammen mit seiner Schwester. Und die wohnt da immer noch. In derselben Wohnung wie ihre Eltern damals. Eine richtige Ratschkathl, die von ihren Nachbarn alles, aber auch alles weiß. Und insofern für meinen Auftrag bestens geeignet war. Darf ich jetzt weiter berichten?«

»Ich bitte darum.«

»Wie gesagt: Die beiden, Vater und Sohn, hatten es nicht immer leicht miteinander. Außerdem scheint der Vater mitunter gewalttätig oder besser gesagt: ein wenig unbeherrscht zu sein. Der hat seinen Sohn früher regelmäßig verdroschen. Und das macht er heute auch noch, wenn ich meiner Informantin glauben kann. Nicht mehr so oft wie früher, aber schon hin und wieder. Wenn es eben seiner Meinung nach nottut.«

»Dann wohnen die beiden noch zusammen?«

»Ja, freilich, hab ich das nicht schon gesagt?«

»Nein, bisher nicht.«

»Okay. Dieser Patrick lebt also bei seinem Vater, und zwar aus einem einzigen Grund: weil er sich eine eigene Wohnung gar nicht leisten kann. Der hat bloß einen Job auf Vierhundertfünfzig-Euro-Basis. Er arbeitet bei einer Tankstelle da irgendwo im Osten von Nürnberg. Ich glaube, die ist in der Äußeren –«

»… Bayreuther Straße«, ergänzte Gebhardt.

»Das weißt du schon?«

»Ja. Das ist aber auch alles, was ich weiß. Weiter.«

»Eine feste Freundin hat er wohl nicht. Ginge ja auch gar nicht, bei der Wohnsituation. Wenn jemand in dem Alter noch bei seinem Vater lebt, auf so etwas lässt sich doch keine Frau ein. Davon abgesehen sieht man ihn öfter in Begleitung einer jungen Frau. Ungefähr so alt wie er, klein, sehr dünn und am ganzen Körper tätowiert. Und sie fährt einen roten Kleinwagen. Die Marke kann ich dir aber nicht sagen.«

Die Jovanovic mit ihrem Opel Corsa.

»Aber das ist nur eine Freundschaft im platonischen Sinn, keine Liebesbeziehung, sagt zumindest die Schwester meines Schulfreundes. So, was haben wir noch? Ach ja, er geht oft ins Fitnessstudio. Fast jeden Tag. Woher die das weiß, keine Ahnung. Er wird halt immer so eine Sporttasche mit sich herumtragen, wenn er zum Training geht. Oder er hat den entsprechenden Körper dafür mit ordentlich Muskeln an den richtigen Stellen.«

Wieder nickte Gebhardt, sagte aber nichts.

»Und er hat noch ein Hobby, das er mit derselben Hingabe pflegt: Er lässt sich regelmäßig volllaufen. Daheim, wenn sein Vater nicht da ist, aber vor allem auswärts. Deswegen gab es schon massive Probleme mit der Polizei. Unter anderem Führerscheinentzug. In mindestens zwei Fällen. Das weiß die Schwester von meinem alten Schulkameraden wiederum deswegen, weil Munzinger junior dann immer von dieser Freundin, der rein platonischen, mit dem Auto abgeholt wird.«

Nachdem es so aussah, dass Werner nun seinen Bericht abgeschlossen hatte, fand Gebhardt, dass eine kleine Anerkennung angemessen sei.

»Nicht schlecht, Werner, was du alles herausgefunden hast. Und das in der kurzen Zeit. Steht noch was auf deinem Notizblock?«

»Ich brauche keinen Notizblock, ich habe einen Kopf, und

der funktioniert noch einwandfrei. Doch, da ist noch was. Aber nur eine Kleinigkeit. Und auch das Letzte, was ich in Erfahrung bringen konnte. Es betrifft die Sauferei. Der Bub hat zwar ein Auto, einen BMW, einen alten 5er BMW –«

»5er BMW stimmt, aber alt ist der nicht«, korrigierte Gebhardt ihn.

»Das ist doch wurst. Also einen BMW, der auf den Namen von diesem Patrick läuft. Aber im Prinzip gehört der Wagen seinem Vater. Er wird ihn halt wegen der Prozente bei der Kfz-Versicherung auf den Namen seines Sohnes überschrieben haben. Im Prinzip eine Dauerleihgabe. Ich finde das von dem Vater recht großzügig. Aber wenn der merkt, dass sein Sohn wieder mal betrunken gefahren ist, dann ist das eine von diesen Gelegenheiten, wo er ihn angeblich nach Strich und Faden verdrischt. Angeblich«, wiederholte Werner mit einem skeptischen Achselzucken. »Und dann nimmt er ihm auch die Autoschlüssel und Papiere ab. Für längere Zeit. Behauptet zumindest meine Informantin.«

Das war das einzige Mal, dass Werner den Wahrheitsgehalt seiner Kontaktfrau in Zweifel zog.

»Dann ist der Sohn manchmal ohne Auto?«, fragte Gebhardt sicherheitshalber nach.

»Ja. Schau, Günther, mit vierhundertfünfzig Euro im Monat kann sich keiner einen 5er BMW leisten, auch wenn dieser schon ein paar Jährchen auf dem Buckel hat. So, mehr weiß ich nicht. Habe fertig.«

Patrick Munzinger hatte im Laufe von Werners Ausführungen eine erstaunliche Wandlung durchgemacht: Für Gebhardt war er jetzt nicht mehr in erster Linie ein minderwertiges Individuum, der abstoßende, ungehobelte Unterschichts-Rowdy mit schlimmen Manieren, sondern ein junger Mann mit schwerer Vergangenheit und keiner Zukunft. Einer, der in der untersten sozialen Statusskala gelandet war und der es, wie es schien, nie in die höheren und komfortableren Zonen der Gesellschaft schaffen würde. Der seinen Frust regelmäßig mit viel Alkohol imprägnierte. Der wahrscheinlich seine ganze Selbstachtung aus seiner mit Protein vollgepumpten Muskulatur bezog. Und aus einem Mittelklassewagen, der ihm im Prinzip nicht einmal gehörte.

Fast hätte Gebhardt Mitleid für ihn empfunden. Fast. Er sah zwar Munzingers aussichtslose Lage, empfand sogar Verständnis, ein wenig zumindest, für sein flegelhaftes Benehmen, aber Sympathie für ihn hatte das alles nicht geweckt. Der Angeklagte war ihm noch genauso widerwärtig wie zuvor. Außerdem war er der Meinung, dass selbst jemand, dem so etwas widerfahren war wie diesem Patrick Munzinger, nicht für sich in Anspruch nehmen durfte, mit außerordentlicher Nachsicht behandelt zu werden.

Er sah auf die Uhr. Kurz nach sechs. Er fragte Werner, ob er zum Abendessen bleiben wollte. Er könnte für sie beide ein paar Pfälzer mit Kraut und Kartoffeln machen. Das ginge schnell und sei sehr schmackhaft, sagte er noch. Doch Werner lehnte ab.

»Das ist nett von dir. Danke. Aber ich hatte heute Mittag schon eine warme Mahlzeit. Rosenkohl mit Schweinelendchen. Die Uschi, also die besagte Schwester von meinem Schulfreund, hat mich kurzerhand zum Essen eingeladen. Außerdem bin ich jetzt doch ziemlich geschlaucht. Man ist halt nicht mehr der Jüngste. Ich will bloß noch heim. Mir reicht's für heute.«

Freund Werner sollte an diesem Abend der Einzige bleiben, der seinen Rapport erstattete. Zwar hätte Günther Gebhardt gern gewusst, was die anderen herausgefunden hatten, mochte dem aber nicht hinterhertelefonieren. Denn das hätte neugierig und fordernd ausgesehen. »Übergriffig«, würde seine Tochter dazu sagen. Und er hatte ja noch genügend Zeit. Das ganze Wochenende. Obwohl, am Montag musste er dem Vorsitzenden Richter schon mit unanfechtbaren Fakten kommen, sonst war der Fall ausgestanden und abgeurteilt, ohne dass er an dem Schuldspruch noch etwas ändern konnte.

Er schälte die Kartoffeln, setzte das Kraut auf und gab die

Pfälzer in einen Topf mit heißem Wasser. Die Wartezeit verkürzte er sich mit seiner letzten Flasche Pyraser. Jetzt musste er wieder auf gängigere Marken umsteigen. Auf solche, die man sich in jedem beliebigen Getränkemarkt besorgen konnte.

Nach dem Essen spülte er das Geschirr mit der Hand ab. Er konnte auf die Geschirrspülmaschine wirklich gut verzichten. Das Ding war zwar noch gut in Schuss, wurde aber nie benutzt und beanspruchte bloß viel unnützen Platz. Es war im Prinzip das Gleiche wie mit Gertruds Sessel vor der Wohnungstür. Er nahm sich vor, die Spülmaschine irgendwann, wenn er wieder mal mehr Zeit hatte, einer sozialen Einrichtung zu spenden.

Als er auf dem Sofa saß, der Fernseher war auf stumm geschaltet, ging ihm sein Freund Werner durch den Kopf. Und dessen Bemerkung, dass er geschlaucht sei, wie auch die Floskel, man sei halt nicht mehr der Jüngste. Das sagte ausgerechnet der, der sich ganze Abende und Nächte mit Kartenspielen in dubioser Gesellschaft und in sehr zweifelhaften Spelunken um die Ohren schlug. Das war doch eigenartig.

Denn er, Günther Gebhardt, war putzmunter und fühlte sich überhaupt nicht geschlaucht oder gar müde. Und schließlich hätte er mehr Grund dazu gehabt als sein Freund. Denn er war es, der heute viel Zeit für nichts und wieder nichts im Polizeipräsidium mit Warten verbracht hatte.

Dann die Abfuhr von dieser Kommissarin; und vor allem – er hatte mit seinen lebenslang gepflegten Grundüberzeugungen gebrochen. Er hatte die Menschen getäuscht und sie angelogen, was das Zeug hielt.

Summa summarum: Was für ein schöner, herrlich aufregender Tag!

ACHT

Lebenslust und Euphorie, seine Begleiter des gestrigen Morgens, die sich dann aber im Laufe des Tages peu à peu verabschiedet hatten, standen ihm um sechs Uhr dieses Samstages wieder zur Verfügung. Und so war Günther Gebhardt bester Dinge, als er am Küchentisch vor seiner zweiten Tasse Kaffee saß. Insgeheim rechnete er damit, dass sich seine Zuträger demnächst, aber spätestens bis Mittag, das auf jeden Fall, melden würden. Wenn nicht, dann würde er eben die Initiative ergreifen.

Und so verging dieser Samstagvormittag in der Hochstraße mit Zeitunglesen und – Warten. Er wusch das Frühstücksgeschirr ab und – wartete. Ein routinierter Kontrollgang, dann langes Warten. Es war elf Uhr, und immer noch hatte ihn niemand angerufen. War das wirklich zu viel verlangt, dass man kurz zum Telefonhörer griff und ihm Bescheid gab? Die Antwort war einfach: Nein, das war es nicht.

So, und was jetzt? Selbst anrufen? Ach, lieber nein. Karin und Frau Dienstl hatten eine lange Arbeitswoche hinter sich und wollten sich zum Wochenendbeginn sicher mal so richtig ausschlafen. Da wollte er nicht stören. Und Max, der Rentner? Auch das ging nicht, denn sie waren ja so verblieben, dass der sich bei ihm rühren würde. Sobald er etwas herausgefunden hätte. Wahrscheinlich hatte er nichts zu berichten. Oder er hatte es sich anders überlegt und seine Ermittlungen auf heute verlegt.

Was tun? Er könnte einkaufen gehen. Kein Bier mehr im Haus, der Kartoffelvorrat neigte sich dem Ende zu, Brot und Kaffeefiltertüten standen ebenfalls auf seiner Liste. Doch zum Einkaufen hätte man aufstehen, Mantel und Schuhe anziehen, Beutel und Portemonnaie in die Hand nehmen müssen. Und vor allem: das Haus verlassen. Dazu hatte er keine Lust. Da blieb er lieber am Küchentisch sitzen und starrte aus dem Fenster. Der Rausch war vorbei.

Eine knappe Stunde später. Gebhardt war noch immer intensiv mit Sitzen und Schauen beschäftigt, als ihn das schrille Klingeln des Telefons in der Diele aus seinen trüben Gedanken riss. Endlich.

Es war Daniela Dienstl.

»Ja, wunderbar, Sie sind ja daheim«, trompetete es aus dem Hörer. »Haben Sie Zeit, oder störe ich Sie gerade bei irgendetwas?«

Wo sollte er denn sonst sein als daheim? Und wobei sollte man einen Rentner wie ihn am Samstagmittag stören?

»Nein, Sie stören überhaupt nicht.«

»Gut. Am besten ist, Sie holen sich was zum Schreiben. Ich hab nämlich viel zu erzählen. Das war gestern alles sehr, sehr aufschlussreich. Und eine Sensation, zumindest eine mittelgroße, habe ich auch herausgefunden.«

»Ja, bitte, Frau Dienstl, legen Sie los. Stift und Block liegen vor mir.«

»Vorweg nur so viel: Das war schon richtig von mir, dass ich meinen Sohn da mitgenommen habe. Ohne den Niklas, glaube ich, wäre diese Recherche anders ausgegangen. Ganz anders. Also nicht so ergiebig. Punkt eins: Die Jovanovic lebt noch bei ihrer Mutter. Und sie, also die Tochter, hatte wohl eine sehr schwere Kindheit. Der Vater, übrigens ein Serbe, daher auch der Name, hat sich auf Nimmerwiedersehen aus dem Staub gemacht, da war die Michaela gerade mal acht Jahre. Seitdem musste die Mutter ihre Kinder – es gibt da noch eine ältere Schwester – allein erziehen und allein ernähren. Ich weiß, wie schwer das ist, Herr Gebhardt. Vor allem für die Mutter«, betonte Daniela Dienstl.

Nach diesem Exkurs in die Familienaufstellung der Jovanovics fuhr sie fort.

»Die Schwester, die ältere, ist mittlerweile von daheim

ausgezogen. Und sie hat den Mädchennamen ihrer Mutter angenommen. Die heißt jetzt nicht mehr Jovanovic, sondern Ziegler wie ihre Mutter. Also muss sie noch eine gescheite Wut auf ihren Vater haben. Das liegt doch nahe, oder? Und die jüngere Jovanovic verdient zwar jetzt auch ihr eigenes Geld. Aber damals lebten die drei Frauen deutlich unter dem Existenzminimum. Der Niklas hat mir nämlich gesagt, dass der Vater ...«

Schon wieder eine unfreiwillig geschrumpfte Restfamilie. Die Grundmuster glichen sich. War das ein Thema zwischen Patrick Munzinger und der Jovanovic? Hatte sie das verbunden? Und was war schlimmer, ein abwesender Vater oder eine abwesende Mutter? Fragen, die sich Gebhardt stellte und auf die er keine Antwort wusste.

Sein Notizblock war leer. Er wartete noch immer auf die »mittelgroße Sensation«.

»... sie arbeitet, und jetzt kommt es, bei derselben Tankstelle wie unser Munzinger.«

Und da von seiner Seite kein tosender Applaus folgte, wiederholte sie, überlaut und sehr eindringlich: »Bei genau derselben Tankstelle. Also bei der an der Bayreuther Straße. Was sagen Sie dazu?«

»Ach«, sagte er. Vorerst nur »Ach«. »Aber sie hat doch behauptet, dass sie im Südwesten der Stadt arbeitet und deswegen ihr Auto so schnell als möglich wieder braucht?«

»Das ist es ja eben. Das ist es ja. Sie hat uns angelogen. Und nicht nur uns, sondern das Gericht überhaupt. Das steht für mich einwandfrei fest.«

Nicht so für Gebhardt. Er dachte nach. Er fand, Frau Dienstl zog da einen vorschnellen Schluss.

»Nicht unbedingt. Es könnte doch sein, rein theoretisch, dass sie ihren Hauptarbeitsplatz wirklich im Südwesten Nürnbergs hat und manchmal bei einer anderen Tankstelle aushelfen muss. Also einspringt, wenn Not am Mann ist. Haben Sie das mit Ihrem Informanten abgeklärt?«

»Ich hab gar nix abgeklärt. Ich war die meiste Zeit in dem kalten Auto gesessen und hab gewartet, während Niklas sich in der Nachbarschaft durchgefragt hat.«

Daniela Dienstl schien beleidigt zu sein, wenn er ihren aufgebrachten Ton richtig deutete. Sicher war die Sache mit der Tankstelle diese mittelgroße Sensation, die sie anfangs angekündigt hatte und die nun auf so wenig Beifall bei ihm gestoßen war. Darum kam er ihr ein Stück weit entgegen und applaudierte ihr, wenn auch nur verhalten.

»Aber verdächtig ist das schon, da haben Sie auf jeden Fall recht. Doch so etwas kann man ja relativ leicht abklären. Darum würde ich mich gern kümmern, falls Sie das nicht selber erledigen wollen. Also, wenn es das von Ihrer Seite war, dann mache ich jetzt weiter. Ich habe nämlich auch eine Sensation, eine kleine zumindest, zu bieten. Und zwar direkt aus der Mörikestraße, wo ich gestern –«

»Halt, ich bin doch noch nicht fertig, Herr Gebhardt. So viel Zeit werden Sie ja haben«, fiel Daniela Dienstl ihm ins Wort.

Dass sie immer gleich eingeschnappt war …

»Also, einen festen Freund hat die Jovanovic momentan anscheinend nicht. Einen Freund im Sinne von Liebhaber oder Lebensgefährte. Aber was sie hat, sind eine Handvoll guter Bekannter, mit denen sie viel Zeit verbringt. Eigentlich ihre ganze Freizeit. Drei bis fünf sind es wohl. Dazu gehört dieser Arian Zeka übrigens nicht, was mich überrascht hat, aber der Munzinger auf jeden Fall. Unser Kosovo-Albaner ist nur dann mit von der Partie, wenn ihn der Munzinger mitschleppt. Dann wird er geduldet.«

Hier machte Frau Dienstl eine Pause. Wahrscheinlich, um ihn zu testen, ob er ihr überhaupt noch zuhörte.

Er hätte jetzt erwidern können, dass die Symbiose zwischen der Zeugin und dem Angeklagten wirklich etwas sei, was immer außer Frage stand. Machte er aber nicht. Sondern sagte stattdessen: »Gut, sehr gut, dass wir jetzt zu hundert Prozent davon ausgehen können, dass es diese feste Verbindung zwischen den beiden gibt. Da haben Sie Ihren Sohn wohl vorher eingehendst instruiert, wonach er fragen soll?«

»Das können Sie glauben. Ich hab ihm alle Infos an die Hand gegeben, die er für seine Recherche braucht. Und es war mir vollkommen wurst, ob ich das als Schöffin darf oder nicht. Ich meine, solche Sachen einfach weitererzählen.«

»Warum denn nicht? Natürlich dürfen Sie das, Frau Dienstl«, beeilte er sich, ihr recht zu geben, »wir sind ja keine Anwälte. Da sähe es anders aus. Aber so …«

»Finden Sie?« Zwei Wörter, eine Frage und dahinter eine Spur Erleichterung.

»Jetzt bin ich auch fast schon fertig. Ah ja, was wir noch wissen: Die Jovanovic geht am Wochenende viel weg, extrem viel weg, die ist eigentlich an ihren freien Tagen immer irgendwo auf der Piste. Zum Beispiel auf Konzerten oder anderen Großveranstaltungen, und das meist zusammen mit ihrer ganzen Clique. Aber was sie nicht macht, sie begleitet den Munzinger nicht ins Fitnessstudio. Die macht nämlich überhaupt keinen Sport. Nicht einmal Yoga, was doch fast alle jungen Frauen heutzutage machen. So, das war's aber jetzt endgültig von meiner Seite.«

Überschwänglich bedankte sich Gebhardt für »Ihr Engagement und das Ihres Sohnes«. Dann referierte er über seinen Einsatz in Erlenstegen. Doch seine kleine Sensation fand bei Daniela Dienstl genauso wenig Anklang wie ihre mittelgroße wenige Minuten zuvor bei ihm.

»Na ja, dann hat er halt die Wohnung von dem Alten gekriegt. Soo«, dehnte sie das Adverb, »selten ist das nicht. Ich weiß allein hier in Eckental von zwei Fällen, wo die Pflegerinnen ganze Häuser – und nicht bloß irgendeine Wohnung – schon zu Lebzeiten von dem Pflegefall überschrieben bekommen haben. Und beide Male waren auch Kinder da, die nichts dagegen hatten. Die eigentlich ganz froh waren, dass sie ihre Eltern nicht pflegen mussten.«

Das kann man doch nicht vergleichen, eine Immobilie in

diesem Kaff und eine in Erlenstegen, in Nürnbergs bester Lage, dachte der Großstädter Gebhardt, hielt sich aber zurück.

»Nun ja, lassen wir das jetzt mal außen vor, vorerst. Was haben wir an unumstößlichen Tatsachen?«, stellte er die rhetorische Frage, die er sich umgehend selbst beantwortete. »Wir haben eine zwar platonische, aber sehr enge Freundschaft zwischen Munzinger und der Jovanovic. Tatsache ist für mich auch, dass Munzinger nicht der Unfallfahrer war und«, betonte er, »dass die Jovanovic vor Gericht gelogen hat. Und was das Seltsame daran ist, sie hat gelogen, um ihm einen Gefallen zu tun, nicht, um ihn zu belasten. Oder sehe ich das falsch?«

»Nein, überhaupt nicht, Herr Gebhardt. Das sehe ich genauso wie Sie. Und wissen Sie, was ich mich die ganze Zeit frage? Wer zu so etwas fähig ist wie die beiden mit ihrem abgekarteten Spiel, ihren ganzen Falschaussagen und Meineiden, wozu sind solche Leute noch fähig?«

»Mord zum Beispiel«, sagte Gebhardt reflexartig.

»Hä?«

Es war still in der Leitung.

»Wissen Sie, was ich gerade verstanden habe: Mord. Da habe ich mich aber verhört, oder?«

»Nein, Sie haben richtig gehört.« Er erzählte ihr von seiner gestrigen Begegnung mit der Hauptkommissarin. »In dem Fall wäre dann, hat zumindest diese Frau Steiner angedeutet, die Tatwaffe nicht ein Messer, eine Pistole oder ein tödliches Gift, sondern eben der Opel Corsa der Jovanovic.«

Wieder keine Reaktion vom anderen Ende. Darum fragte er nach: »Sind Sie noch dran, Frau Dienstl?«

»Ja, freilich. Ich überlege noch.«

Er beherrschte sich und ließ ihr dafür viel Zeit.

Irgendwann hatte sie sich genug besonnen und sagte: »Eigentlich hätten wir zwei da auch von selber draufkommen können. Das liegt doch nahe. Der Munzinger ist zwar blöd, aber nicht so blöd, dass er seinen Kopf für so etwas Harmloses wie einen läppischen Verkehrsunfall mit Fahrerflucht hinhält. Für so etwas kriegt er ja nicht viel Geld, bei Mord schaut es da schon ganz anders aus. Jawohl, Herr Gebhardt, Sie haben mich überzeugt. Ich bin Ihrer Meinung: Das muss Mord gewesen sein.«

Er hatte sie *überzeugt*? Da musste er aber sehr geschickt vorgegangen sein, dass er davon selbst nichts gemerkt hatte.

»... und dafür hält unser Bürschla die Hand weit auf. Das lässt er sich sehr gut bezahlen. Von wem auch immer. Sehr gut«, wiederholte sie. »Das muss sich für ihn schon rentieren, dass er in Kauf nimmt, den Führerschein für einige Monate loszuwerden. Und vielleicht sogar noch mit Gefängnis bestraft zu werden. Da geht es um ganz viel Geld, das können wir zwei uns gar nicht vorstellen, um wie viel Geld es da geht!«

Sie hat sich bereits festgelegt, dachte Gebhardt. Und das mit einer Euphorie und Bedingungslosigkeit, die typisch für sie war und die es ihm schwer machen würde, wenn er zu einem anderen Ergebnis käme.

»Wenn es wirklich so war, wie Sie glauben«, merkte er vorsichtig an, »ist das aber mindestens eine Nummer zu groß für uns beide. Das müssten wir dann anderen überlassen. Den Profis von der –«

»Ach was«, konterte Daniela Dienstl fröhlich, »die sogenannten Profis sind meiner Meinung nach sowieso grandios überschätzt. Und außerdem hat diese Kommissarin nicht gerade den Eindruck gemacht, dass die Nürnberger Kripo in unserem Fall demnächst ermitteln wird, oder? Nein, nein, Herr Gebhardt, das müssen wir jetzt selbst in die Hand nehmen.«

In seinen Ohren klang das sehr selbstsicher und sehr kämpferisch, vor allem aber sehr naiv. Denn im Gegensatz zu Frau Dienstl war er überzeugt davon, dass man von den Dingen, mit denen man befasst ist, auch eine umfassende Ahnung vorweisen sollte. Und neben dem Problem mangelnder kriminalistischer Kompetenz gab es da ja auch noch das der Zuständigkeit. Zuständig »in unserem Fall« war weder sie noch er.

»Und wie, wenn ich fragen darf, stellen Sie sich das konkret vor?«

Auch dafür wusste Daniela Dienstl eine Lösung.

»Ich werde meinen Sohn auf die Jovanovic ansetzen. Die haben die gleichen Interessen, und dann – der Niklas sieht wirklich gut aus. Da geht schon was, über kurz oder lang.«

Ein typischer Dienstl-Satz: holzschnittartig und von wenig Intellekt beleckt. Ach, wenn doch wirklich alles nur so einfach wäre, wie es sich für diese Frau aus ihrem Eckentaler Nest darstellte. In diesem Moment fühlte sich Gebhardt sehr alt, viel älter, als er war. Es schien aus der Mode gekommen zu sein, dass man sich vorher überlegte, was man sagte. Dass man bemüht war, Fehler von vornherein auszuschließen und die Kontrolle nicht zu verlieren, wenn man –

»Und Sie könnten im Gegenzug doch Ihre Tochter auf den Munzinger ansetzen«, unterbrach sie ihn in seinem Gedankenkarussell.

»Um Himmels willen, nein! Auf keinen Fall!«, rief er entrüstet aus.

»Warum? Ist sie nicht hübsch genug dafür?«

»Doch, schon. Sie ist sogar sehr hübsch, aber mit vierundvierzig wohl zu alt für ihn.«

Ein Argument, das Dienstl sofort akzeptierte. »Stimmt. Da müssen wir uns halt etwas anderes einfallen lassen. Vielleicht wissen Sie ja was?«

»Ja, es gäbe da eine Möglichkeit. Ich könnte Munzingers Vater mal einen Besuch abstatten«, schlug Gebhardt vor. »Denn nach dem, was mir mein Freund Werner berichtet hat, weiß der überhaupt nichts von dem Gerichtsprozess, in den sein Sohn derzeit verwickelt ist.«

»Glauben Sie wirklich, dass man so etwas verbergen kann, wenn man zusammen in einem Haushalt lebt? Mit nur einem Briefkasten?«

»Ich weiß es natürlich nicht hundertprozentig, aber ich bin mir ziemlich sicher.«

Er erzählte ihr von den Prügeln, die Patrick einstecken müsse, wenn er im Vollrausch Auto gefahren sei.

»Und jetzt steht er ja nicht nur wegen Trunkenheit am Steuer vor Gericht, sondern zusätzlich wegen fahrlässiger Tötung. Nein, je länger ich darüber nachdenke, desto mehr halte ich es für ausgeschlossen, dass sein Vater auch nur den Hauch einer Ahnung hat, was da bei seinem Sohn zurzeit abgeht. Sonst wäre er, also der Vater, meine ich, schon längst einmal bei der Verhandlung aufgetaucht.«

»Ja, das klingt logisch. Also gut, dann verbleiben wir so: Ich setze den Niklas auf die Jovanovic an, und Sie kümmern sich um Munzingers Vater. Um das am besten recht zügig. Der Neumann will ja nächste Woche das Urteil verkünden. Oder ist noch was von Ihrer Seite?«

Auf einmal schien es Daniela Dienstl sehr eilig zu haben. Wahrscheinlich musste sie noch einkaufen. Und in ihrem Kaff da draußen würden die Discounter, falls es überhaupt welche gab, mittags schließen.

»Nein, das war es schon, im Großen und Ganzen. Vielen Dank für Ihr Engagement und auch ein Dankeschön an Ihren Sohn. Würden Sie ihm das bitte ausrichten von mir? Eine letzte Frage hätte ich noch, weniger aus Interesse, mehr aus Neugier: Hat Niklas sich eigentlich gesträubt, da mitzuspielen, oder hat er es gern gemacht?«

»Tja, am Anfang war das schon ein gescheites Gefrett, bis ich ihn endlich so weit hatte. Aber am Schluss hatte ich den Eindruck, Niklas hat das Ganze Spaß gemacht. Ich glaube sogar, mehr als mir.«

Nachdem er den Hörer aufgelegt hatte, widmete er sich wieder seiner Einkaufsliste, auf der bisher »Brot – Bier – Kartoffeln – Filtertüten« stand. Er schrieb noch »Grünkohl – Wurst + Käse« dazu. Das war genug, damit würde er gut über das Wochenende kommen. Aber anstatt aufzustehen und aus dem Haus zu gehen, blieb er einfach sitzen und dachte nach.

Auf was hatte er sich da eingelassen, er musste doch bei dem Gespräch mit Frau Dienstl nicht ganz zurechnungsfähig gewesen sein! Von sich aus, ohne Zwang, hatte er angeboten, Munzingers Vater aufzusuchen und ihm mitzuteilen, dass … Ja, was eigentlich? Sollte er ihm etwa sagen: »Ihr Sohn steht derzeit vor Gericht, weil er einen alten Mann totgefahren hat. Aber Sie brauchen sich nichts dabei zu denken, das stimmt nämlich gar nicht. Das war ein anderer. Nur wer, das weiß ich leider auch nicht«?

Und dann? Wie würde Munzinger senior darauf reagieren? Mit der Erwiderung »Sehr freundlich von Ihnen. Vielen Dank für diese Information«? Das sicher nicht. Wenn man Werners Beschreibung Glauben schenken konnte, und das tat er, sähe der weitere Verlauf seines Besuchs ganz anders aus. Wahrscheinlich würde der unbeherrschte und zu Gewalttätigkeiten neigende Mann ihn sofort aus der Wohnung hinauskomplimentieren. Wenn es denn überhaupt beim gesprochenen Wort bliebe …

In diesem Augenblick ärgerte er sich über Daniela Dienstl, die ihn zu diesem vorschnellen Versprechen verleitet hatte. Und die im Prinzip nichts Neues zu berichten gehabt hatte. Aus all ihren Sätzen ließ sich, rekapitulierte Gebhardt, nur ein Kern herausschälen: dass die Jovanovic eng mit Munzinger befreundet war, und zwar so eng, dass beide dafür bereit waren, einiges aufs Spiel zu setzen und dem anderen beizustehen, bis hin zur Selbstaufgabe.

Das fand er ungewöhnlich. Gut, in seinem fortgeschrittenen Alter war das normal, Freunde zu haben, denen man sich widmete, was manchmal mit viel Zeit und Aufwand verbunden war. Und oft genug auch schwierig.

Aber doch nicht ein dreiundzwanzigjähriger Unterschichtsrüpel wie dieser Munzinger! Der und eine hingebungsvolle Pflege von Freundschaften? Das kostete ja Arbeit und Überwindung … Unvorstellbar. Wer seinen Körper so stylte wie der, der hatte für soziale Beziehungen außerhalb von Facebook, Twitter und Co. nichts übrig. Zu bequem. Zu genusssüchtig. Unfähig zum Teilen und zum Verzicht. Das war die Jugend von heute. Oder waren das nur Klischees, denen er da auf den Leim ging? Machte er es sich zu einfach, wenn er –

Gebhardt war derart in seine Gedanken versunken, dass er vom Stuhl hochschrak, als das Telefon erneut klingelte. Diesmal war es Max, der seinen Ermittlungserfolg loswerden wollte.

»Ja, ich höre.«

»Da wirst du nicht viel hören, mein lieber Günther.«

»Warum?«

»Weil es über diesen Joachim Manz nur wenig zu sagen gibt. Vor allem ganz und gar nichts Verdächtiges, was dir weiterhelfen könnte.«

»Und das Wenige wäre?«

»Er ist verheiratet, hat zwei halbwüchsige Kinder, arbeitet als Diplom-Verwaltungswirt im gehobenen Dienst bei der Stadt Nürnberg. Und nennt da draußen in der Pampa von Oberasbach eine Doppelhaushälfte sein Eigen. Für mich ist das ein Durchschnittstyp, wie er im Buche steht.«

»Was, bitte, ist ein Durchschnittstyp für dich, Max?«

»Jemand mit einem festen Arbeitsplatz bei einer Behörde, der anscheinend keine Geldsorgen hat, sonst hätte er sich dieses Haus nicht leisten können. Der darüber hinaus einen Mittelklassewagen fährt, einen … Moment, ich muss nachschauen«, sagte sein Freund. »Ach ja, einen VW Tiguan. Und das noch in der spießigsten sämtlicher Autofarben, nämlich in Silbergrau!«

»Für mich ist ein SUV kein Mittelklassewagen«, protestierte Gebhardt.

»Für mich schon. Was ist denn dann ein Porsche Cayenne oder meinetwegen auch ein Mercedes-Benz GLS für dich im Vergleich dazu? Nein, nein, da gibt es immer noch gewaltige Unterschiede zwischen den Automarken, vor allem von einem Porsche zu einem VW. Auch im Preis. Darf ich jetzt weiter darlegen, warum ich diesen Manz für einen Allerweltstypen beziehungsweise, um das Kind beim Namen zu nennen, für einen ausgewachsenen Spießer halte?«

»Freilich. Ich bitte darum«, sagte Gebhardt. Max, stolzer

Eigentümer eines relativ neuen Porsche Carrera und nach seiner Selbsteinschätzung sehr »autoaffin«, war bei diesem Thema ein wenig empfindlich.

»… und seine Kinder sind auch einigermaßen wohlgeraten. Zumindest habe ich über den Sohn und die Tochter nur Artigkeiten aus der Nachbarschaft gehört. Apropos Nachbarschaft: Einmal im Jahr richtet er ein Grillfest für alle Nachbarn in seinem Garten aus, schon seit Jahren. In Urlaub fährt er im Frühjahr eine Woche nach Südtirol, und im Herbst sind nochmals zwei bis drei Wochen drin. Jetzt rat mal, womit er dann unterwegs ist?«, fragte Max in einem Ton, der auf höchste Verachtung des überzeugten Sportwagenfahrers schließen ließ. Da war die Antwort einfach.

»Mit einem Wohnmobil.«

»Akkurat. Mit einem Wohnmobil, das das ganze Jahr in der extra dafür umgebauten Garage steht. Damit das Schmuckstück nicht schmutzig wird. Und damit man es wieder teuer verkaufen kann, wenn die Zeit reif dafür ist. Also, wenn das kein Indiz für Spießertum hoch drei ist, dann weiß ich auch nicht … Summa summarum: der typische Kleinbürger, wie man ihn in seiner Mittelmäßigkeit und Unauffälligkeit nicht mehr oft findet, so bieder und brav, wie er ist. Aber in Oberasbach scheint es davon noch einige seltene Exemplare zu geben.«

Gebhardt ignorierte Max' Ironie. Er fragte: »Und seine Frau? Oder hast du über die nichts herausgekriegt?«

»Doch, natürlich. Seine Frau arbeitet nicht. Wenn man von ein paar Stunden Anwesenheit in irgend so einer Nobelboutique in Fürth absieht. Das fällt für mich dann aber mehr in den Bereich ›Beschäftigungstherapie für gelangweilte Ehefrauen‹. Im Übrigen pflegt Madame eine sehr geschäftige und gleichzeitig sehr repräsentative Nichtstuerei.«

Diese geballte Ladung Sarkasmus war bei seinem Freund die Ausnahme. In der Regel begegnete er den Menschen aufgeschlossen und um Sachlichkeit bemüht, bis hin zur Wurstigkeit.

»Du scheinst die Familie Manz ja richtig in dein Herz geschlossen zu haben«, sagte Gebhardt.

»Du weißt doch, dass ich solche Leute nicht mag, die meinen, sie machen immer alles richtig. Solche Kontroll- und Leistungsfetischisten mit ihrem typisch fränkisch-protestantischen Arbeitsethos, die nur aufs Geld aus sind.«

Ja, das wusste er. Max' Herz schlug für die ganz unten und für die ganz oben. Was dazwischenlag, wurde von ihm im besten Fall ignoriert.

»Auf jeden Fall hast du in kurzer Zeit enorm viel herausgefunden. Da kann ich nicht mithalten. Ich hab mich plagen müssen mit meiner einzigen Informantin. Wenn ich fragen darf: Wie hast du das eigentlich angestellt, dass man dir gegenüber so offen war?«

»Tja, gelernt ist eben gelernt.«

Damit spielte Max auf seine langjährige Berufserfahrung als Redakteur bei einer Nürnberger Tageszeitung an.

»Willst du es mir nicht verraten? Du hast doch bestimmt ein paar Tipps für mich. Dann hätte ich es vielleicht etwas einfacher bei meinen künftigen Einsätzen.«

»Ich weiß nicht, ob dir damit geholfen ist, aber bitte: Ich hab den Nachbarn erzählt, dass die Zeitung eine kleine Serie über verdiente Mitbürger im mittelfränkischen Raum plant, bei der eben auch Herr Manz eine wichtige Rolle spielen soll. Und dann habe ich noch gesagt, er sei uns von einer seiner Mitarbeiterinnen vorgeschlagen worden. Und dem wollte ich jetzt nachgehen.«

»Und das funktioniert so ohne Weiteres? Ohne großen Druck?«

»Wie du siehst, ja«, antwortete Max. Dann fragte er noch, hellhörig geworden: »Was heißt hier übrigens ›ohne großen Druck‹? Ich kann ja niemanden zur Auskunft zwingen. Ich kann ein freundliches Gesicht machen und in aller Bescheidenheit auf das Auskunftsrecht des Journalisten hinweisen, das schon. Aber so weit musste ich da draußen in Oberasbach gar nicht gehen. Die haben alle auch so geredet, als würden sie dafür bezahlt.«

Bevor er das Gespräch beendete, bedankte sich Gebhardt bei seinem Freund für dessen »einzigartige, hoch professionelle Hilfe«. Ja, er übertrieb es ein wenig mit den Worten und dem Dank. Es konnte ja sein, dass er den Journalisten noch einmal brauchte.

Jetzt fehlte nur noch seine Tochter. Da er wusste, dass sie am Samstag erst spätnachmittags aus dem Bett kam und bei Anrufen um die Mittagszeit äußerst unwirsch reagieren konnte, ließ er sie vorerst in Ruhe. Er notierte auf seinem Einkaufszettel noch »1 Glas Apfelmus«, holte Einkaufskorb, Geldbeutel und Schlüsselbund, warf sein Tweed-Sakko über und verließ die Wohnung.

***

Als er zurückkam, stand ein Teller mit einem großen Stück Apfelkuchen auf dem Fußabstreicher vor Gebhardts Tür. Daneben lag ein Zettel.

Lieber Günther,
hoffentlich magst du gedeckten Apfelkuchen. Er soll eine kleine Entschädigung sein für den Ärger, den du mit mir hattest. Stichwort: Sessel. Es tut mir leid. Entschuldige bitte. In dem Sinne: Auf weiterhin gute Nachbarschaft!
Gertrud

Mit einem kaum sichtbaren Lächeln trug er den Teller wie eine Monstranz vor sich her in die Küche. Doch, er freute sich über das nachbarschaftliche Wiedergutmachungsangebot. Ihm lag an einem einvernehmlichen Auskommen mit den Hausbewohnern. Und damit war ja jetzt wieder zu rechnen, selbst von seinem renitenten Gegenüber. Aber essen würde er den Kuchen nicht. Auf keinen Fall! Er würde ihn seiner Tochter anbieten, falls sie ihn am Wochenende besuchen sollte.

Er setzte Kaffeewasser auf, leerte seine Sakkotaschen, holte den Block aus der Diele, schlug eine neue Seite auf und nahm am Küchentisch Platz.

Eine halbe Stunde später war nicht nur die Kaffeekanne leer, sondern, zu seiner großen Überraschung, auch der Kuchenteller. Er musste ihn so nebenbei in sich hineingestopft haben. Wahl- und gedankenlos. Ohne Kuchengabel, einfach mit der Hand. Schließlich hatte er seine ungeteilte Aufmerksamkeit für etwas anderes gebraucht – für das kriminologische Exzerpt. Auf der aufgeschlagenen Seite des Notizblocks standen jetzt drei Punkte:

- Munzinger ist nicht der Unfallfahrer (Wahrscheinlichkeit: 80%)
- Wenn a) richtig ist, wer war es dann? Das heißt: Für wen hält M. den Kopf hin?
- Und – wichtig! – warum? Wegen Geld, aus Liebe oder Freundschaft?

Er stierte lange auf das Blatt, dann strich er das Wort »Liebe« durch. Irgendwie musste er ja den Ermittlungsumfang eingrenzen, sonst kam er nicht weiter. Und Werner war sich sicher, dass es keine Freundin im Leben des Patrick Munzinger gab.

Blieben die Motive Geld und Freundschaft. Alles sprach für das erste Motiv – ein Habenichts wie Munzinger war sicher für jede finanzielle Zuwendung dankbar. Und nicht nur das, sondern auch bereit, deswegen bei kleineren und größeren Sauereien mitzumachen und den Kopf hinzuhalten. Trotzdem, irgendetwas sperrte sich in Gebhardt gegen diese Wahrscheinlichkeit.

So musste auch das Geld dran glauben, ebenfalls vor dem Hintergrund einer möglichst effizienten Ermittlungsökonomie des Hilfsschöffen. Gut, dass Daniela Dienstl davon nichts wusste. Sie, die für dieses Motiv doch so Feuer und Flamme gewesen war. Er hatte noch ihr eindringliches »Da geht es um ganz viel Geld, das können wir zwei uns gar nicht vorstellen, um wie viel Geld es da geht« im Ohr. Aber da täuschte sie sich.

Letztendlich waren es die Prügel, die Patrick Munzinger ab und an von seinem Vater einstecken musste, die den Sonderermittler Gebhardt so sicher machten. Eine zumindest in den heutigen Zeiten extrem fragwürdige und auch nicht unbedingt erfolgreiche Erziehungsmethode, wenn man das Produkt dieser pädagogischen Strafaktionen vor sich sah. Aber für Gebhardt waren sie ein Indiz, dass sich der Vater intensiv um seinen Sohn kümmerte. Und versuchte, ihm sein Wertesystem irgendwie zu vermitteln. Dass er das auf eine eher rustikale Art und Weise tat, spielte für die Streichungen im Notizblock keine Rolle. Betrunken Auto fahren schien schon mal nicht in das Wertesystem von Munzinger senior zu gehören. Und sich für Geld, egal ob viel oder wenig, in kriminelle Machenschaften hineinziehen zu lassen, sicher auch nicht.

Also war Munzinger juniors Antrieb, bei diesem riskanten Spiel mitzumachen, ein anderer. Aber was war die treibende Kraft dabei?

Seine Suche nach einem plausiblen Motiv führte Gebhardt zurück in die jüngere Vergangenheit – zu seinem ersten Prozesstag. Sein Erinnerungsanker war die Aussage der Jovanovic: »Wenn Patrick meinen Opel braucht, dann kriegt er den von mir. Ohne blöde Fragerei. Wir sind ja Freunde, und unter Freunden macht man das halt so.« Natürlich, Munzingers Beweggrund, vor Gericht die Schuld auf sich zu nehmen, war ein höchst ehrenwerter: Es war ein reiner Freundschaftsdienst.

Er und die Jovanovic hatten ein Netz ideeller und praktischer Solidarität geknüpft, das den anderen weich bettete, wenn Not am Mann war. So wie es aussah, war in diesem Fall Not an der Frau, an der Jovanovic. Das wiederum hieße ja, dass sie es gewesen war, die ihren Opel Corsa in jener Februarnacht auf den alten Mann voll draufgehalten hatte. Aber aus welchem Grund? Weil sie betrunken gewesen war? Vielleicht. Weil sie in dem Moment abgelenkt gewesen war oder einfach nur unaufmerksam? Schon möglich. Schließlich passierten die meisten Verkehrsunfälle aus diesen beiden Gründen.

Und dennoch, für den Hilfsschöffen passte das nicht in das Bild, das die Dreiundzwanzigjährige im Königssaal abgegeben hatte. Sicher hatte sie bei ihrem Auftritt das eine oder andere Mal nicht immer die Wahrheit gesagt. Vor allem, als es darum gegangen war, wie oft sich Munzinger den Corsa von ihr ausgeliehen und ob auch er ihr seinen BMW zeitweilig überlassen habe. Da hatte sie geschwindelt. Genau wie bei der Antwort auf die andere Frage der Staatsanwältin: »Nein, ich wusste nicht, wofür er meinen Corsa brauchte und wohin er damit fuhr.«

Doch, das wusste sie. Der Hilfsschöffe hatte ihr schon damals im Gerichtssaal diese vorgebliche Ahnungslosigkeit nicht abgenommen. Dafür hatte sie mit der Antwort zu lange gezögert. Aber wenn sie es zum einen doch wusste, wovon Gebhardt immer noch überzeugt war, und Munzinger zum anderen den Wagen an diesem Abend nicht gefahren war, worin er sich genauso sicher war, wie passte dann das eine mit dem anderen zusammen? Das ergab doch hinten und vorn keinen Sinn. Es sei denn …

Derart vertieft in seine widerstreitenden Gedanken, ging ihm schließlich auch Munzingers Reaktion auf seine Frage durch den Kopf, ob dieser bei dem Unfall verletzt worden sei. Damals hatte der Schöffe ein Detail übersehen, etwas, das ihm in dem Augenblick bedeutungslos vorgekommen war, jetzt aber wichtig erschien, und zwar sehr wichtig.

Aufgeregt blätterte er in seinem Block. Ah, hier stand es ja: »Das weiß ich heute nicht mehr. Das ist ja schon so lange her.«

Und eine Zeile weiter dann seine Antwort auf die Frage des Richters, ob er sich wegen des Unfalls in ärztliche Behandlung begeben habe: »Nein. Ich war nicht beim Arzt.«

Ganz klar, den Wagen hatte in der Nacht ein anderer – oder eine andere – gefahren. Und beide, Munzinger wie die Jovanovic, wussten, wer das war. Und beide würden den Namen freiwillig nicht preisgeben. Weil diese dritte Person ebenfalls zum *inner circle* dieses Freundschaftsverbundes gehörte.

Vorsichtshalber hielt Gebhardt diese großartige Erkenntnis in seinem Notizblock schriftlich fest. Doch der Stolz auf seinen Geistesblitz war nicht von langer Dauer. Denn auf legalem Weg würde man an den Namen des dritten Mannes oder der dritten Frau nicht herankommen. Dafür war das Netz der freundschaftlichen Solidarität zu eng geknüpft. Also mussten er und sein kleiner Hilfstrupp weiter ermitteln. Nur wie und wo mit der Ringfahndung beginnen? Einzig das Wann war klar: Das musste alles ziemlich schnell gehen. Denn Neumann wollte das Urteil ja am Montag, spätestens am Dienstag verkünden.

Und mindestens genauso schnell brauchte er jetzt eine Tasse starken Kaffee. Besser waren zwei. Als er in die Spüle nach der Tasse und der Glaskanne griff, fiel ihm gerade noch rechtzeitig ein, dass er vor nicht einmal einer Stunde eine ganze Kanne getrunken hatte, zusammen mit dem sinnlos in sich hineingestopften Stück Apfelkuchen. Und heute Nacht musste er gut schlafen, bei dem Pensum, das er morgen zu erledigen hatte.

Er stellte Tasse und Kanne wieder zurück in das Spülbecken, ging zurück an den Küchentisch und riss aus dem Block ein Blatt Papier heraus. Darauf schrieb er:

Liebe Gertrud,
vielen Dank für den wirklich schmackhaften Apfelkuchen. Ich habe ihn schon gegessen, zusammen mit meinem Nachmittagskaffee.
Natürlich trage ich dir die Sessel-Angelegenheit nicht nach. Denn auch mir ist an einem guten Einvernehmen unter uns Nachbarn gelegen.
Nochmals danke.
Günther

Das musste reichen. Jetzt noch den Kuchenteller abwaschen, dann konnte er zumindest diese Sache ad acta legen. In dem Moment klingelte das Telefon. Er flitzte in die Diele.

»Papa, ich bin es.«

Seine Tochter. Endlich. Er verkniff sich den Vorwurf, dass sie mit ihrem Anruf ziemlich spät dran sei, und sagte stattdessen: »Wunderbar, dass du dich meldest, Karin. Geht es dir gut?« Ohne ihre Antwort abzuwarten, fragte er: »Und warst du denn gestern Abend in dieser Cocktailbar?«

»Selbstverständlich. Dann erzähl ich dir mal, was ich alles zu bieten habe. Als Erstes –«

»Halt, warte, ich muss mir noch was zum Schreiben holen«, unterbrach er sie.

»Ich glaube, das ist nicht nötig. So viel haben wir nämlich gar nicht herausgefunden.«

Er legte trotzdem Stift und Block vor sich auf den Tisch. Wer war »wir«?

»Also, zurück auf Anfang. Stichwort Ostendstraße. Wir hatten Glück und mussten uns nicht lange bei den Bedienungen oder den Gästen anschleimen. Denn dein Delinquent, samt seinem Kosovo-Albaner, war schon vor Ort, als wir dort aufschlugen. Dank deiner präzisen Beschreibung, ich sage nur: Topfschnitt und die geschwärzten Augenbrauen, habe ich ihn sofort erkannt und mich an den Nachbartisch gesetzt. Es war zwar sehr laut an diesem Abend, aber einiges hab ich doch verstehen können.«

Hier machte seine Tochter eine Pause und fragte: »Jetzt mal was anderes: Ist dir das überhaupt recht, wenn wir das am Telefon besprechen? Weil, letztens hast du ja darauf bestanden, dieses Thema nur unter vier Augen abzuhandeln, also ohne mögliche Zeugen und nicht am Telefon.«

»Darüber bin ich hinweg, Karin. Das ist mir jetzt egal.« Und weil das etwas kurz angebunden klang, setzte er noch hinzu: »Obwohl es mir natürlich lieber wäre, wenn du das als Anlass nehmen würdest und mich wieder mal besuchen kämest. Ich könnte uns beispielsweise heute Abend frische Baggers machen. Meinen Vorrat an Apfelmus hab ich extra für dich aufgefüllt. Was meinst du?«

»Ein anderes Mal gern. Aber heute will ich eigentlich nicht noch mal aus dem Haus.«

»Freilich, das verstehe ich.«

»Weißt du, wer übrigens noch da war? Diese Freundin, von der du mir erzählt hast, diese Michaela oder Michi, wie sie von den anderen genannt wurde. Sie waren also zu dritt. Aber gut drauf waren die grad nicht. Und auch nicht sehr gesprächig. Insofern haben wir auf unserem Horchposten nicht viel herausbekommen. Einmal ging es, denke ich, sogar um den Gerichtsprozess selbst. Danach hat dieser Arian den Patrick gefragt. Was an den restlichen Tagen verhandelt wurde und wie seine Chancen so stünden. Dein Patrick hat aber sofort abgeblockt: Darüber wolle er heute nicht reden. Das käme nächste Woche noch früh genug auf ihn zu. Du, da ist der sogar ziemlich pampig geworden.«

Gebhardt hörte im Hintergrund eine Männerstimme. Aber nicht lange, dann war die Verbindung still. Wahrscheinlich hatte seine Tochter die Hand auf den Hörer gelegt. Nach einer Weile meldete sie sich wieder.

»Ach ja, das hätte ich jetzt beinahe vergessen. Bei dem Thema Gerichtsverhandlung hat sich dann auch diese Michi eingeschaltet. Unserer Meinung nach hat sie versucht, den Patrick zu beruhigen. Nach dem Motto: Da bestünde für ihn überhaupt keine Gefahr, das würde genauso ausgehen wie geplant. Da bräuchte er sich keine Sorgen zu machen. Mehr konnte ich leider nicht in Erfahrung bringen. Wie gesagt, gut drauf waren die an dem Abend nicht.«

Wieder meldete sich die Männerstimme. Und diesmal durfte Gebhardt sogar mithören. Oder war das gar keine Demonstration der Teilhabe, hatte seine Tochter nur schlicht vergessen, die Hand auf die Hörmuschel zu legen?

»Eins noch, aber da weiß ich nicht, ob das für dich überhaupt von Interesse ist. So wie es ausschaut, fahren die drei ziemlich regelmäßig, fast jedes Wochenende, in diese Kneipe, aber nie mit ihrem eigenen Auto, sondern immer mit einem Taxi. Hin und natürlich auch wieder zurück, in einer festen Reihenfolge. Die Kosten teilen sie sich.«

»Doch, das interessiert mich natürlich sehr, Karin. Das bestätigt ja meine Vermutungen, dass der Munzinger in dieser Februarnacht nicht mit dem Corsa gefahren ist. Erzähl bitte weiter.«

»Gut. Kurz nach Mitternacht sind die drei gegangen. Mein Begleiter, also der …«, Zögern, kurzes Luftholen, »… der Stefan hat die nämlich gefragt, wer von ihnen jetzt fährt. Und da hat dieser Arian, das war auch der Gesprächigste und Netteste von denen, gesagt: keiner. So was könne ganz blöd ausgehen. Und sie würden das eigentlich schon immer so machen, dass sie sich ein Taxi teilen. Das käme auf die Dauer billiger als ein monatelanger Führerscheinentzug. So etwas könne sich auch keiner von ihnen leisten, weil sie alle auf ihr Fahrzeug angewiesen seien. Aber das war jetzt wirklich alles, Papa. Ich hoffe, das hilft dir zumindest ein wenig weiter.«

»Das tut es, Karin. Nicht nur ein wenig, sondern sehr. Vor allem die Sache mit dem Taxi ist enorm wichtig für mich. Vielen, vielen Dank für deine Unterstützung und dass du dich so schnell darum gekümmert hast. Und richte bitte auch deinem Begleiter, also dem Herrn … äh«, jetzt war er es, der zögerte, »dem Herrn Stefan, meinen besten Dank aus.«

Noch ein paar unverbindliche Abschiedsfloskeln, dann war das Gespräch beendet. Eine Zeit lang hielt Gebhardt den Telefonhörer versonnen in der Hand, bis er ihn schließlich sanft auf die Basisstation drückte. Was für ein denkwürdiger Tag! Sie, er und seine Tochter, waren sich heute sehr nahegekommen. So nahe wie schon seit Jahren nicht mehr. Denn mit ihrem Anruf hatte Karin ihm, neben den Ergebnissen ihrer Recherche natürlich, auch versucht zu kommunizieren: Zwischen uns beiden ist alles wieder gut. Doch, doch, daran glaubte er fest.

Und dieses Glück würde auch von Dauer sein. Daran zweifelte er nicht. Jetzt, wo sie ihm einen so tiefen Blick in ihre intimste Privatsphäre gestattet hatte. Von der Preisgabe des Vornamens bis hin zum persönlichen In-Augenschein-Nehmen und Kennenlernen war es nur ein kurzer Schritt. In dem Augenblick war er Patrick Munzinger fast dankbar. Denn ohne ihn wäre das Verhältnis zu Karin noch genauso kühl und distanziert wie die Jahre zuvor.

Es gibt diese Tage, die selten genug sind, wo einem alles leicht wird. Wo man mit Zuversicht und einem unerschütterlichen Optimismus, der jeder Grundlage entbehrt, in die Zukunft schaut. Das sind dann auch die Tage, wo die Vergangenheit hervorgeholt wird. Die schöne natürlich. Und so erinnerte sich Günther Gebhardt, der noch immer regungslos in der Diele stand, an einige jener lange zurückliegenden heiteren Begegnungen, bei denen seine Familie noch komplett und intakt war. Er, Erika und Karin.

Als er genügend von diesem Hochgefühl getankt hatte, ging er in die Küche und bereitete sein Abendessen vor.

NEUN

Sonntagmorgen um halb sieben. Für Gebhardt der schlimmste aller Wochentage. Dann war es in der Hochstraße und um sie herum noch ruhiger als sonst, die Geschäfte hatten geschlossen, niemand kam zu Besuch oder rief an. Das konnte man als Zeichen der Rücksichtnahme interpretieren, aber genauso gut als Interesselosigkeit. Und diese bedrückende Stille lastete immer so lange auf ihm, bis er am frühen Abend den Fernseher einschaltete und sich auf den Wochenbeginn freuen durfte.

Wenn er nur auch diesen gesunden Schlaf seines Freundes Werner hätte, der ganze Sonntagvormittage im Bett verbringen konnte! Aber so wartete er eigentlich seit dem Aufwachen nur darauf, dass dieser Tag endlich vorüberging.

Er stand auf und schlurfte unfroh in die Küche. Schaltete die Kaffeemaschine ein, nahm die Butter und zwei Eier aus dem Kühlschrank und setzte die Pfanne auf die Herdplatte. Um diesem vermaledeiten Tag zumindest einen kleinen Glanzpunkt abzugewinnen, gab es bei ihm am Sonntag zum Frühstück immer zwei Spiegeleier, dazu ein Butterbrot und zwei Tassen richtig starken Kaffee, den er dann ausnahmsweise schwarz trank.

Nachdem Tasse und Teller leer waren, zog er Zwischenbilanz. Dabei erinnerte er sich an sein Versprechen, das er gestern so voreilig wie überflüssig Frau Dienstl gegeben hatte. Was sollte ein Besuch bei Munzingers Vater schon Neues bringen? Und doch, je länger er darüber nachdachte, vielleicht war eine Stippvisite in der Pleydenwurffstraße gar nicht so verkehrt. Vielleicht wusste Munzinger senior mehr über seinen Sohn, als man ihm zutraute. Die Chancen waren gering, aber sie lohnten, dass man ihnen nachging. Vor allem an einem Sonntag, der außer schwarzem Kaffee und zwei Spiegeleiern so gar nichts Spektakuläres zu bieten hatte.

Er zog sein Smartphone aus der Sakkotasche und setzte sich

wieder an den Küchentisch. Es dauerte nicht einmal fünf Minuten, dann hatte er die Technik überlistet und seine eigene Rufnummer unterdrückt. Jetzt noch die Probe aufs Exempel, der Anruf vom Handy auf das Festnetz. Schien funktioniert zu haben. Auf dem Telefondisplay war seine Handynummer jedenfalls nicht zu sehen. Da dauerte die Suche nach der Telefonnummer von Patrick Munzingers Arbeitgeber schon länger. Im Internet wurde er schließlich fündig.

Nein, sagte man ihm bei der Tankstelle, Herr Munzinger sei nicht zu sprechen. Noch nicht. Der Kollege habe heute Spätdienst. Wenn er es ab vierzehn Uhr dreißig bitte nochmals versuchen wolle. Und – ob man etwas ausrichten könne? »Nein, danke«, antwortete Gebhardt und unterbrach die Verbindung.

Also musste er warten. Noch mindestens fünf lange, untätige Stunden. Dazu fehlte ihm die Geduld. Er griff nach dem Autoschlüssel, dem Ausweis und den Papieren, stopfte den Geldbeutel und seinen Schöffenausweis, die Einladung zu der Verhandlung Munzinger, in die Jacketttaschen und verließ das Haus.

Auf der Fahrt in den Osten der Stadt versuchte er, diesem müden Sonntag eine Struktur zu verpassen: Erst ging es nach Mögeldorf, zur Recherche in Sachen Hausmann, Reinhard, dann stand das Mittagessen auf dem Programm, vielleicht mal bei einem Thailänder oder Vietnamesen – das wäre eine neue Erfahrung, ein kleines Abenteuer. Und danach war schließlich Munzingers Vater fällig.

Ja, es gehörte sich nicht, die Leute am heiligen Sonntag zu überfallen, das wusste er. Aber erstens hatte er es Frau Dienstl versprochen, zweitens war es ja nicht seine Schuld, wenn der Angeklagte einen derart seltsamen Dienstplan hatte. Und drittens war dieser Überraschungsbesuch damit eben nur heute möglich. Unter der Woche musste Munzingers Vater sicher arbeiten. Dass sein Gastgeber in spe nicht zu Hause war, schloss er aus. Der musste einfach daheim sein.

Er parkte den Wagen in der Freiligrathstraße und ging die restlichen paar Meter zu Fuß. Rund um den Mögeldorfer Plärrer roch und schmeckte es nach Enge und Vorstadt, beinahe nach Provinz. Ein winziger Bahnhof, darum ein Batterieladen, zerbeulte Mülleimer, Autowracks, die üblichen Textil- und Elektro-Discounter, etliche Bäckereiketten und Schnellrestaurants. Das einzig Großstädtische in dieser Asphalt- und Betonödnis: die Ostendstraße und die breite, vierspurige, fünf Kilometer lange Laufamholzstraße, die sich bis zur Autobahnanschlussstelle zog und auf der sogar jetzt an diesem Sonntagvormittag reger Autoverkehr herrschte. Sosehr ihn heute Morgen die Stille in seiner Rosenau gestört hatte, sosehr missfiel ihm dieses ständige Dauerrauschen.

Hausmann wohnte in der Laufamholzstraße, in einem dieser typisch schmucklosen Mietshäuser aus den siebziger Jahren. Keine Balkons schmückten die Fassade, es gab keinen einzigen Baum, dafür verrostete Schuppen, heruntergelassene Jalousien und blinde Fenster. Nach der Anordnung der Schilder musste Hausmann im Parterre wohnen. Denn auf der untersten linken Türklingel stand »R. Hausmann/J. Ziegler«.

Gebhardt ging über die Christophstraße zur Rückseite des Gebäudes. Dort spähte er im Erdgeschoss in die beiden gardinenlosen Fenster, die einzigen in dem Haus, die sauber geputzt waren. Auf den Fensterbrettern standen zwei Kerzenleuchter, eine Teekanne aus Email und allerhand Nippes. Als sich in der Küche – oder war es das Wohnzimmer? – im Hintergrund ein Schatten bewegte, fragte er sich, was er eigentlich hier zu suchen hatte. Gut, er könnte klingeln und Hausmann, der ja zu Hause zu sein schien, ein paar Fragen stellen. Aber welche? Die gleichen Fragen, die dieser vor Gericht schon beantwortet hatte? Das ergab doch keinen Sinn. Er war zu voreilig gewesen.

Während er so grübelte, tauchte von unten, von der Laufamholzstraße, ein alter Mann mit Stock in seinem Blickfeld auf. Er nahm die Steigung sehr langsam, er stakste, als ob er der Erde, auf der er ging, und dem hölzernen Handlauf, an dem er sich hochzog, nicht trauen würde. Sein Blick war auf den Boden gerichtet, als suchte er etwas. Weil er nun schon einmal da war, beschloss Gebhardt, auf diesen alten Mann zu warten, der sicher in Hausmanns Haus wohnte. Bestimmt ein Nachbar. Vorsichtshalber zog er den Kopf etwas ein, als er an den beiden gardinenlosen Fenstern vorbeistrich.

Nach einer gefühlten Ewigkeit hatte der Mann endlich die Steigung hinter sich gelassen und stand nun auf Armeslänge vor ihm. Die Augen hatte er immer noch starr auf den Boden gerichtet.

»Entschuldigen Sie«, sagte Gebhardt so leise als möglich, »ich suche Herrn Hausmann.« Bis hierher war das die Wahrheit. Jetzt kam der schwierige Teil. »Wir waren verabredet. Aber es macht niemand auf.« Zwei Sätze, zwei handfeste Lügen. Und das am Tag des Herrn.

»Der wohnt nicht mehr hier.« Dabei sah der Alte mit dem krummen Rücken nicht einmal kurz auf. Da erst begriff Gebhardt, dass dieser einen sogenannten Witwenbuckel hatte, also unter einer fortgeschrittenen Form von Altersosteoporose litt.

»Aber auf dem Klingelschild steht doch sein Name.«

»Ja, das schon. Aber trotzdem, glauben Sie mir, da wohnt jetzt die Frau Ziegler.« Der Alte machte Anstalten, den Kopf zu heben. Es gelang ihm nicht besonders gut.

»Was wollen Sie denn von Herrn Hausmann? Wer sind Sie überhaupt? Dürfte ich Ihren Namen erfahren, Herr …?« Er schien misstrauisch geworden zu sein.

»Natürlich, wie unhöflich von mir. Ich heiße Manz, Joachim Manz.« Wenn man sich einmal an die Schwindeleien gewöhnt hatte, fiel einem das Flunkern immer leichter, stellte Gebhardt zu seinem Erstaunen fest.

»Ach, dann sind Sie wohl der Sohn von dem alten Herrn, den unser Herr Hausmann die letzten Jahre gepflegt hat. Also, meines Wissens wohnt der jetzt in der Wohnung Ihres Herrn Vaters. Und das schon seit Jahresbeginn. Zumindest hat er das uns Nachbarn so erzählt.«

»Das stimmt, da haben Sie natürlich recht.« Schwindeln wollte auch gelernt sein. Noch war er ein Dilettant, aber wenn sich dieser Fall noch lange hinziehen und er auf solch vife Gesprächspartner wie diesen Alten treffen würde, dann, ja dann brächte er es bestimmt über kurz oder lang zur Meisterschaft.

»Aber heute wollte sich Herr Hausmann mit mir eben hier treffen«, entgegnete er mit dem schlechten Gewissen des um ein Haar Ertappten.

»Ja, dann kann ich Ihnen auch nicht weiterhelfen. Leider.«

Er begann, sich wieder in Gang zu setzen. Kurz darauf blieb er stehen und sagte: »Vielleicht fragen Sie mal die Jeanette, ich meine: die Frau Ziegler. Ich glaube, die steht noch in Verbindung mit Herrn Hausmann. Muss sie ja, sie überweist ihm doch alle Monate die Miete. Da hat sie sicher auch seine Telefonnummer. Oder die Handynummer. Die jungen Leute haben doch alle nur noch Handys.«

»Ach, diese Wohnung hier gehört auch Herrn Hausmann?« Die Frage war ihm einfach so herausgerutscht, ohne sein Zutun, diktiert von einem Großteil an Verwunderung und einer kleinen Portion Missgunst.

»Nein«, protestierte sein Gegenüber mit dem krummen Rücken. »Er ist halt nach wie vor der Hauptmieter. Die Wohnung hat er lediglich untervermietet. Darum steht er ja auch noch mit seinem Namen auf dem Türschild. Herr Hausmann und Frau Ziegler wollten sich die ganzen Scherereien mit dem Vermieter ersparen. Wer weiß, ob der bei dem Tausch mitgemacht hätte.«

Und nach einem erneuten Versuch, in Schritt zu kommen, sagte er noch: »Sie brauchen keine Angst zu haben, Herr Manz, dass Ihr Herr Vater seine Wohnung dem Falschen vermacht hat. Wenn sich jemand dieses großzügige Erbe redlich verdient hat, dann ist das unser Herr Hausmann. Aber das wissen Sie sicher selbst.«

Der Alte war bereits an Gebhardt vorbeigestakst, da rief er ihm hinterher: »Wollen Sie mit zu Frau Ziegler gehen? Dann könnten wir zusammen …«

Um Gottes willen, nur das nicht.

»Nein, danke. Das ist sehr freundlich von Ihnen. Aber die Handynummer von Herrn Hausmann habe ich selbst. Ich werde ihn gleich mal anrufen. Ich bin mir sicher, das war keine böse Absicht von ihm, dass er mich an die falsche Adresse einbestellt hat. Wahrscheinlich eine Gedankenlosigkeit, ein Versehen, mehr nicht.«

Er hatte bereits die Einmündung zur Ostendstraße erreicht, da blieb er abrupt stehen. Hm, Jeanette Ziegler. Ziegler? So hieß doch auch die Schwester der Jovanovic. Hatte das etwas zu bedeuten? Eher nein, so selten war dieser Nachname auch wieder nicht. In Franken zumindest nicht. Sah er jetzt schon Gespenster? Trotzdem, besser war, da nachzuhaken. Er zog aus der linken Innentasche des Jacketts sein Smartphone heraus, schaltete es ein und gab Frau Dienstls Privatnummer ein. Es nahm niemand ab. Er schrieb ihr eine SMS: »Heißt Jovanovics Schwester Jeanette mit Vornamen? Es ist dringend. Gruß, Gebhardt«.

Vorsichtshalber ließ er das Smartphone eingeschaltet. Dann ging er zurück zur Freiligrathstraße.

Er stand vor seinem Wagen und hatte den Zündschlüssel bereits in der Hand, da klingelte sein Handy. Kein Anruf, nur eine SMS: »Ich glaube, ja. Warum? D. Dienstl«.

Er verzichtete darauf, ihr zu antworten. Wenn Frau Dienstl schon nicht mit ihm sprechen wollte, bitte, dann würde er das als ihre Entscheidung respektieren. Trotzdem, eine neumodische Unart war das, jegliche Gespräche im Keim zu ersticken und seine Kommunikation auf solche Art Kurznachrichten zu beschränken. Aber was die konnte, das konnte er schon lange. Außerdem hatte er soeben einen ansehnlichen Ermittlungserfolg zu verzeichnen und insofern Wichtigeres zu tun, als die Neugier einer Eckentalerin zu befriedigen.

Keine zehn Minuten später, und er stellte den Mercedes vor der vertrauten Waschbetonkulisse in der Mörikestraße ab. Auf der Baumspitze einer riesigen Linde saß eine Amsel mit schwarzem

Frack und gelbem Schnabel und zwitscherte so anrührend, dass er zu ihr hochsah und dem süßen Gesang lange lauschte.

Die Straße war still und menschenleer, genau wie vor zwei Tagen. Kaum Autos in den Parkbuchten. Noch in Mögeldorf hatte er vorgehabt, ganz verwegen seine einzige Bekannte hier, die Wasserflaschenträgerin, aufzusuchen. Bei ihr zu klingeln und ihr dann alles über Reinhard Hausmann zu entlocken, was es zu entlocken gab. Jetzt, mit einem Mal, hatte er Hemmungen. Daran war der Amselmann mit seinem ergreifenden Sonntagskonzert schuld.

Wie er so unsicher in den schmalen Fußweg neben der Häuserreihe lugte, lösten sich von hinten, von der Eichendorffstraße, zwei Schatten und gingen direkt auf ihn zu. Als der Doppelschatten immer näher kam, sah er, dass es eine junge Frau mit einer großen Abfalltüte in der rechten Hand war. Sie war klein, dunkel, zierlich. Sehr frisch, sehr offen, und wenn er das Lächeln aus ihren hellen, grünblauen Augen richtig deutete, sehr aufmerksam und ein wenig neugierig.

»Kann ich Ihnen helfen? Suchen Sie jemand Speziellen?«, fragte das freundliche Wesen.

Wer war er, dass er ein solches seltenes Angebot ausschlug? Wenn man es ihm schon so leicht machte …

So stellte er sich vor, diesmal sogar mit seinem richtigen Namen. Dann sagte er: »Eigentlich war ich auf dem Weg zu Herrn Hausmann, traue mich aber nicht so recht, ihn an einem Sonntag zu überfallen.«

»Der ist heute sowieso nicht da. Er hat jeden, also fast jeden Sonntagvormittag Schichtdienst.«

»Ach so. Und wo arbeitet er, wenn ich fragen darf?«

»Bei einer Tankstelle. Gar nicht weit weg von hier. In der Äußeren Bayreuther Straße.«

Gebhardt jubilierte innerlich. Und schon wieder hatte er ein kleines Mosaiksteinchen bei seiner minutiösen Flächengrabung freigelegt. Ein wertvoller Fund! Frau Dienstl hätte sicher dazu gesagt: Sensationell!

»Stimmt. Das hatte ich vergessen. Aber vielleicht können Sie mir ja trotzdem weiterhelfen. Eigentlich suche ich nur den Namen der Reinemachefrau, die immer bei Herrn Friedhelm Manz geputzt –«

»Den können Sie aber leider nicht mehr fragen«, unterbrach ihn die junge Frau prompt. »Der ist doch Anfang des Jahres verstorben.« Sie schlug den Deckel der schwarzen Mülltonne zurück und warf ihre Tüte hinein.

»Ich weiß. Darum wollte ich ja mit Herrn Hausmann sprechen. Herr Manz, ein langjähriger guter Bekannter von mir, hat mir nämlich von seiner Putzfrau immer in den höchsten Tönen vorgeschwärmt. So wie die, hat er gesagt, würde keine putzen. Nicht einmal seine Mutter, Gott hab sie selig. Und da ich schon lange auf der Suche nach einer Putzfrau bin, hab ich mir halt gedacht –«

»Also, wenn es nur das ist, was Sie wissen wollen, da kann ich Ihnen auch weiterhelfen. Die Zugehfrau von Herrn Manz war seine Schwester. Dass er Ihnen das nicht erzählt hat, das wundert mich aber schon.«

Das Opfer hatte eine Schwester? Stimmt, das hatte der Sohn ja bei seiner Zeugenaussage einmal im Nebensatz erwähnt. Auf jeden Fall war jetzt ein schneller und glaubwürdiger Konter von ihm verlangt, bevor auch dieses freundliche Wesen mit dem unschätzbaren Insiderwissen misstrauisch wurde. Oder noch schlimmer, bevor diese liebenswürdige und ergiebige Informationsquelle abrupt versiegte. Solche Undercover-Ermittlungen inklusive Lug und Trug können manchmal auch, dachte er noch, zu einer gefährlich schwindelerregenden Gratwanderung werden.

»Und mich erst«, sagte er. »Ach, ich habe eine Erklärung dafür: Vielleicht fürchtete Herr Manz, dass ich ihm seine Schwester und Putzfrau in Personalunion abspenstig mache. Ich würde sie nämlich sehr gut entlohnen. Denn so viel wird er seiner Schwester nicht bezahlt haben. Falls er ihr für ihre Dienste überhaupt Geld gegeben hat.«

»Da täuschen Sie sich aber, Herr Gebhardt«, erwiderte die junge Frau mit einem verschmitzten Lächeln. »Die hat von ihrem Bruder für das Putzen, die Besorgungen und was sonst noch so anfiel, nämlich eine Zwei-Zimmer-Wohnung bekommen. Und nicht irgendeine Wohnung, sondern eine in bester Lage, in Erlenstegen. Hier bei uns in der Anlage.«

»Aber hat er die nicht seinem Pfleger, dem Herrn Hausmann, für dessen Dienste nach seinem Tod vermacht?«, fragte Gebhardt erstaunt nach.

»Freilich, das stimmt schon. Das war die Penthouse-Wohnung mit drei Zimmern direkt an der Eichendorffstraße, die hat Herr Hausmann geerbt. Und die kleine mit zwei Zimmern, die hat die Frau Falter gekriegt.«

Gebhardt war überfordert. So viele Neuigkeiten in so kurzer Zeit, die wollten erst nach Bedeutung und Rangfolge gedanklich sortiert werden. So langte es vorerst nur für ein lang gezogenes »Aha«.

»Kommen Sie, ich zeige Ihnen, wo Frau Falter wohnt. Da könnten Sie sie gleich fragen. Wobei … ich fürchte, da haben Sie wenig Erfolg. Nun, wo ihr die Wohnung gehört, ist sie ja nicht mehr aufs Putzen angewiesen. Und so jung ist Frau Falter auch nicht mehr. Wohnen Sie denn wenigstens hier in der Gegend?«

»Leider nein«, Gebhardt war froh, zur Abwechslung wieder mal mit der Wahrheit aufwarten zu können, »in der Nähe der Fürther Straße.«

»Ach so. Trotzdem, einen Versuch ist es wert, finde ich. Wenn Sie sich schon die Mühe gemacht haben und hierher gefahren sind. Gehen wir«, sagte sie bestimmt und marschierte in Richtung Eichendorffstraße. Er hatte Mühe, ihr zu folgen. Nach wenigen Schritten blieb sie stehen und deutete auf die Erdgeschosswohnung vor ihnen.

»Schauen Sie, da wohnt Frau Waltraud Falter. Im Parterre rechts.«

Unwillkürlich trat er einen Schritt zurück. Es war die Wohnung seiner Erstinformantin aus der Mörikestraße, der Wasserflaschenträgerin. Die mit dem Kräutertopfensemble auf dem Küchenfensterbrett. Er fühlte, wie er errötete. Hoffentlich nicht zu sehr.

»Ach, ich glaube, das war keine so gute Idee von mir. Bei wildfremden Leuten am Sonntag einfach an der Tür klingeln, das geht doch nicht. Jetzt bin ich schon so lange auf der Suche nach einer Putzfrau, jetzt kommt es auf den einen Tag mehr oder weniger auch nicht an. Nein, das lasse ich sein.«

»Wie Sie wollen, Herr Gebhardt. Soll ich mal bei Frau Falter vorfühlen, in Ihrem Namen, ob sie überhaupt bereit wäre, bei Ihnen zu pu–«

»Nein, auf keinen Fall!«, rief er erschrocken aus, um sofort Ton und Lautstärke auf ein sozialverträgliches Maß zu drosseln. »Das ist sehr nett von Ihnen, aber darum müssen Sie sich nicht auch noch kümmern. Sie haben mir eh schon sehr geholfen. Herzlichen Dank für Ihre Zeit. Und für Ihre Offenheit.«

Im Laufschritt kehrte er zur Mörikestraße zurück, warf sich in den Mercedes, ließ den Motor an und brauste mit quietschenden Reifen davon. Nur weg von hier, von diesem verfänglichen Terrain, bevor seine wahre Identität aufflog.

Keine drei Minuten später schaltete er den Motor wieder aus. In einer Gegend, die er nicht kannte, in einer Straße, der Haydnstraße, von der er noch nie gehört hatte. Er war einfach drauflosgefahren und ein paarmal rechts und links abgebogen. Jetzt stand er vor einem villaähnlichen Wirtshaus in einem noblen Ambiente und mit einer sicher entsprechend hochpreisigen Speisekarte.

Er beschloss, hier zu Mittag zu essen. Egal, was es kosten sollte und auf welche Art fremdländischer Küche man sich hier spezialisiert hatte.

Zu seiner Erleichterung handelte es sich um ein klassisches Steakhaus. Er nahm an dem einzigen freien Zweiertisch Platz, auf dem eine Tischdecke und Servietten aus weißem Leinen lagen, daneben dünnwandige Gläser, dazu ein hübsches Blumengesteck, und bestellte ein T-Bone-Steak medium, Baked Potatoes und Prinzessbohnen. Plus ein großes Pils. Das hatte er sich redlich verdient nach diesem aufregenden Sonntagvormittag.

Während er aufs Essen wartete, rekapitulierte er seinen richtungsweisenden Ermittlungserfolg. Er war heute auf einige wichtige und eventuell folgenreiche Informationen gestoßen. Hausmann gehörte zum Team von Jovanovic und Munzinger, er war ein Kollege von beiden, immerhin ein gemeinsamer Berührungspunkt. Darüber hinaus gab es da eine zusätzliche Gemeinsamkeit zwischen Hausmann und der Jovanovic. Dass ihre Schwester bei ihm zur Untermiete wohnte, war mit Sicherheit ihr Verdienst. Das sprach für eine engere Verbindung der beiden. Wie eng, konnte er weder einschätzen noch bewerten. War das ein Verdachtsmoment gegen Hausmann, die Jovanovic oder gegen deren Schwester – oder gar gegen alle drei? Auf jeden Fall bestand da ein Pakt, der nichts Gutes verhieß. Mit Patrick Munzinger als Teil dieses *inner circle* oder nicht?

Während solche Art Deutungskollisionen in ihm tobten, fiel ihm Waltraud Falter ein. Da war die Sache schon viel eindeutiger. Sie hatte ihm ihre familiäre Bindung zu Friedhelm Manz verschwiegen. Eine enge familiäre Bindung noch dazu. Er erinnerte sich an ihre Frage: »Woher kennen Sie denn Herrn Manz?« So sprach man nicht von seinem Bruder. Aber wieso nur? Was sollte diese Heimlichtuerei?

Die Antwort war einfach: weil sie etwas zu verbergen hatte. Und es war nicht das Erbe in Form dieser Zwei-Zimmer-Wohnung, das sie vor ihm, einem vollkommen Fremden, geheim halten wollte. Da steckte etwas Größeres dahinter. Etwas Anrüchiges, etwas Suspektes. Er erinnerte sich an einen Sinnspruch, den er in der Jugend oft genug von seiner Mutter zu hören bekommen hatte, wenn er mit der Wahrheit hinter dem Berg halten wollte. »Man muss schon etwas wissen«, sagte sie in solchen Situationen gern, »um verbergen zu können, dass man nichts weiß.« Was aber wusste Frau Falter?

Als das rauchende Steak mit den glasierten, grasgrünen Prinzessbohnen und den kross gebackenen Kartoffelstücken aufgetragen wurde, stellte er das Sinnieren ein und machte sich mit Genuss über das Essen her. Er war der Einzige in dem Restaurant, der einen Tisch für sich allein hatte. Die anderen Gäste waren alle in Begleitung gekommen. Allein zu essen, ohne Gegenüber, machte ihm schon lange nichts mehr aus. Im Gegenteil, so war er frei von jeder Verpflichtung, sich irgendwelche leichten Gesprächsthemen auszudenken und eine oft genug schleppende Konversation am Laufen zu halten. Es gab nur wenige Menschen, mit denen ein gemeinsames Mahl für ihn eine Bereicherung war. Karin gehörte auf jeden Fall dazu, Max auch.

Gern hätte er sich noch ein weiteres Pils gegönnt. Doch nach den mahnenden Worten seiner Tochter vom Donnerstag versagte er sich diesen Genuss und bestellte lediglich noch einen doppelten Espresso. Dann zahlte er und ging zurück zu seinem Wagen.

Es war kurz nach eins. Immer noch viel zu früh, um seine Aufwartung in der Pleydenwurffstraße zu machen. Wieder nach Hause wollte er auch nicht, so ging er zurück zu dem nahen Park, sich ein wenig die Beine vertreten und die Zeit totschlagen.

Bei seinem Spaziergang kamen ihm auffallend viele alte Leute mit Stock, Rollator und im Rollstuhl entgegen, die fast alle freundlich grüßten und dann kurz innehielten, ob sich aus der zufälligen Begegnung ein Gespräch ergeben könnte. Doch er begnügte sich damit, den Gruß knapp zu erwidern, um dann schnell weiterzugehen. Als er den Platnersberg zweimal umrundet hatte, kannte er den Grund für diese geballte Seniorenkonzentration: An diese Grünanlage mit ihrer großen freien Liegewiese grenzten zwei Altersheime.

Bei seiner dritten Runde bewunderte er die imposanten alten Eichen, bei der vierten Runde inspizierte er einen Brunnen vor einer halbhohen runden Steinmauer, das sogenannte Bärenbrünnlein. Schließlich fand er, er habe sich nun genug die

Füße vertreten. Er nahm auf einer der Bänke Platz und sah in den wolkenlosen blauen Himmel.

Wie war Friedhelm Manz eigentlich nach Zabo gelangt? Dass er von seinem Sohn, der Schwester oder Hausmann dorthin gefahren worden war, konnte er ausschließen. Ebenso eine Fahrt mit öffentlichen Verkehrsmitteln. Für jemanden, der auf eine Gehhilfe so dringend angewiesen war wie Manz, war das ein Ding der Unmöglichkeit. Das bestätigte ihm ein Blick in diesen Park, auf dessen gebrechliche Hauptnutzer. Also blieb nur ein Transportmittel übrig – das Taxi.

Konnte man nach über einem halben Jahr den Taxifahrer finden, der Manz damals nach Zabo gebracht hatte? Auch da war die Antwort einfach: Ja, konnte man. Das hatte er oft genug in diesen Krimiserien gesehen, wie die Polizei Monate später über die Leitstelle den Taxifahrer ausfindig machte und ihn dann vernahm. Leider war dafür eine unabdingbare Voraussetzung, dass man bei der Kripo arbeitete. Ihm würde man eine solche Auskunft sicher verweigern. Da konnte selbst sein Status als Hilfsschöffe wenig ausrichten.

Und wenn er nochmals am Jakobsplatz vorsprach, bei dieser spröden Kommissarin Steiner? Ja, das würde er machen. Mehr als Nein konnte sie nicht sagen. Einen Versuch war es wert. Gleich morgen in der Früh würde er dort vorstellig …

Er hatte seinen Plan noch nicht zu Ende gedacht, da fiel ihm ein: Morgen früh hatte er ja bereits einen Termin, und zwar einen in der Fürther Straße, im Königssaal. Das passte ihm nun gar nicht ins Konzept. Jetzt, wo sich so schön eins ums andere fügte und seine Ermittlungen noch in vollem Gang waren. Dazu kam, dass Richter Neumann nun, nachdem alle wichtigen Zeugen ausgesagt hatten, sicher auf ein schnelles Prozessende drängte.

Obwohl die Oktobersonne ihm mitten ins Gesicht fiel, wurde ihm vom Boden her in den Gelenken kalt. Er stand auf und marschierte zurück zur Haydnstraße.

Er hatte sich soeben hinters Steuer gesetzt, da klingelte

sein Handy. Auf dem Display leuchtete die Festnetznummer von Daniela Dienstl. Für den Bruchteil einer Sekunde spielte er mit dem Gedanken, ihr den Kommunikationsboykott von heute Vormittag heimzuzahlen und es klingeln zu lassen, bis sie aufgab. Dann drückte er aber doch kurzerhand auf die grüne Taste.

»Dienstl hier. Haben Sie Zeit, oder störe ich Sie gerade beim Mittagessen?«

»Sie stören nicht. Ich hab schon zu Mittag gegessen.«

»Was, so früh? Na, das kann mir ja auch wurscht sein. Das ist Ihre Sache. Ich wollte Sie bloß kurz informieren und damit nicht bis heute Abend warten. Also, Folgendes: Was wir beide uns so schön vorgestellt hatten, daraus wird nichts. Der Niklas hat zwar sein Bestes gegeben, sagt er, und davon bin ich auch überzeugt, aber bei der Jovanovic kann er nicht landen, definitiv nicht landen. Die hat ihm eine saubere Abfuhr erteilt. Bloß dass Sie Bescheid wissen.«

Was sollte er darauf antworten? Dass er damit schon gerechnet habe und dass das für die Ermittlungen eh nicht von Belang sei? Was sollte Dienstls Sohn herausbekommen, was er, Gebhardt, nicht schon längst wusste?

Natürlich sagte er ihr das nicht, sondern: »Das ist aber schade. Nun gut, da kann man nichts machen. Ich hätte Sie sowieso heute noch angerufen, Frau Dienstl, um ein paar Unstimmigkeiten mit Ihnen zu besprechen.«

Bewusst hatte er das Wort »Sensationen« vermieden. Um dessen geradezu inflationären Gebrauch von ihrer Seite aus nicht noch zu befeuern.

»Ist Ihnen das recht, wenn wir unser Gespräch auf den frühen Abend verlegen?« Ohne ihre Antwort abzuwarten, fuhr er fort: »Also ja. Was mir derzeit ein wenig Sorgen bereitet, ist, dass Neumann schon Anfang nächster Woche das Urteil verkünden will. Ich bräuchte aber mindestens noch zwei Tage, um auf Nummer sicher zu gehen. Es hat sich gerade heute doch sehr viel Neues ergeben. Das möchte ich noch abklären. Zum Beispiel, wie Manz nach Zabo gekommen ist. Im Prinzip bräuchte ich dafür morgen freie Hand und keine weiteren Beweisaufnahmen oder Zeugen, die eh nur Altbekanntes erzählen.«

Nachdem er von ihr nichts dazu hörte, fragte er nach: »Frau Dienstl, sind Sie noch –«

»Freilich bin ich noch da. Und das mit dem freien Tag morgen ist Ihnen wohl sehr wichtig?«

»Sonst hätte ich es nicht gesagt«, antwortete er etwas pikiert.

»Das dürfte kein Problem sein. Darum kümmere ich mich.«

»Worum kümmern Sie sich?«

»Dass Sie morgen und übermorgen ›freie Hand‹ haben«, zitierte sie ihn. »Und überübermorgen auch.«

»Aha. Und, bitte, wie wollen Sie das anstellen?«

»Manchmal merkt man schon, Herr Gebhardt«, sagte sie in einem belustigten Ton, »dass Sie eine gewisse Zeit aus dem aktiven Arbeitsleben raus sind. Ganz einfach: Ich gehe morgen in der Früh zu dem Hausarzt meines Vertrauens und lasse mich krankschreiben. In dieser Hinsicht bin ich sowieso längst wieder mal überfällig.«

»Ja, wenn Sie das wirklich für mich machen wollten, das wäre ja ganz prima. Da wäre ich Ihnen sehr dankbar.«

»Brauchen Sie nicht. Ich mache das gern und auch nicht unbedingt selbstlos. Sie können sich auf mich verlassen. Morgen wird im Königssaal gar nichts verhandelt. Und drei Tage Krankschreibung brauch ich mindestens. Wenn ich nämlich bloß einen Tag oder zwei Tage daheimbleibe, schaut das komisch aus. Also nicht sehr glaubwürdig für meinen Chef und für meine Kollegen. Aber länger, das sage ich Ihnen auch gleich, geht nicht. Sonst kommt unser Herr Vorsitzender noch auf den Gedanken und holt sich eine andere Schöffin als Ersatz. Und das will ich auf keinen Fall.«

»Das ist jetzt etwas, worum ich mich kümmern kann, wenn Sie damit einverstanden sind. Ich werde Herrn Neumann Ihr Unwohlsein, das Sie bereits den ganzen Sonntag ans Bett fesselte, in den schlimmsten Farben schildern. Soll ich ihm denn was Konkretes sagen, falls er danach fragen sollte? Oder wollen wir auch das heute Abend in aller Ruhe besprechen?«

»Nein, das legen wir gleich fest. Dann brauchen Sie und ich nicht mehr daran zu denken. Was weg ist, ist weg. Sagen Sie ihm, ich habe … ja, was jetzt? Ja, ich habe einen schlimmen Virus. Genau, eine fürchterliche Magen-Darm-Grippe. Das geht immer.«

»Jawohl, eine Magen-Darm-Grippe ist so unverfänglich wie glaubhaft«, sekundierte er, um dann mit denselben Worten wie sie wenige Sekunden zuvor zu schließen: »Sie können sich auf mich verlassen.«

Als er das Handy ausschaltete, wunderte er sich wieder mal über sich selbst. Er hatte soeben einer illegalen Handlung, einer gefälschten Arbeitsunfähigkeitsbescheinigung, Vorschub geleistet, sie im Grunde initiiert. Früher hätte er so etwas rigoros abgelehnt. Bei sich und auch bei anderen. Und heute? Heute war er Frau Dienstl für ihr Angebot dankbar. Und auch für die Gefahr, in die sie sich seinetwegen brachte.

Seltsam, dachte er noch, diese Person war ihm auf eine rätselhafte Art und Weise ans Herz gewachsen. Rätselhaft deswegen, weil es dafür keinen Grund gab. Und das in diesen wenigen Tagen. Denn sie war manchmal schon recht derb und polternd, sehr naiv und einfach strukturiert. Und damit so ganz anders als er.

Er sah auf die Uhr. Schon halb zwei. Zeit, seine Ermittlungen wieder aufzunehmen.

***

Als er sein Ziel erreichte, war es bereits Viertel nach zwei. Er, der auf den Komfort eines Navigationssystems immer bewusst und beharrlich verzichtet hatte – wenn es einmal so weit kommen sollte, dass er auf eines dieser albernen Navis angewiesen war, dann schien es höchste Zeit, das Autofahren ganz sein zu lassen –, fand einfach keine Zufahrt zu Munzingers Adresse. Nach ein paar unfreiwilligen Ehrenrunden rund um die Pleydenwurffstraße hatte er schließlich aufgegeben und den Wagen direkt am Nordring abgestellt.

Das Erste, was ihm in dieser kurzen Straße mit den simplen, schmucklosen Mietshäusern ins Auge stach, war ein 5er BMW mit dem Kennzeichen PM. PM wie Patrick Munzinger. Also war dieser noch daheim. Oder es hatte ihn jemand abgeholt. Er hoffte auf Letzteres und nahm Kurs auf die Hausnummer 14. Auf dem Klingelschild stand »Franz Munzinger«.

Gebhardt musste eine Weile warten, bis der Türöffner summte. Er stieg in den dritten Stock. Die Wohnungstür stand einen Spalt offen, und von innen tönte eine ungewöhnlich helle Kastratenstimme: »Patrick, du Depp, hast sicher wieder deinen Schlüssel vergessen?« Gebhardt konnte nicht einschätzen, ob diese Frage höhnisch oder liebevoll gemeint war.

»Nein«, rief er in die Wohnung hinein, »es ist nicht Patrick. Ich bin es.« Und weil das selbst in seinen Ohren recht dürftig klang, fügte er noch hinzu: »Günther Gebhardt ist mein Name, Herr Munzinger.«

Dann hörte er eine Tür schlagen, und von einem der hinteren Zimmer näherte sich mit schwerfälligem Gang ein stattlicher Riese. Breite Schultern, breiter Brustkorb, die Haare raspelkurz geschoren. Er trug eine ausgewaschene und ausgebeulte Marken-Jeans und eine türkisfarbige Kapuzenjacke, ebenfalls verwaschen und ausgeleiert.

Und dieser Riese sollte der Vater von dem kleinen, schmächtigen Angeklagten sein? Zumindest erklärte der Unterschied in Größe und Statur die einseitig verteilten Prügelattacken zwischen den beiden. Gegen einen solchen Kerl hatte selbst ein durchtrainierter junger Mann wie Patrick nicht den Hauch einer Chance, sich zur Wehr zu setzen.

Als Munzinger senior direkt vor ihm stand, sah Gebhardt in ein müdes Gesicht mit fahlem Teint und Augen ohne Hoffnung. Er stellte sich nochmals vor. Dann entschuldigte er sich dafür, »dass ich Sie an einem Sonntag stören muss, und das noch zur Mittagszeit. Aber es ist wichtig. Es geht um Ihren Sohn Patrick.«

Herr Munzinger trat behände einen Schritt auf ihn zu, sodass sich die beiden Männer jetzt auf ganz kurzer Distanz gegenüberstanden.

»Warum? Hat er wieder mal was angestellt?«

»Nein«, antwortete Gebhardt, »das ist es ja eben. Er hat nichts angestellt. Er war es nicht.«

»Aber Sie haben doch gerade gesagt, dass es um Patrick geht.«

Die Vorstellung, dass ein Fremder mit ihm an einem Sonntag über seinen Sohn sprechen wollte und dass dieser nichts ausgefressen hatte, überforderte den großen Mann. Mit schief gelegtem Kopf und zusammengekniffenen Augen sah er auf Gebhardt herunter.

»Vielleicht sollten wir besser reingehen«, sagte dieser. »Falls es Ihnen recht ist.«

Munzinger überlegte einen Augenblick, dann machte er einen Schritt zurück. Gebhardt deutete das als eine einladende Geste und trat sich die Füße auf der Sisalmatte ab. Er folgte Munzinger, der wortlos vorangegangen war.

Ihr Ziel war ein überhitztes, kleines Wohnzimmer, das umso winziger wirkte, als es mit einer wuchtig-klobigen Sitzgruppe aus schwarzem Leder möbliert war. Plus einem massiven Couchtisch mit hellbraun gesprenkelten Keramikkacheln; darauf lagen eine aufgeschlagene Fernsehzeitschrift und eine Schale mit diversem Laugengebäck. Sonst nichts. Nach dem rustikalen Einrichtungsstil und der hemdsärmeligen Bekleidung hatte Gebhardt als weiteres Dekor mindestens eine Flasche Bier erwartet.

Munzinger ließ sich auf das Sofa fallen und deutete auf einen der beiden Sessel. Bevor Gebhardt dort Platz nahm, zog er sein Jackett aus und legte es über die Rückenlehne des Sessels.

Sein noch immer stummer Gastgeber griff in die Schale mit dem Knabberzeug und warf sich eine Portion Minibrezeln ein, dabei starrte er ihn unentwegt an. Jetzt war nur mehr ein Knurpsen und Krachen in dem Raum zu hören. Sonst war es ruhig. Diese Stille irritierte Gebhardt. Er hatte sich zwar auf diese Situation vorbereitet, war aber davon ausgegangen, dass Munzinger ihm Fragen stellen und er diese dann beantworten würde. Wie leichtfertig von ihm. So musste er also improvisieren. Dabei vermied er es, sein Gegenüber anzusehen.

»Ich gehe davon aus, dass Sie keine Kenntnis davon haben, dass Ihr Sohn derzeit vor Gericht steht, und zwar als Hauptangeklagter?« In der Form eine Frage, im Ton eine reine Feststellung.

Keine Reaktion von der Sofaseite, weder verbal noch nonverbal. Warum machte Munzinger es ihm so schwer? Wusste er bereits davon? Oder glaubte er ihm nicht? Musste sein Schweigen als Abwehrhaltung gedeutet werden, gegen diese Beschuldigung und damit auch gegen ihn, Günther Gebhardt? Oder war er gar in Gedanken? Überlegte er sich eine Strategie, um seinen Sohn vor dem, was er nun erfahren würde, vorsorglich in Schutz zu nehmen? Nein, Letzteres konnte Gebhardt getrost ausschließen. Dafür reichte ein Blick in dieses müde und scheinbar uninteressierte Gesicht, dem eine solche intellektuelle Kraftanstrengung nicht zuzutrauen war.

»Was jetzt, ja oder nein?«, hakte Gebhardt ungeduldig und etwas nassforsch nach.

Munzinger schüttelte den Kopf.

»Also nein. Interessiert Sie denn überhaupt, weswegen Patrick angeklagt ist?«

»Schon. Später. Aber zuerst erklären Sie mir mal, was Sie eigentlich damit zu tun haben«, sagte Munzinger und bediente sich erneut aus der Schale mit dem Salzgebäck.

Er hatte dieses schweigsame Wesen zum Sprechen gebracht, frohlockte Gebhardt. Er hatte ihm gar einen vollständigen Satz abgerungen. Mit Subjekt, Prädikat und Objekt. Das ließ hoffen.

»Ich bin als Schöffe in dieser Verhandlung tätig.«

Und da er davon ausging, dass dieser einfache, unbedarfte Mensch mit einem solchen anspruchsvollen juristischen Fachterminus nichts anzufangen wusste, fügte er noch erklärend hinzu: »Als Laienrichter. Ich kann Ihnen auch gern meine Legitimation zeigen.«

»Die brauch ich nicht. Ich glaube Ihnen auch so. Und weiter?«, fragte Munzinger mit seiner hellen Stimme. Dann beugte er sich vor und schob die halb geleerte Gebäckschale mit einem aufmunternden Kopfnicken zu ihm herüber. Eine zwar stumme, aber einladende Geste.

Gebhardt lehnte die Offerte dankend ab und begann mit seinem Bericht. Er erzählte Munzingers Vater alles, auch das, was er ursprünglich aussparen wollte. Den genauen Wortlaut der Anklageschrift. Den Auftritt des Gerichtsmediziners. Die Darbietung des Dekra-Sachverständigen. Die Aussagen der Zeugen Hausmann, Jovanovic und Zeka. Den Rapport der beiden Streifenbeamten. Und dass sich Patrick freiwillig auf der Polizeiinspektion Ost gemeldet und darauf bestanden habe, auf seinen tagesaktuellen Alkoholspiegel getestet zu werden.

Schließlich die Sache mit dem Ortstermin in Zerzabelshof und wie er, der Schöffe Gebhardt, da zum ersten Mal misstrauisch geworden sei. Und nicht nur er, sondern auch die zweite Schöffin. Wie dieses Misstrauen sich im Zuge ihrer Nachforschungen dann mehr und mehr vertieft habe. Bis hin zu der Überzeugung, dass Patrick diesen Unfall auf keinen Fall verursacht haben könne.

»Meines Erachtens hält er bei dem Prozess den Kopf für jemand anders hin. Wobei ich leider keinerlei Ahnung habe, für wen.«

Nach einer Pause der Zusatz, vorgetragen im Ton des unerschütterlichen Optimisten: »Noch nicht. Aber das werde ich auch noch herausbekommen. Falls mir genügend Zeit bleibt. Denn nächste Woche schon will der Vorsitzende Richter das Urteil verkünden.«

Franz Munzinger hatte Gebhardts Abhandlung stumm, aber, wie es schien, aufmerksam gelauscht. Nur zweimal hatte er leicht mit dem Kopf genickt – als die Namen Jovanovic und Zeka erwähnt wurden. Gebhardt sah erwartungsvoll in Richtung Sofa. Eigentlich hatte er jetzt eine Reaktion erwartet. Am schönsten wäre ein weiterer kompletter Satz von seinem Gastgeber gewesen. Oder gar deren zwei. Doch dieser starrte ihn nur stumm an. Zeit, dieses Echo einzufordern.

»Was meinen Sie dazu, Herr Munzinger?«, fragte er.

Sein Gastgeber zögerte, er ließ das Gesagte wohl immer noch auf sich wirken, bis er schließlich den Blick hob und ihn offen anschaute.

»Möglich wäre es, ja. Auf jeden Fall finde ich das hochanständig von Ihnen, dass Sie sich so für meinen Sohn einsetzen. Er ist ja ein völlig fremder Mensch für Sie. Er könnte Ihnen doch egal sein.«

Vier Sätze, und das hintereinander weg! Ohne Unterbrechung! Das Eis zwischen ihnen beiden schien gebrochen. Das musste man nutzen. Jetzt nur keine unnötige Gesprächspause aufkommen lassen.

»Aber das ist doch meine Pflicht als Schöffe. Das hat mit Anstand nichts zu tun«, wehrte Gebhardt ab. »Ich denke halt, Patrick weiß gar nicht, auf was er sich da eingelassen hat. Es handelt sich ja immerhin um eine fahrlässige Körperverletzung mit Todesfolge. Ich fürchte, da ist es mit einem einfachen Fahrverbot und/oder einer Geldstrafe nicht getan. So wie ich die Staatsanwältin verstanden habe, kommt da wahrscheinlich auch eine Gefängnisstrafe auf ihn zu. Und diese dritte Möglichkeit schließt Ihr Sohn meines Erachtens im Moment noch vollständig aus. Aber wenn er einmal verurteilt ist, ist es für eine Umkehr zu spät.«

»Sicher, da haben Sie vollkommen recht. Mein Sohn ist ein solcher Trottel, dass es schlimmer nicht mehr geht. Ich frag mich manchmal, wer dem so ins Hirn geschissen hat. Der Trottel, der blöde.«

Etwas dürftig, der Wortschatz des Franz Munzinger, aber zweifellos von einer gewissen Ausdruckskraft.

»Wissen Sie was?«, sagte Gebhardts Gastgeber. »Ich glaube, es schadet ihm gar nicht, wenn er mal merkt, welchen Bockmist er da ständig fabriziert. Soll er doch meinetwegen ins Gefängnis gehen. Da kann er zur Besinnung kommen und in Ruhe nachdenken. Vielleicht hilft es ja etwas.«

Diese Kehrtwende in Franz Munzingers Gedankenwelt vernahm Gebhardt mit einiger Sorge. Er hatte bei dieser Unterredung schon auf den väterlichen Beistand gehofft. Er versuchte gegenzusteuern.

»Ich fürchte, das ist keine so gute Idee. Denn, wie gesagt, wenn Ihr Sohn erst einmal in dieser Sache verurteilt ist, wird es schwierig, das Verfahren noch einmal von vorn aufzurollen. Wir sollten, meine ich, gemeinsam versuchen, die Person beziehungsweise den Auftraggeber zu finden, dessentwegen Patrick in dieser Situation –«

»Obwohl, nein«, fiel Munzinger ihm ins Wort. Gebhardt sah es an seinem entrückten Blick, dass er ihm überhaupt nicht zugehört hatte. »Das wäre mir eigentlich auch nicht recht. Von unserer Familie war noch nie jemand im Knast. Und das soll auch so bleiben. Wer weiß, wo er da landet, in welche Gesellschaft er kommt. Man liest ja so einiges, wie es in deutschen Gefängnissen abgeht. Gerade gegenüber so jungen Burschen, die das erste Mal einsitzen.«

Gut, dachte Gebhardt, sehr gut. Jetzt hatten sie schon einen gemeinsamen Nenner, den kleinsten, den es gab. Aber damit konnte er arbeiten.

»Was glauben Sie denn, Herr Munzinger, wer Patrick dazu verleitet hat, sich schuldig zu bekennen? Das heißt: Wer könnte Ihrer Meinung nach dahinterstecken?«

»Das liegt doch auf der Hand. Das war die Serbenmatz. Mit der treibt er sich regelmäßig rum.«

»Sie meinen Michaela Jovanovic?«

Munzinger nickte.

»Ich denke auch, dass sie etwas damit zu tun haben könnte. Bin mir aber ziemlich sicher, dass auch sie nur benutzt wurde. Und zwar dazu, Ihren Sohn um diese Art Gefälligkeit zu bitten. Ja, sie ist in die Sache involviert, aber nur am Rande.«

Schweigen auf dem Sofa. Lag es an dem Fremdwort »involviert«? Hatte sein Gegenüber das Interesse an jeder weiteren Unterhaltung verloren? Oder dachte er gar nach?

»Kennen Sie denn Frau Jovanovic?«

»Freilich. Die tut meinem Sohn nicht gut. Der wird von ihr nur ausgenützt.«

Gebhardt wartete, ob Munzinger hier in die Tiefe gehen wollte. Doch dieser beließ es bei der Andeutung. Und nachfragen wollte er wiederum nicht. »Das heißt, sie besucht Ihren Sohn auch hier, zu Hause?«

»Schon seit Monaten nicht mehr. Ich hab ihm das verboten.«

»Aber Sie wissen schon, dass die beiden regelmäßig zusammen fortgehen?«

»Ja. Das ist mir wurscht. Aber hier in die Wohnung kommt sie mir nicht mehr.«

»Und sagen Ihnen die Namen Arian Zeka und Reinhard Hausmann auch etwas? Letzterer ist immerhin ein Arbeitskollege Ihres Sohnes.«

»Ja, den Arian kenne ich. Mit dem unternimmt er viel zusammen, in seiner Freizeit. Das ist ein anständiger Typ. Der tut ihm gut. Aber Hausmann? Nein, den Namen hab ich noch nie gehört.«

Gebhardt merkte, dass er in einer Sackgasse feststeckte, aus der es kein Zurück und erst recht kein Vorwärts gab. Da kam dem Sonderermittler und Hilfsschöffen in Personalunion eine Idee. Ein Gedanke, den er den zahllosen Krimiserien im Fernsehen zu verdanken hatte. Da beschlagnahmten die Kommissare doch meist als Erstes den Computer oder Laptop sowohl des Opfers als auch der verdächtigen Personen. Das war sein letzter Rettungsanker.

»Ihr Sohn besitzt doch sicher einen Computer oder Laptop. Vielleicht, dass wir da –«

»Nein«, unterbrach Munzinger ihn, »so was hat er nicht. Der macht alles mit seinem Handy.«

Nachdem auch diese letzte Tür zugeschlagen worden war,

sah Gebhardt keinen Grund, länger zu bleiben. Er stand auf, nahm sein Jackett von der Sessellehne und verabschiedete sich. Munzinger begleitete ihn zur Wohnungstür. Auf dem Weg dahin bedankte sich Gebhardt bei ihm, ihn an einem Sonntag, und das noch zur Mittagszeit, empfangen zu haben. Franz Munzinger revanchierte sich auf seine Weise.

»Das passt schon. Suchen Sie denn jetzt weiter nach dem Unfallfahrer?«

»Selbstverständlich. Es ist meine Pflicht«, wiederholte Gebhardt seine Worte vom Anfang des Gesprächs.

»Wenn Sie meine Unterstützung brauchen, müssen Sie es nur sagen.« Munzinger kritzelte etwas auf ein Stück Papier, das auf einem Sideboard in der Diele lag, und überreichte es ihm.

»Hier meine Handynummer. Darunter können Sie mich eigentlich fast immer erreichen. Ich bin ganz gut, wenn es darum geht, Leute schnell zum Reden zu bringen. Ohne lange Fisimatenten.«

Als Gebhardt zurück in die Hochstraße fuhr, freute er sich auf sein zweites Bier. Schade nur, dass er seine warme Mahlzeit des Tages schon hinter sich hatte. Und ein warmes Essen pro Tag musste reichen. Da würde er sich heute Abend mit ein paar belegten Broten begnügen müssen. Und dabei passte doch ein kühles Bier zu nichts so gut wie zu Grünkohl mit Salzkartoffeln. Ein Festessen!

Daheim angekommen, zog er die Straßenschuhe aus, schlüpfte in die Hausschuhe, tauschte sein Jackett mit einer bequemen Strickjacke, wusch sich im Bad die Hände, holte, einer alten Gewohnheit folgend, die Fernsehzeitschrift aus dem Wohnzimmer, ging in die Küche, zog eine Flasche Bier aus dem Gemüsefach im Kühlschrank, schenkte sich ein Glas ein, das er vorher mit kaltem Wasser ausgespült hatte, setzte sich an den Tisch und nahm den ersten tiefen Schluck.

Als die zweite leere Flasche auf dem Küchentisch stand, hatte er sich noch keine Brote geschmiert. Er war ins Grübeln gekommen. *Selbstverständlich* würde er weiter nach dem wahren Schuldigen suchen, hatte er Munzinger auf dessen Frage geantwortet. So selbstverständlich war das jetzt nicht mehr. Er hatte zwar heute einige neue, vielversprechende Querverbindungen zu Manz' Schwester und Reinhard Hausmann aufgetan, die etwas bedeuten konnten, aber nicht zwingend mussten.

Und selbst wenn sie etwas zu bedeuten hatten, wie sollte er den Nachweis dafür erbringen? Er als einfacher Hilfsschöffe hatte weder die Mittel noch die Kompetenz dafür. Er konnte die Wahrheit ja schlecht aus seinen Verdächtigen herausprügeln, worauf Munzingers großzügiges Angebot vom Leute-schnell-zum-Reden-Bringen im Kern wahrscheinlich hinauslief.

Da fiel ihm Daniela Dienstl ein. Auch eine, die ihm ihre tatkräftige Unterstützung angeboten hatte. Die sich morgen in der Früh eine Krankmeldung besorgen würde, nur damit er noch ein paar Tage freie Hand hatte. Warum war ihm das vorhin eigentlich so wichtig gewesen? Ach ja, wegen der Suche nach dem Taxifahrer, der Manz an dem Unfallabend nach Zabo gebracht hatte. Mit dem wollte er sprechen; noch vor wenigen Stunden war ihm das ja als ganz dringend erschienen. Und dabei sollte es auch bleiben. Schon allein, damit Frau Dienstl dieses Risiko einer gefälschten Arbeitsunfähigkeitsbescheinigung nicht ohne Grund einging.

Beim dritten Bier, immer noch ohne die abfedernde Wirkung einer festen Nahrung in Form der belegten Brote, kehrte Gebhardt zu seinem Naturell zurück. Er gab das Grübeln auf und blickte wieder verhalten optimistisch auf den vor ihm liegenden Tag.

Sicher würde ihn Frau Steiner nochmals empfangen, und genauso zweifelsfrei war für ihn in diesem Augenblick, dass sie ihm bei der Suche nach dem Taxifahrer helfen konnte. Wahrscheinlich würde sie den Mann gleich selbst vernehmen wollen, in seinem Beisein natürlich. Das hieß, mit seiner Unterstützung. Denn auch Hauptkommissare waren schließlich nur Menschen, die sich auch mal irren durften und von den besseren Argumenten überzeugen lassen. Und die lagen nach diesem ergiebigen Wochenende eindeutig auf seiner Seite.

Dann räumte er den Tisch frei und bereitete sein Abendmahl zu. Er schmierte Butter auf zwei Scheiben Brot und belegte sie dick mit Wurst und Käse. Er wollte soeben in eines der beiden Brote beißen, da fiel ihm etwas ein. Vielleicht hatte er ja Glück. Er ging ins Kinderzimmer und startete den Computer.

Und tatsächlich, das Glück stand ihm weiter treu zur Seite. Schnell fand er, wonach er suchte – Jeanette Zieglers Arbeitsstelle. Irgendeines dieser Nagelstudios im Osten der Stadt. Er schrieb die Adresse auf einen kleinen Zettel, den er ins Portemonnaie legte.

Nach dem Abendessen schaltete er den Fernseher ein und schlief keine zehn Minuten später davor ein.

ZEHN

Gebhardt saß in der Küche und trank seine zweite Tasse Kaffee. Er trug eine hellgraue Stoffhose und einen dunkelgrünen Wollpullover und – fror. Das Wetter hatte in den letzten Stunden umgeschlagen. Ein paarmal war er in der Nacht unter seinem leichten Sommerbett wach geworden, hatte sich aber nicht dazu aufraffen können, als Verstärkung die Wolldecke aus dem Wohnzimmer zu holen, sondern war einfach liegen geblieben.

Es versprach, ein trüber, nasskalter Tag zu werden. Sein schwarzer Kurzmantel hing bereits in der Diele an der Garderobe; das Daunenbett hatte er auch schon auf seinem Gang zum Briefkasten gleich mit aus dem Keller gebracht. Es lag jetzt zum Auslüften auf dem Wäscheständer auf dem Balkon.

Es folgten die üblichen Verrichtungen, Abwasch, Zeitunglesen, ein auf das Wesentliche begrenzter Kontrollgang. Viertel nach acht verließ er das Haus.

Er war soeben in die Roonstraße abgebogen, da fing es zu nieseln an. In der Fürther Straße angelangt, war aus dem Tröpfeln ein Bindfadenregen geworden, der ihn trotz Mantel und Pullover frösteln ließ. Spätestens Ende der Woche, wusste er aus Erfahrung, würde er sich mit einer handfesten Erkältung herumplagen. Insofern drängte die Zeit. Bis übermorgen musste er seine Ermittlungen unter Dach und Fach haben. Und erst am Wochenende würde er auf die Heilkräfte des Kohls und der Kartoffel setzen. Er beschleunigte seinen Gang und erreichte das Gerichtsgebäude Punkt drei viertel acht.

An der Eingangstür zum Königssaal hing ein handgeschriebenes Blatt Papier: »Wegen eines Krankheitsfalles entfällt die Verhandlung AZ … heute und morgen«. Er stieß die Tür auf – der Saal war leer. Und dabei hatte er doch Frau Dienstl versprochen, dem Richter ihre Krankheit in den schlimmsten Farben zu schildern.

Er ging zu der kleinen Nebentür und klopfte. Es dauerte eine Weile, dann stand Neumann vor ihm, ohne Robe, aber mit dem vertrauten fleckigen Kaffeebecher in der linken Hand. Er schien gute Laune zu haben.

»Ja, grüß Gott, Herr Gebhardt. Sie haben es sicher schon gelesen: Die Verhandlung fällt heute aus. Frau Dienstl ist nämlich –«

»Ich weiß«, unterbrach er den Vorsitzenden Richter. »Frau Dienstl und ich haben gestern miteinander telefoniert. Da ging es ihr schon sehr, sehr«, wiederholte er, »schlecht. Ich habe gleich vermutet, dass sie sich bestimmt einen gefährlichen Virus eingefangen hat. Und ich habe ihr auch dringend nahegelegt, das nicht aus einem falschen Ehrgeiz heraus zu ignorieren. Falls es ihr heute nicht bedeutend besser gehen sollte. Das kann ja auch ansteckend sein.« Das musste als Schilderung in den schlimmsten Farben reichen.

Doch Neumann ignorierte seine ausschmückenden Worte und fragte stattdessen: »Da haben Sie sich, unter Kollegen sozusagen, schon ein wenig angefreundet?«

»Angefreundet?«, fragte Gebhardt verwundert nach.

»Na, ich dachte eben, wenn Sie sogar an einem Sonntag den Kontakt zueinander halten.«

»Angefreundet ist jetzt vielleicht zu viel gesagt«, korrigierte er Neumann. »Aber wir tauschen uns über den Prozess schon regelmäßig aus. Vor allem auch darüber, was es an Widersprüchlichkeiten in den Zeugenaussagen gegeben hat.«

Und weil es sich so schön anbot, fügte er noch den Fachterminus hinzu, der am ersten Verhandlungstag großen Eindruck auf ihn gemacht hatte: »Das heißt, für unser Empfinden ist vor allem das Schuldeingeständnis des Angeklagten nicht hinreichend substantiiert.«

Das war seine Chance, den Richter mit seinen Ermittlungserfolgen vertraut zu machen. Die musste er unbedingt nutzen.

»Wenn Sie Zeit haben, Herr Neumann, würde ich gern mit Ihnen darüber reden, was uns beiden an der bisherigen Verhandlung gerade in dieser Hinsicht aufgefallen ist.«

Und hinterher gleich noch eine Redewendung, eine justizielle, damit der Richter wusste: Mit diesem Schöffen war ein Dialog auf Augenhöhe möglich.

»Natürlich rein vorsorglich. Und welche Schlüsse wir, also Frau Dienstl und ich, aus diesem unserer Meinung nach nicht hinreichend substantiierten Schuldeingeständnis gezogen haben.«

»Ein anderes Mal gern, sicher. Aber heute hab ich mir vorgenommen, zumindest ein paar von diesen Aktenbergen«, er deutete auf zwei Stapel, die auf seinem Schreibtisch lagen, »abzuarbeiten. Im Prinzip bin ich nämlich, im Vertrauen gesagt, ganz froh über diese unverhofft gewonnene freie Zeit.«

»Vielleicht morgen dann?«, hakte Gebhardt nach.

»Schauen wir mal.« Ein »Nein, auf keinen Fall!« wäre kaum deutlicher gewesen.

»Soll ich die Tür auflassen oder zumachen?«

»Zumachen!«

Als Gebhardt die Türklinke in der Hand hielt, hatte Neumann bereits nach einem dieser grauen Dossiers gegriffen und es aufgeschlagen. Er war so vertieft in sein Aktenstudium, dass er den Gruß des Schöffen nicht erwiderte.

Kurz darauf stand Gebhardt wieder auf der Fürther Straße. Es regnete immer noch Bindfäden – oder schon wieder. Seine erste Aufgabe des Tages konnte er schon mal als erledigt abhaken. Frau Dienstl musste sich keine Sorgen machen; der Richter schien über ihre Krankmeldung ja geradezu dankbar gewesen zu sein. Das war einfach gewesen.

Sein zweiter Auftrag gestaltete sich da schon wesentlich heikler. Was, wenn er zu Frau Steiner gar nicht vordringen würde? Oder, noch schlimmer, wenn sie sich strikt weigerte, ihn zu sehen? Er merkte, wie er versuchte, sich vor dieser unangenehmen Aufgabe zu drücken, dann nahm er Kurs auf die nächste U-Bahn-Station und fuhr von der Bärenschanze bis zum Plärrer. Vor dort aus ging er zu Fuß zum Jakobsplatz. Als er das Polizeipräsidium erreichte, war es kurz nach halb zehn und er von oben bis unten durchnässt.

Zu seinem Erstaunen war die Kommissarin an ihrem Arbeitsplatz und bereit, mit ihm zu reden. Diesmal kam er um das kahle, unwirtliche Vernehmungszimmer herum – er durfte sie in ihr Büro begleiten, das ihn an Neumanns Kabuff erinnerte. Klein, ein wirres Durcheinander von Regalen und Rollcontainern, Leitz-Ordner allerorten. Nur das Mobiliar der Kommissarin war heller, moderner, freundlicher als das des Vorsitzenden Richters und ihr Schreibtisch bis auf das Telefon und eine Stiftablage frei. Eine Leertischlerin.

Bevor er zu seiner vorbereiteten Rede ansetzen konnte, hielt sie ihm wortlos ein Frotteetuch hin, das sie aus dem Zimmer nebenan geholt hatte.

»Sie sind sicher auch einer von jenen, die Schirme für extrem unmännlich halten, oder?«, sagte sie mit einem spöttischen Blick auf seine durchnässten Lederschuhe.

»Nein, überhaupt nicht«, entgegnete er, während er sich die Haare trocken rieb. »Nur war ich heute sehr in Eile, zu sehr, um nochmals umzukehren und den Schirm zu holen. Und womöglich hätte ich Sie dann auch verpasst. Und das wollte ich auf keinen Fall.«

»So, Herr Gebhardt, was haben Sie denn heute auf dem Herzen?«

Ein abrupter Themenwechsel. Für ihn das Signal: Die Plauderphase war vorbei, jetzt waren von ihm harte Fakten verlangt.

Und so erstattete er Bericht. Erzählte von seinen Ermittlungen, die er ihr gegenüber als unsortiertes, eben laienhaftes Herumstochern im Umfeld des Angeklagten tarnte. Bei diesem wachen und taffen Gegenüber schien ihm ein wenig Untertreibung geraten.

Besonderes Augenmerk legte er bei seinem Report auf die

freundschaftlichen sowie beruflichen Verbindungen, die er zwischen Munzinger, den beiden Zeugen und Reinhard Hausmann aufgetan hatte. Noch ein Schlenker zu Waltraud Falter, der Schwester des Opfers – »Es nimmt mich doch sehr wunder, dass sie als nahe Angehörige, die zudem noch in allernächster Nähe zu Friedhelm Manz lebte, nämlich im Nachbarhaus, vor Gericht nicht als Zeugin geladen wurde« –, dann schloss er seinen Bericht.

»Fertig?«, fragte die Kommissarin, die sich diesmal während seiner Rede sogar zwei oder drei Notizen gemacht hatte.

Er nickte. »Im Großen und Ganzen, ja.«

»Anscheinend habe ich Sie am Freitag in Ihrer Hartnäckigkeit unterschätzt, Herr Gebhardt. Sie lassen ja wirklich nicht locker.«

Nanu, war das etwa ein Lob? Indirekt und verhalten, aber immerhin.

»Die Tatsache, dass die Schwester des Opfers bislang nicht als Zeugin geladen wurde, erscheint auch mir zumindest ungewöhnlich. Doch da können Sie ja selbst aktiv werden. Als Schöffe haben Sie, das wissen Sie sicher, das Recht, dem Gericht entsprechende Vorschläge zu machen. Und die werden in der Regel auch gern angenommen.«

Paula Steiner sah auf ihren Block.

»Und dass es diese Querverbindungen zwischen Angeklagtem, Zeugen und diesem Hausmann, Reinhard, die ich gar nicht in Abrede stellen will, verstehen Sie mich recht, gibt, kann purer Zufall sein, der nichts zu bedeuten hat. Oder eben auch nicht. Da müsste man eigene Ermittlungen anstellen. Nur, wie schon bei unserem letzten Treffen gesagt, *mir*«, betonte sie, »sind da die Hände gebunden.«

Nach einer kleinen Pause fuhr sie fort.

»Was ich nicht weiß, ist, was Sie jetzt von mir erwarten. An meiner Aussage vom vergangenen Freitag hat sich nichts geändert. Als Kommissarin brauche ich einen Auftrag von der Staatsanwaltschaft, um ermitteln zu können. Und da der sachbehandelnde Staatsanwalt in der Regel auch der Sitzungsstaatsanwalt ist, wäre das in diesem Fall ein Auftrag von«, erneuter Blick auf den Notizblock, »dieser Frau Dr. Krüger.«

»Aber deswegen bin ich heute gar nicht da«, stellte Gebhardt klar.

»Nicht? Ja, weswegen denn dann?« Die Kommissarin sah ihn verblüfft an, was er als Erfolg für sich verbuchte.

»Ich hätte eine Bitte oder vielleicht nur eine Frage an Sie. Oder vielmehr umgekehrt: erst eine Frage und dann eine Bitte.« Da verließ ihn der Mut, und er schwieg.

»Ja, ich höre.« Dazu ein wohlwollendes, aufmunterndes Kopfnicken.

»Ich bräuchte eine Information, an die ich weder als Privatperson noch als Schöffe herankomme. Keiner weiß, wie der doch stark gehbehinderte Manz an diesem Abend nach Zabo gekommen ist. Öffentliche Verkehrsmittel und die Möglichkeit, dass ihn jemand mit dem Auto gefahren hat, scheiden aus. Also gehe ich davon aus, er ist mit dem Taxi dorthin gefahren. Und jetzt liest man beziehungsweise sieht man ja des Öfteren im Fernsehen, dass … ja, dass …« Er kam ins Trudeln.

»Bitte, Herr Gebhardt, fragen Sie einfach.«

Die Geduld der Kommissarin schien erschöpft. Er musste jetzt ganz schnell auf den Punkt kommen.

»Könnten Sie vielleicht für mich nachforschen, welcher Taxifahrer das war, der Herrn Manz nach Zabo gefahren hat? Sie haben doch da ganz andere Möglichkeiten als ich. Es könnte ja sein, dass dieser Taxifahrer sich sogar erinnert, und damit hätte man dann –«

»Ich will es versuchen«, unterbrach sie ihn.

Ohne weitere Erklärung griff sie in die oberste Schublade ihres Schreibtisches, zog ein schwarzes iPhone hervor und tippte eine Nummer ein. Während sie auf die Verbindung wartete, sagte sie im Flüsterton, der sich wie eine Drohung anhörte, zu ihm: »Der hat bei mir sowieso noch eine kleine Rechnung offen.«

»Hansi, das ist ja wunderbar, dass ich gleich mit dir persönlich sprechen kann. Hier ist die Paula. Hast du als viel beschäftigter Mann aus der freien Wirtschaft überhaupt jetzt ein wenig Zeit für eine in jeder Hinsicht unterforderte Staatsbeamtin wie mich?«

Es folgte ein Schauspiel der besonderen Art. Gebhardt erlebte Frau Steiner von einer ganz anderen Seite – charmant, interessiert, humorvoll, liebenswürdig. Mit einem Wort: unwiderstehlich.

Zunächst erkundigte sie sich nach dem gesundheitlichen Befinden ihres Gesprächspartners, dann, nachdem das zu aller Zufriedenheit geklärt zu sein schien, nach seiner letzten Urlaubsreise, fragte nach der Verfassung der Gattin, der Tochter und des Hundes, gab schließlich ihrer Hoffnung Ausdruck, »dass dein Geschäft bombig läuft wie eh und je«, und vergaß zum Abschluss auch nicht den Hinweis auf das geradezu unmenschliche Kunststück, dass dieser Hans bei all dem, was er so um die Ohren habe, auch noch Zeit finde, regelmäßig Sport zu treiben. Dabei ging es nur, soweit Gebhardt das richtig verstanden hatte, um ein paar Runden mit dem Fahrrad um den Block am Wochenende.

»Also, ganz ehrlich, ich könnte das nicht. Bewundernswert, was du alles schaffst.«

Doch irgendwann, nach langer Zeit, war Schluss mit den Lobhudeleien, dem Säuseln und den Schmeicheleien.

»Ah, bevor ich es vergesse, Hansi, ich bräuchte von dir eine inoffizielle Auskunft. Am zwölften Februar so gegen drei viertel elf Uhr abends muss es eine Fahrt von der Mörikestraße nach Zabo, wahrscheinlich direkt in die Zerzabelshofer Hauptstraße, gegeben haben. Der Fahrgast hieß Manz, Friedhelm Manz. Schau doch mal bitte in deiner Elektronik nach, ob du was findest. Und wenn ja, wer das von deinen Leuten war.«

Während sie auf das Ergebnis der Recherche warteten, drückte die Kommissarin auf die Lautsprechertaste ihres Handy-Displays.

»Paula, ich hab es gefunden. Manz, Mörikestraße, 12. Februar, der Fahrdienst war für zweiundzwanzig Uhr dreißig bestellt, und gefahren hat den Fahrgast unser Albert. Albert Roßner. Soll der dich mal anrufen?«

»Das wäre hervorragend. Sehr gern. Wenn du das für mich machen würdest. Aber er soll sich über die Zentrale melden. Danke dir.«

»Aber du weißt doch, Paula, für dich mach ich fast alles.«

Noch ein paar Floskeln zum Abschied, dann war das Gespräch beendet.

»Meinen Sie, dieser Herr Roßner meldet sich noch heute bei Ihnen?«, fragte Gebhardt.

»Ja, davon gehe ich aus. Und zwar in fünf Minuten, allerspätestens!«, sagte Paula Steiner.

So lange dauerte es gar nicht. Denn kaum hatte die Kommissarin ihr iPhone wieder in der Schreibtischschublade verstaut, klingelte ihr Telefon. Wieder drückte sie auf die Lautsprechertaste.

»Roßner hier. Mein Chef hat gesagt, ich soll mich bei Ihnen melden.« Er sprach sehr laut, dazu ein stark eingefärbtes Fränkisch. Die sanften Konsonanten übertönten spielend das eingeschaltete Radio und die Fahrgeräusche.

»Das ist richtig. Es geht um eine Fahrt am zwölften Februar dieses Jahr von der Mörikestraße nach Zerzabelshof. Fahrzeit: so gegen drei viertel elf am Abend. Der Fahrgast hieß Friedhelm Manz. Ein alter Mann, sechsundachtzig Jahre, stark gehbehindert. Er hatte wahrscheinlich einen Stock oder –«

Bevor Frau Steiner weiter ausholen konnte, fiel Roßner ihr ins Wort. »Und daran soll ich mich wohl noch erinnern? Wie stellen Sie sich das eigentlich vor? Ihr von der Polizei habt schon mitunter seltsame Vorstellungen. Ich hab zigtausend Fahrten im Jahr. Da weiß ich doch nimmer, wer wann und wo in mein Taxi gestiegen ist. War's des dann?«

»Nein. Ich fürchte nämlich, Sie haben sich noch gar nicht richtig bemüht, sich an diese Fahrt zu erinnern. Außerdem haben Sie mich eben nicht ausreden lassen. Also, der Fahrgast hatte aller Wahrscheinlichkeit nach einen Stock oder einen Rollator als Gehhilfe dabei. Und es war an diesem Abend für einen Februartag extrem kalt und extrem trocken. Vielleicht können Sie sich ja jetzt an diese Fuhre erinnern, zumindest vage.«

»Mit Sicherheit net.«

Paula Steiner holte einmal tief Luft und sagte: »Gut, dann machen wir es so, Herr Roßner: Ich lade Sie hiermit offiziell als Zeugen vor. Das heißt für Sie, Sie begeben sich sofort auf direktem Weg hierher ins Polizeipräsidium am Jakobsplatz und melden sich bei mir. Steiner ist mein Name. Falls Sie nicht binnen der nächsten fünfzehn Minuten bei mir vorsprechen, lasse ich nach Ihnen fahnden und Sie von den Kollegen der Schutzpolizei vorführen. Haben wir uns da verstanden?«

Eine Zeit lang war es still um Herrn Roßner. Schließlich die Frage: »Könnten wir des nicht gleich am Telefon machen? Das wäre mir lieber. Ich verspreche Ihnen auch, ich stelle jetzt meinen Wagen ab und geb mir alle Mühe. Vielleicht fällt mir dann doch noch etwas ein.«

»Das klingt vielversprechend. Ich meine, wir könnten es auf einen Versuch ankommen lassen.«

Drei Minuten später. Kein Radio und keine Fahrgeräusche waren mehr zu hören. Herr Roßner schien sein Versprechen wahr gemacht und das Taxi geparkt zu haben.

»Also, an den Namen erinnere ich mich nicht mehr. Das sage ich Ihnen ganz ehrlich. Aber könnte es sein, dass der Fahrgast zwar in der Mörikestraße wohnt, aber nicht da, sondern in der Eichendorffstraße eingestiegen ist, das heißt: in der Parallelstraße?«, lautete seine erste Frage. »Das kommt ziemlich selten vor, dass Adresse und Zustiegsort verschieden sind. Und an so einen Fall könnte ich mich auch erinnern.«

Die Kommissarin sah zu Gebhardt, der heftig mit dem Kopf nickte, und sagte: »Das ist durchaus möglich, ja.«

»Dann ist alles klar. Das war ein sehr alter Mann, so an die neunzig oder drüber. Aber er hatte keinen Rollator, das weiß ich hundertprozentig, nur einen Stock. Und er war sehr wackelig auf den Füßen. Weil ich mir noch gedacht hab: Na, ob du das wieder heil nach Hause schaffst, mein Lieber, in deinem Zustand, das steht aber auch in den Sternen.«

Gebhardt nickte wieder.

»Vielleicht wissen Sie auch noch, wo genau Sie den alten Mann haben aussteigen lassen?«

»Freilich. Ganz genau weiß ich des. In der Zerzabelshofer Hauptstraße Richtung Siedlerstraße, auf der Höhe zur Abbiegung Urbanstraße.«

»Ist Ihnen sonst noch etwas aufgefallen, Herr Roßner?«, fragte Paula Steiner.

»Ja. Für meine Begriffe war der richtig durch den Wind. Und das hatte nix«, betonte der Taxifahrer, »mit seinem Alter zu tun. Ich hatte schon den Eindruck, der ist geistig noch ganz gut beieinander. Der hat mich gleich angeschissen, dass ich zu spät dran sei. Dabei waren es nur ungefähr fünf Minuten, die ich mich verspätet habe. Und dann hab ich noch was beobachtet. Wobei …«

Abruptes Schweigen.

»Ja, bitte, erzählen Sie.«

»Aber nicht, dass Sie mir hinterher einen Strick daraus drehen. Vielleicht hat des ja auch gar nix zu bedeuten. Das ist ja schon so lange her.«

»Herr Roßner, ich verspreche Ihnen, ich werde Ihre Angaben ganz vertraulich behandeln. Kein Wort dringt nach draußen«, sagte sie.

»Wissen Sie, was ich glaub, Frau Kommissarin?«

»Leider noch nicht. Aber ich hoffe, ich werde es demnächst erfahren.«

»Es ist ja sonst nicht meine Art, die Fahrgäste zu beobachten. Aber in dem Fall … Der war halt sehr nervös. Und da hab ich eben des Öfteren in den Rückspiegel geschaut, um zu sehen, ob da hinten noch alles in Ordnung ist. Und dabei hab ich beobachtet, wie der Fahrgast ein Briefkuvert aus seinem Mantel zieht, und in dem Briefumschlag war ein dickes Bündel Geldscheine.

Da hat er eine Zeit lang draufgeglotzt und es dann wieder in der Manteltasche verstaut. Verstehen Sie, was ich damit sagen will?«

»Sie hatten den Verdacht, er ist im Begriff, dem Enkeltrick auf den Leim zu gehen. Richtig?«

»Genau. Ganz genau.«

»Aber gesprochen haben Sie mit ihm nicht über Ihren Verdacht?«, fragte Steiner.

»Natürlich nicht. Das steht mir ja nicht zu. Und das war der Typ Fahrgast, der so etwas überhaupt nicht wollte. Da hätte ich mir gleich den zweiten Anschiss eingehandelt. Wissen Sie, das war so mehr der Typ Herrenmensch, groß, gerade Haltung, als hätte er ein Lineal verschluckt. Einen Siegelring trug er auch. Was Besseres halt. Man merkte sofort, der war das Kommandieren gewohnt, der hat die Leut zeit seines Lebens nach seiner Pfeife tanzen lassen. Nein, nein, das hab ich besser gar nicht erst versucht.«

Mit einem Mal stand hinter Frau Steiner ein etwa vierzigjähriger, dünner Mann, wirre blonde Haare, schmales Gesicht, ganz und gar in Schwarz gekleidet. Und er hatte komplett bis aufs Fleisch abgebissene Fingernägel. Gebhardt hatte ihn nicht kommen hören.

»Paula, wenn du hiermit fertig bist, sollst du sofort zu Fleischmann kommen.«

Sie legte die Hand kurz auf die Hörmuschel und flüsterte: »Ja, sag ihm, in zehn Minuten spätestens bin ich bei ihm oben.« Dann widmete sie sich wieder dem Telefonat.

»Eine letzte Frage habe ich noch, Herr Roßner: Hat Ihr Fahrgast davon gesprochen, dass Sie ihn später dort wieder abholen sollen?«

»Nein, das wollte er nicht. Ich hab ihm das sogar vorgeschlagen. Nachdem er bezahlt hatte, hab ich ihn genau das gefragt, ob wir gleich einen Termin ausmachen sollen. Aber er hat nur abgewinkt und ist ausgestiegen. Nachdem ich gewendet hatte, hab ich noch mal kurz in den Rückspiegel geschaut. Da stand er da, ziemlich hilflos und wackelig, mit beiden Händen auf seinen Stock gestützt, und hat sich umgesehen. Zu dem Zeitpunkt war er weit und breit der Einzige auf der Zerzabelshofer Hauptstraße. So, das ist aber jetzt auch alles, Frau Steiner, was ich Ihnen dazu erzählen kann.«

»Und das ist doch einiges. Sie sind bestimmt selbst überrascht, Herr Roßner, wie viel da zusammengekommen ist. Danke. Ich werde Ihrem Chef auch ausrichten, wie kooperativ Sie sich gezeigt haben.«

Nachdem die Kommissarin den Hörer aufgelegt hatte, sah sie forschend zu ihrem Gegenüber. »Und jetzt, Herr Gebhardt?«

»Für mich ist die Sache ganz klar«, antwortete er. »Hier liegt ein Verbrechen vor. Für Sie etwa nicht?«

»Nein. Das, was der Taxifahrer uns erzählt hat, sind seine Vermutungen«, sagte sie, »keine Beweise. Es kann so sein, muss aber nicht. Ich kann Ihnen nur nochmals raten, wenden Sie sich an die Staatsanwaltschaft. Wenn die Staatsanwältin Ermittlungsbedarf sieht, dann können wir von der Kripo aktiv werden. Vorher nicht.«

Sie stand auf. »So, Sie haben es von meinem Kollegen gehört, ich muss jetzt zu meinem Chef. Der kann nämlich sehr unangenehm werden, wenn man ihn warten lässt.«

»Erlauben Sie mir noch eine Frage zum Schluss? Hätten Sie wirklich nach Herrn Roßner fahnden lassen? Und das ausschließlich meinetwegen?«

»Ach, wissen Sie, Herr Gebhardt«, sagte Paula Steiner mit einem sehr zufriedenen Lächeln, »in meinem Beruf ist es manchmal äußerst hilfreich, etwas auf den Putz zu hauen. Man spart sich dadurch viel Ärger und viel Zeit. Und wie Sie sehen, es hat funktioniert.«

Dann ging sie nach nebenan und kehrte kurz darauf mit dem dürren Mann in Schwarz zurück. »Das ist mein Kollege, Hauptkommissar Bartels. Er wird Sie nach unten begleiten.«

Sprach's und war aus dem Zimmer verschwunden, bevor Gebhardt sich bei ihr bedanken konnte.

Als er wieder auf dem Jakobsplatz stand, regnete es immer noch. Er sah zu dem grauen, wolkenverhangenen Himmel, der keine Besserung in Aussicht stellte. Da marschierte er quer über den Platz in das große Kaufhaus am Eck und kaufte sich für billiges Geld einen Knirps. Eine reine Vorsichtsmaßnahme. Schließlich hatte er heute noch einiges zu erledigen. Und im Moment konnte er sich eine Erkältung nicht leisten. Die nächsten zwei Tage musste er fit sein. Fit, ausdauernd und bei guten Kräften. Wer, außer ihm, sollte diesen verzwickten Fall denn sonst lösen?

***

Bestens gelaunt und zuversichtlich fand er sich um elf Uhr wieder vor dem Justizpalast ein. Bevor Gebhardt diesmal in den Hof trat, schenkte er dem Sandsteingebäude aus der Jahrhundertwende, an dem er so oft achtlos vorbeigegangen war, einen langen Blick. Nein, dieses Gericht hatte weder den Pomp noch die Düsternis, die vergleichbare Bauten oft zeigten. Das war umso bemerkenswerter, als sich direkt daran die Justizvollzugsanstalt Nürnberg anschloss.

Der Bau im Neorenaissancestil strahlte eine einfache, anheimelnde Solidität aus, nicht aber Kälte. Er wirkte wehrhaft und trotzdem durchlässig und unterschied sich damit sinnfällig von dem kastigen Klotz der Gesellschaft für Konsumforschung auf der gegenüberliegenden Straßenseite. Die kompakte, glatte und blasiert goldglänzende Front der GfK-Zentrale hatte dagegen fast etwas Arrogantes und Feindseliges – und verstärkte damit die menschenfreundliche, offene, geradezu einladende Atmosphäre, die die Sandsteinfassade des Gerichtsgebäudes ausströmte.

Es waren, sinnierte Gebhardt, wahrscheinlich die vielen hübschen, nicht zu großen und nicht zu kleinen Sprossenfenster, die für diese Anmutung verantwortlich waren. Sie erfüllten den zwar schlimm zugeparkten, aber dennoch kahl wirkenden Hof mit eigenem Leben. Wahrscheinlich, weil sie unserem vertikalen Richtungssinn entgegenkamen und den Blick des Betrachters von der Straße bis zum Himmel lenkten und dort frei schweifen ließen. Und da, ganz oben, auf dem hochgezogenen, fast schon bäuerlichen Satteldach des Justizgebäudes verzweigte sich dieser tänzelnde Blick nochmals auf der Kolonnade der winzigen geschwungenen Dachgauben.

Er senkte seinen Blick wieder, betrat den Hof und ging beschwingt Richtung Haupteingang.

Es dauerte eine halbe Stunde, bis er sich zu dem Büro der Staatsanwältin Dr. Krüger durchgefragt hatte. Sie war in ihrem Zimmer und trug helle Pumps, eine cremefarbene Bluse, dazu eine farblich darauf abgestimmte Marlene-Dietrich-Hose, die ihre Eins-a-Beine komplett verhüllte. Sehr elegant und ziemlich dominant. Und sehr schade. Er fragte, ob sie einen Moment Zeit für ihn erübrigen könne.

»Ja, wenn es schnell geht, schon«, sagte sie und sah dabei auf ihre Armbanduhr.

»Ich komme gerade von der Kriminalpolizei. Und die haben mir geraten, mich in dieser Sache an Sie zu wenden. Nur Sie als sachbehandelnde Staatsanwältin könnten nämlich die Kripo damit beauftragen, Ermittlungen in *unserem*«, betonte er das hoffentlich verbindende Fürwort, »Prozess anzustellen. Aber dazu müsste ich ein wenig ausholen, warum mir das dringend geraten scheint.«

Dr. Krüger hörte sich seinen Bericht zunächst geduldig an, aber schon nach zehn Minuten, und da war er noch nicht einmal zu dem Lokaltermin in Zabo vorgedrungen, unterbrach sie ihn.

»Das klingt wirklich alles sehr interessant, Herr Gebhardt. Und ich würde Ihnen auch gern weiter zuhören. Aber im Augenblick fehlt mir einfach die Zeit dafür. Sie sehen ja selbst«, sagte sie mit einer Handbewegung auf den Aktenstapel auf ihrem Schreibtisch, »ich habe zu tun. Ich schlage vor, wir reden am kommenden Donnerstag in aller Ruhe über Ihre Vermutungen. Sagen wir, in der Mittagspause? Das dürfte von der Zeit her genügen. Denn so lange wird es ja nicht dauern, hoffe ich.«

Nach einem Blick in sein enttäuschtes Gesicht fügte sie noch mit einem halbherzigen Lächeln hinzu: »Ich denke, Sie haben dafür Verständnis.«

Nein, hatte er nicht. Und zwar ganz und gar nicht. Was sollte dieser Juristin im Moment wichtiger sein als seine Ergebnisse, als sein doch sehr beachtlicher Ermittlungserfolg? Wahrscheinlich steckte dieser Gerichtsmediziner mit seiner Fistelstimme dahinter. Und nicht der Aktenstapel. Das war doch nur eine billige Ausrede.

So, dachte Gebhardt voller Ingrimm, als er die Stufen des Justizgebäudes wieder hinabstieg, dann eben nicht. Jetzt war Schluss! Zweimal hatte er es versucht, erst bei Neumann, dann bei der Krüger, zweimal war er abgewiesen worden. Ab sofort würde er die Sache in die eigenen Hände nehmen. Er musste niemandem hinterherlaufen.

An der U-Bahn-Station Bärenschanze zog er sich ein Tagesticket Solo aus dem Automaten und war wieder mal erstaunt, wie teuer das Fahren mit den öffentlichen Verkehrsmitteln in den letzten sechs, sieben Jahren in Nürnberg geworden war. Er würde, nahm er sich vor, die acht Euro dreißig bis auf den letzten Cent wieder herausfahren.

Er erreichte die U-Bahn-Station Nordostbahnhof eine halbe Stunde später. Auch das so eine Gegend, in die es ihn selten verschlug. Gut, der Leipziger Platz verströmte mit seinem markanten Delphinhaus und den vielen kleinen und größeren Geschäften großstädtisches Flair, wirkte aber aufgrund des Stilkuddelmuddels, der so unterschiedlich hohen Gebäudefronten und der zahlreichen Visierbrüche lückenhaft, zerfasert und zugig. Wenig einladend. Er sah zu, dass er eilends von hier wegkam.

Bis zu der Tankstelle in der Äußeren Bayreuther Straße zog

sich der Weg länger hin, als er gedacht hatte. So war er, als er endlich unter dem massiven Tankstellendach Schutz fand, das zweite Mal am heutigen Tag durchnässt. Vor allem an den unteren Hosenbeinen sowie an den äußeren Mantelärmeln. Der kleine Knirps hatte vor seiner Aufgabe, ihn vor den Regenmassen zu schützen, schnell kapituliert. Ein Fehlkauf. Er würde ihn, sobald er heimkam, entsorgen.

Wie er so versuchte, den Schirm zu schließen – selbst das klappte nicht auf Anhieb –, trat Michaela Jovanovic aus der großen Tür der Tankstelle. Sie schien zu erschrecken, als sie ihn sah, aber nur kurz. Dann ging sie direkt auf ihn zu, betont forsch und betont feindselig, und baute sich vor ihm breitbeinig auf, die Hände in die Hüften gestemmt.

»Was machen Sie denn hier?« Sie gab sich Mühe, ihre Frage möglichst aggressiv klingen zu lassen.

»Nanu, kennen wir beide uns denn?«

Was für eine begnadete Gegenfrage, lobte er sich. Und vor allem eine, mit der man Zeit gewann.

»Sie sind doch einer von den Schöffen letztens im Gericht. Oder nicht?« Das klang schon nicht mehr so sicher. Und dann die merkwürdige Unruhe in ihren Händen, die Art, wie sie mit dem Schieber des Reißverschlusses an ihrer Jacke spielte.

Entweder hat sie ein sehr gutes Gedächtnis, dachte Gebhardt, oder Patrick Munzinger hat sie vor mir gewarnt. Er tippte auf Letzteres.

Er spähte in den Verkaufsraum. Kein Patrick Munzinger, kein Reinhard Hausmann. Aber hinter der Theke sah er eine große Brünette resolut-geschäftig hantieren und mit zwei Kunden herumschäkern. Die Kassiererin hatte einen großen Vorteil: Sie war ihm vollends unbekannt und damit er ihr auch. Genau die brauchte er jetzt, sie war seine Zielperson.

»Wenn Sie mich jetzt durchlassen könnten, mein Fräulein«, sagte er mit einem gut gelaunten Grinsen zu Michaela Jovanovic gewandt, »wäre ich Ihnen wirklich sehr verbunden.«

Sie war bleich, als sie einen Schritt zur Seite machte, aber wahrscheinlich war sie das immer. »Ich bin nicht ›Ihr Fräulein‹, merken Sie sich das!«, rief sie ihm erbost und mit hasserfüllten Augen nach.

Dieses Gefecht hat sie verloren, dachte Gebhardt, als er in den Verkaufsraum trat, und das wusste sie. Gott sei Dank folgte sie ihm nicht, sondern verschwand in Richtung Waschanlage.

Er ging auf das erstbeste Regal zu und blätterte angelegentlich in den Fernsehzeitschriften. Länger, als ihm lieb war. Denn die zwei Männer vor dem Verkaufstresen schienen Stammkunden zu sein und die Aufmerksamkeit der geschäftigen Brünetten zu genießen. Nachdem sie endlich verschwunden waren, war das Feld für ihn frei. Der Raum war jetzt leer. Nur er und die auf ihn wartende Brünette.

Er legte sein Alibi, eine dieser TV-Zeitschriften, die er wahllos aus dem Regal gezogen hatte, auf den Tisch. Die Kassiererin griff danach und fragte: »Das ist alles?«

Er nickte. »Ja. Alles.«

Während er in seinem Portemonnaie kramte, fragte er, ohne zu ihr aufzublicken: »Herr Munzinger hat wohl heute keinen Dienst?«

»Doch. Schon. Er hätte heute arbeiten müssen, hat sich aber krankgemeldet.«

Er legte einen Fünf-Euro-Schein auf das Zahlbrett. »Dann versuche ich es halt morgen. Wann kann ich ihn denn erreichen, am Vormittag oder am Nachmittag?«

»Weder noch«, sagte sein Zielobjekt und reichte ihm das Restgeld, »denn er hat sich heute früh für die ganze Woche krankgemeldet.«

»Schade, sehr schade.«

Damit war sein schöner Plan, Munzinger noch einmal mit allem Nachdruck ins Gewissen zu reden, ins Wasser gefallen.

»Ja, vor allem für mich. Denn ich hab schon das ganze Wochenende Dienst gehabt und musste heute früh für ihn Knall auf Fall einspringen. Wieder einmal.« Das klang bitter und vorwurfsvoll.

Nachdem er nichts darauf erwiderte, fragte sie mit einem gezwungenen Lächeln: »Ist es denn dringend? Soll ich ihm etwas ausrichten?«

»Nein, eigentlich nicht.«

Als er die Tankstelle in Richtung Leipziger Platz verließ, drehte er sich noch einmal um und schaute zurück. Dabei sah er, wie Michaela Jovanovic hinter der Waschanlage hervorhuschte und auf den Verkaufsraum zueilte. Sie schien nur darauf gewartet zu haben, dass er wieder ging. Für einen kurzen Moment trafen sich ihre Blicke. Sie machte eine wegwerfende Handbewegung. So als wollte sie sagen: Hau endlich ab und lass uns in Ruh!

Auf der Fahrt in Richtung Hauptbahnhof rätselte er über den Grund dieser plötzlichen Krankmeldung des Patrick Munzinger. Hatte dieser gestern wieder einmal einen über den Durst getrunken und war heute schlicht zu verkatert, um zur Arbeit zu erscheinen? Das konnte sich Gebhardt nicht vorstellen. So leicht würde sich kein Arzt finden lassen, der dafür eine Krankmeldung über eine ganze Woche ausstellte. Viel wahrscheinlicher war, dass Munzinger senior da seine Hände mit im Spiel hatte. Und zwar im wahrsten Sinn des Wortes.

Und wenn es so war, wie er glaubte? Dann hatte Patrick nicht nur eine großzügige Tracht Prügel kassiert. Das wäre ja noch nicht weiter tragisch. Aber dann wusste er jetzt auch von Gebhardts gestrigem Besuch in der Pleydenwurffstraße. Und dass das Arrangement der Freunde im Begriff war, aufzufliegen. War das von Vorteil für den weiteren Prozessverlauf oder eher ein Nachteil?

Gebhardt wusste nicht so recht, was er davon halten sollte. Und noch weniger, was jetzt tun. Heimfahren und den von Frau Dienstl erkämpften freien Tag ungenutzt verstreichen lassen? Nein, das kam nicht in Frage. Ein wenig Ermittlungsarbeit, die allerletzte, die ihm noch blieb, war er ihr schon schuldig.

Er stieg am Rathenauplatz aus, ging die Stufen zur Straßenbahnhaltestelle hoch, fuhr mit der Linie 8 bis zur Tauroggenstraße und stand bald vor einem winzigen Nagelstudio mit dem neckischen Namen »Lacky Nails«.

Er lugte durch das Schaufenster in den kleinen Raum, der auf den ersten Blick wie ein zahntechnisches Labor anmutete. Vier hochmoderne Bürostühle, die teuer aussahen, ultradünne schwenkbare LED-Tischleuchten und allerhand technische Gerätschaften auf den silbrig glänzenden Stahltischen. Die Geschäfte schienen gut zu gehen.

Vis-à-vis der zwei Nageldesignerinnen hatten zwei junge Frauen Platz genommen; und an der Seite blätterte ein höchstens fünfzehnjähriges Mädchen ohne größeres Interesse in einer Illustrierten und wartete darauf, dass sie an die Reihe kam.

Unvermittelt drehte er von dem Schaufenster ab und marschierte wieder auf die Straßenbahnhaltestelle zu. Was hätte er Jeanette Ziegler auch fragen sollen? Wenn sie in das Komplott bis ins letzte Detail eingeweiht war, würde sie ebenso abweisend-aggressiv reagieren wie ihre Schwester Michaela vor einer halben Stunde. Und wenn nicht, dann hätte sie ihm auch nichts sagen können, was er nicht schon wusste. Dann würde er nur unnötig irgendwelche Pferde scheu machen, die er vielleicht später noch einmal über offenes Gelände galoppieren lassen musste.

Während der Heimfahrt rekapitulierte er seinen Ermittlungserfolg des heutigen Tages. Damit war er schnell durch. Lediglich der Besuch im Polizeipräsidium bei der Kommissarin hatte etwas gebracht. Irgendjemand musste Friedhelm Manz nach Zabo gelockt haben, um ihn dort vorsätzlich mit dem roten Opel Corsa zu überrollen. Aber wer? Und für wen war der alte Mann bereit gewesen, dieses letztendlich tödliche Risiko der Taxifahrt und der Geldübergabe auf der einsamen Zerzabelshofer Hauptstraße auf sich zu nehmen? Und – um wie viel Geld war es dabei gegangen?

Viele Fragen und keine Antwort in Sicht.

***

Kaum in der Hochstraße angelangt, schleuderte er seinen Fehlkauf in die Mülltonne, voller Zorn, dem auch eine gute Portion Frust beigemischt war. Frust über diesen sinnlos verplemperten Tag.

Als er vor der geöffneten Kühlschranktür stand, verschlechterte sich seine Laune um ein Weiteres. Er hatte vergessen einzukaufen. Das Haus noch einmal verlassen, das wollte er nicht. Also würde es heute Abend bei Salzkartoffeln und drei Spiegeleiern bleiben. Hinzu kam, dass auch sein Biervorrat sich dem Ende zuneigte. Denkbar schlechte Voraussetzungen für einen erfreulichen und gemütlichen Feierabend.

Er war soeben mit dem Abwasch fertig, da klingelte das Telefon. Daniela Dienstl fragte nach dem Stand der Dinge. Froh, sich endlich einmal alles – sämtliche Widrigkeiten des Tages, seine schlechte Laune und den ausgebliebenen Ermittlungserfolg – von der Seele reden zu können, zog sich sein Bericht fast über eine Dreiviertelstunde hin.

Doch Daniela Dienstl zeigte sich von seinem Pech unbeeindruckt.

»Jetzt malen Sie doch nicht den Teufel an die Wand! Sie sehen im Augenblick aber schon sehr schwarz, Herr Gebhardt«, lautete ihre Antwort. »Ich finde, Sie haben viel herausgekriegt. Zum Beispiel die Sache mit dem Enkeltrick. Das ist doch ungemein wichtig. Wenn Sie da nicht so hartnäckig gewesen wären und bei dieser Frau Steiner noch mal –«

Ungehalten unterbrach er sie. »Und bringt uns das weiter? Keinen Millimeter bringt uns das weiter.«

»Vorerst nicht, das stimmt schon. Aber vielleicht tut sich ja noch etwas anderes auf. Ich weiß zwar nicht, was. Aber es gibt doch diese dummen Zufälle, wo einem manches so mir nix, dir nix in die Hände spielt.«

Da er auf diesen Allgemeinplatz nicht antworten mochte, fragte er: »Und wie war Ihr Tag? Hoffentlich haben wenigstens Sie ihn richtig genießen können.«

»Und wie! Ich hab es mir heute die ganze Zeit so richtig gut gehen lassen. Und morgen und übermorgen wird es genauso schön werden. Dafür bin ich Ihnen schon dankbar. Denn Sie haben mich ja erst auf diese grandiose Idee gebracht. Das sollte man viel öfter machen.«

Gebhardt revanchierte sich mit einem ernst gemeinten »Der Dank liegt ganz auf meiner Seite, glauben Sie mir, Frau Dienstl!«, dann war das Telefonat beendet.

Kaum hatte er den Hörer wieder aufgelegt, klingelte es erneut. Es war sein Freund Werner.

»Und, was machen die Ermittlungen, Mister Sherlock Holmes?«, fragte er für Gebhardts gegenwärtige Verfassung eine Spur zu jovial.

»Was soll denn das alberne Getue?«, war seine entsprechend heftige Reaktion. Dann sagte er noch, schon etwas sozialverträglicher im Ton: »Nichts machen die Ermittlungen, gar nichts machen sie. Es hat sich ausermittelt. Das Ganze ist ein richtiger Mist von vorn bis hinten.«

»Hoppla, da hat aber heute jemand so richtig schlechte Laune. So kenn ich dich ja gar nicht, Günther.«

Nachdem Gebhardt verdrossen dazu schwieg, schoss Werner seine nächste Frage ab. »Heißt das, ich habe den ganzen Freitagvormittag für nix und wieder nix geopfert?«

»Ja, das heißt es wohl.«

Nun herrschte einträchtiges Schweigen auf beiden Seiten.

Der Erste, der dieses Schweigen brach, war der unverwüstliche Werner. »So, und du erzählst mir jetzt mal ganz genau, warum das so ein Mist von vorn bis hinten ist. Ich will alles wissen.«

Im ersten Moment wollte Gebhardt ihm eine mindestens so hässliche Abfuhr wie zu Beginn erteilen, doch dann legte er los. Sein Vortrag dauerte noch länger als der gegenüber Daniela Dienstl.

Werner hatte ihn nicht ein einziges Mal unterbrochen oder

ihm eine Frage gestellt. Hatte er ihm überhaupt richtig zugehört?

»Doch, in dem Fall muss ich dir recht geben: Das ist ein richtiger Scheißdreck«, bestätigte ihm schließlich sein Freund. »So wie es aussieht, hast du keine Chance, das Bürscherl da irgendwie rauszuhauen.«

»Das sieht nicht nur so aus, das ist hundertprozentig so«, widersprach Gebhardt. »Und im Übrigen ist das ein erwachsener Mann. Der wird wohl wissen, was er tut, auf was er sich da eingelassen hat. Und wenn nicht, hat er halt Pech gehabt. Was kümmert mich das?«

»Günther, du wirst doch jetzt nicht aufgeben wollen, so kurz vor dem Ziel? Und außerdem kümmert dich das noch immer. Sonst hättest du ja nicht so eine ausgesprochen miese Laune. Aber nicht verzagen, Werner fragen. Ich weiß, was wir machen könnten, um deinen Patrick da rauszuholen.«

»So, da bin ich aber jetzt sehr gespannt.«

»Schau, die ganze Geschichte ist in meinen Augen so verzwickt und so verworren, dass nur eines hilft. Du musst dir das wie einen gordischen Knoten vorstellen, den kann man auch nur mit unkonventionellen Mitteln durchtrennen. Da hilft nur ein kräftiger Schlag, dann ist er durch, und du siehst klarer.«

»Ein gordischer Knoten«, wiederholte Gebhardt nachdenklich. »Ja, das ist es wirklich, der Fall ist wie ein gordischer Knoten, den kann man nicht lösen.«

»Eben schon, eben schon.« Werners vehementer Widerspruch hatte einen salvenartigen Beiklang. »Aber wie gesagt: nur mit unkonventionellen Mitteln. Nach dem Motto: Besondere Umstände erfordern besondere Mittel.«

»Und worin bestehen diese unkonventionellen Mittel deiner Meinung nach?«

»Darüber muss ich noch nachdenken. So aus dem Ärmel kann ich das nicht schütteln. Weißt du, wir machen es so: Ich komm morgen Vormittag zu dir, sagen wir, um zehn Uhr, und da machen wir einen Plan und besprechen unser weiteres Vorgehen. Das müssen wir professionell, also richtig generalstabsmäßig aufziehen, sonst haben wir keine Chance. Vielleicht ist mir bis dahin schon was Passendes eingefallen. Und du kannst dir zwischenzeitlich dazu ja auch ein paar warme Gedanken machen.«

Werner hatte sich von Satz zu Satz in eine Begeisterung hineingesteigert, die für ihn ungewöhnlich war. Die aber ansteckend wirkte. Auch Gebhardt sah jetzt einen Lichtstrahl am Ende des Tunnels, einen schwachen, aber immerhin überhaupt einen.

»Ach, noch was«, sagte sein Freund zum Schluss. »Ich finde, wir sollten auch den Max dazunehmen. Bei bestimmten Leuten kann man nämlich nur mit so einem feinen Pinkel Eindruck schinden. Und außerdem schadet es in einem solchen Fall überhaupt nicht, wenn Organisation, Vollzug und Verantwortung auf drei statt auf zwei Schultern verteilt sind. Machst du das, rufst du ihn an?«

Er versprach es ihm. »Danke, Werner. Und entschuldige, wenn ich dich vorhin etwas rüde angefasst habe. Ich war halt heute in einer ziemlich schlechten –«

»Ist schon recht, Günther«, wurde er schnell unterbrochen. »Du wirst überrascht sein, wie schnell so ein gordischer Knoten zerschlagen ist. Und dann stehst du vor den ganzen Heinis im Gericht da wie ein Einser.«

Bevor Gebhardt sich vor dieser indirekten Unterstellung, sein Engagement für Munzinger habe irgendetwas mit Geltungsdrang oder Ähnlichem zu tun, verwahren konnte, hatte Werner schon aufgelegt.

Er löste sein Versprechen ein und rief den feinen Pinkel an. Auch der erklärte sich, zu Gebhardts großer Überraschung, sofort bereit, bei dem großen Schlachtplan morgen Vormittag mitzuwirken.

»Natürlich bin ich da mit von der Partie. Du, das klingt sehr vielversprechend. Endlich mal eine Abwechslung in dem üblichen Alltagstrott. So erlebt und tut man ja jeden Tag im

Prinzip immer nur das Gleiche. Das ist doch langweilig. Was heißt langweilig? Nicht zum Aushalten ist das!«

Günther Gebhardt fand in dieser Nacht lange nicht in den ersehnten und für den kommenden Tag dringend benötigten Schlaf, so aufgeregt und glücklich, wie er war. Schließlich nahm er eine Schlaftablette. Und als er bereits am Wegdämmern war, ging ihm noch durch den Kopf: Es ist schön, solche Freunde zu haben, auf die man sich, wenn es darauf ankommt, verlassen kann. Und genau das werden sich auch die gedacht haben, die Patrick Munzinger und seinen unerschütterlichen Glauben an die Freundschaft so gnadenlos wie hinterhältig für ihre Zwecke ausgenutzt haben.

ELF

Der nächste Morgen: ein ganz normaler Dienstag. Und doch war etwas anders, als Günther Gebhardt aufwachte. Das spürte er sofort. Er sah es an dem hellen Licht, das von draußen durch die Jalousien tropfte. Ein Blick auf den Wecker – er war ausgeschaltet. Es war bereits sieben Uhr vierzig. Und das ausgerechnet heute, wo er doch so viel vorhatte. Um zehn kamen ja schon Werner und Max.

Kopfschüttelnd stieg er aus dem Bett und ging in die Küche. Wasser aufsetzen, duschen, kämmen, anziehen, ein schnelles Frühstück im Stehen mit einer Tasse Kaffee und einem Butterbrot. Zähneputzen und Rasieren entfielen heute. Dann verließ er das Haus.

Als er zurückkehrte, war es Viertel nach neun und sein Einkaufskorb prall gefüllt. Er verstaute die Einkäufe, ging nach nebenan ins Wohnzimmer und deckte den Tisch mit dem weißen Alltagsgeschirr. Kurz hatte er mit dem Gedanken gespielt, Erikas gutes Service, das mit den kleinen Moosröschen, aufzudecken, es dann aber bleiben lassen. Auf seine Freunde hätte das sicher einen befremdlichen, überspannten Eindruck gemacht. Und außerdem sollte das hier kein Kaffeekränzchen werden, sondern ein richtiges Arbeitsessen im klassischen Sinn. Mit Betonung auf Arbeit.

Es würde Kaffee für ihn und Werner geben, schwarzen Tee für Max, der ja immer eine Extrawurst brauchte. Er hatte Kuchen besorgt, frische Semmeln, eine kleine Auswahl an verschiedenen Käse- und Wurstsorten, Gewürzgurken, grüne Oliven sowie geräucherten Lachs. Er war für alles gerüstet.

Schließlich besah er sich sein Werk. So richtig zufrieden war er damit noch nicht. Für seinen Geschmack sah das immer noch zu sehr nach Kaffeekränzchen aus. Er holte aus dem Kinderzimmer drei Kugelschreiber und ein paar Papierbögen aus seinem

Drucker und legte sie neben jedes Gedeck. So, jetzt konnten die beiden kommen.

Punkt zehn Uhr klingelte es, und als er die Tür aufmachte, standen Werner und Max erwartungsvoll und gut gelaunt vor ihm. Max sah aus wie immer: langer hellbrauner Trenchcoat, auf Hochglanz polierte Lederschuhe, den beigefarbenen Schal auf diese modisch-weibische Art um den Hals geschlungen. Werner erschien kostümiert. Er trug eine Pilotenbrille, neu, dazu eine schwarze Dreiviertel-Jacke aus schwarzem Leder, neu, und hatte die nackenlangen Haare mit reichlich Gel zurückgekämmt, ebenfalls sehr ungewohnt.

Gebhardt führte beide ins Wohnzimmer.

»Mensch, prima, es gibt sogar was zu essen. Das passt, ich hab nämlich heute noch nicht gefrühstückt«, rief Werner beim Anblick der gedeckten Tafel.

Im Vergleich dazu fiel Max' Kommentar wesentlich kritischer aus. »Was wird das denn hier? Ich dachte, es handelt sich um ein reines Arbeitstreffen.«

»Und was ist daran so verkehrt, das eine mit dem anderen zu verbinden?«, merkte Gebhardt dazu an und verschwand in der Küche.

Nachdem Kaffee und Tee auf dem Tisch standen, sagte Max: »So, jetzt mal los. Wo fangen wir an? Am besten, meine ich, bei der Bestandsaufnahme. Was haben wir alles? Wir haben einen Angeklagten mit einem Schuldeingeständnis, der deiner Meinung nach –«

»Mensch, Max, sei doch nicht so ungemütlich«, unterbrach ihn Werner, der soeben in sein Brötchen, auf das er zuerst dick Butter, dann noch dicker Leberwurst geschmiert und es schließlich mit hauchdünn geschnittenen Gurkenscheiben ansprechend garniert hatte, beißen wollte.

»Lass uns doch erst mal in Ruhe zu Ende essen. Jetzt hat sich der Günther so viel Mühe gemacht, das muss man auch zu würdigen wissen. Also, ich weiß das zu schätzen. Sag einmal,

Günther, hast du zufällig Graubrot im Haus? Ich frage nur, das ist überhaupt keine Kritik von mir. Du hast alles wunderbar hergerichtet. Aber zu Räucherlachs passt meiner Meinung nach Brot einfach besser als eine Semmel.«

Max verdrehte die Augen melodramatisch nach oben, sagte aber nichts.

Schließlich waren die Tassen leer. Werner hatte seine zweite Scheibe von dem Lachs-Steinmetzbrot hinuntergeschluckt, und Gebhardt räumte den Tisch ab. Als er zurückkam, war Max bereits mitten im Dozieren.

»Also, wie schon erwähnt, wir haben zwar ein Schuldeingeständnis eines Angeklagten, der aber nicht schuldig ist. Günther hat gestern anklingen lassen«, sagte er, zu Werner gewandt, »dass es sich bei dieser Sache um Mord handeln könnte und dass seiner Meinung nach die Hauptverdächtigen dieser Pfleger wie auch Frau Falter, die Schwester des Opfers, seien. Beide haben von Manz eine Wohnung geerbt. Ist das bis hierher richtig?«

Gebhardt nickte stumm.

»Gut. Dann weiter im Text. Wie schaut es mit den beiden anderen Frauen, dieser Juveno…«

»Jovanovic, Michaela, und Jeanette Ziegler«, assistierte Gebhardt.

»… mit dieser Jovanovic und ihrer Schwester aus? Welche Rolle spielen sie in dem Fall? Eine Nebenrolle oder eine tragende?«

»Ich bin mir inzwischen sicher, nur eine untergeordnete. Hausmann wird seine Untermieterin Jeanette Ziegler, die ja in gewisser Weise von ihm abhängig ist, um diese beiden Gefallen gebeten haben. Zum einen um das Auto der Jovanovic und zum anderen darum, dass sie jemanden auftreibt, der zugibt, mit dem Opel in dieser Februarnacht unterwegs gewesen zu sein. Die Ziegler hat ja, was ich so recherchiert habe, keinen Mietvertrag. Und in den heutigen Zeiten kann so etwas ein durchaus wirksames Druckmittel sein.«

Hier machte Gebhardt eine kleine Pause und sah zu seinen

Kombattanten, ob sie ihm bis hierher folgen konnten. Das schien der Fall zu sein. Er blickte in zwei aufmerksame Augenpaare, die in diesem Moment erstaunlich frisch und jugendlich wirkten.

Also fuhr er fort: »Die Ziegler hat sich daraufhin an ihre Schwester Michaela gewandt und die wiederum an Patrick Munzinger. Und keiner hat dem anderen dabei so richtig die Wahrheit gesagt. Hausmann hat der Ziegler sicher verschwiegen, dass es um Mord geht, die Ziegler hat ihrer Schwester vorgespielt, dass sie die Betroffene ist und den Wagen gefahren hat. Und die Jovanovic wiederum hat gegenüber ihrem Freund Munzinger so getan, als sei sie es gewesen, die mit ihrem Opel Corsa diesen Unfall verursacht hat.«

»Stichwort: Opel Corsa. Du gehst also davon aus, Günther«, fragte Max, »dass sich der Hausmann das Auto von der Jovanovic ausgeliehen hat?«

»Nicht direkt von ihr selbst, sondern, wie gesagt, über den Umweg mit seiner Untermieterin, der Ziegler.«

»Gesetzt den Fall, du hast recht: Dann reden wir tatsächlich von Mord und nicht nur von einer vorsätzlichen Tötung«, konstatierte der ehemalige Redakteur. »Und das Motiv?«

»Das liegt doch auf der Hand: Habgier. Ein starkes Motiv«, antwortete Gebhardt. »Hausmann hat da in Zabo auf Manz, ich zitiere den Sachverständigen, ›voll draufgehalten‹, um endlich an die Eigentumswohnung heranzukommen, die ihm erst nach dessen Tod gehören sollte. Wahrscheinlich hat ihm das zu lange gedauert. Und«, betonte er, »Manz' Schwester, diese Waltraud Falter, hat da auch irgendwie ihre Finger im Spiel. Sie war Hausmanns Komplizin. Und zwar mit demselben Motiv. Habgier. Auch sie wollte endlich an die ihr versprochene Wohnung rankommen. Wahrscheinlich war sie das Putzen und die Besorgungen für den Alten leid. Und dieser Manz war, was ich von dem Taxifahrer so gehört habe, nicht unbedingt ein einfacher, umgänglicher Mensch. Ich vermute, der hat die beiden jahrelang ganz schön auf Trab gehalten und ganz ordentlich rumkommandiert.«

»Sind wir uns bis hierher alle einig? Siehst du das auch so, Werner?«, fragte Max.

»Freilich. Klar. Genauso war es und nicht anders.«

»Sehr schön«, lobte Max den dritten Mann. »Ich halte somit fest: Das Team ist sich einig, dass –«

»Hä, welches Team?«, fragte Werner erstaunt nach.

»Ach, Werner. Wir natürlich. Wir drei. Wir dürfen bei all dem aber auch nicht das Unrecht vergessen, das Munzinger und diese Jovanovic begangen haben. Denn schließlich haben sich die beiden nicht nur Falschaussagen vor Gericht geleistet, sondern«, sagte er mit erhobenem Zeigefinger, »auch dazu beigetragen, dass die Hauptschuldigen dabei fast straffrei ausgegangen wären. Das gehört genauso zu unserem Fall wie der Mord selbst. Darum müssen wir uns auch noch kümmern. Denn wenn Günther nicht gewesen wäre, dann hätte man –«

»Max, bitte«, fiel Gebhardt ihm ins Wort. »Ich finde, darum sollten wir uns nicht auch noch kümmern. Und außerdem bin ich der Meinung, dass man das nicht vergleichen kann: einen vielleicht fragwürdigen Rechtsbruch wie diese Täuschungsmanöver und Munzingers falsches Schuldeingeständnis mit einer solch verwerflichen Untat wie einem Mord aus reiner Habgier. Das Ausmaß des Unrechts macht Vergleichbarkeiten zunichte, denke ich. Das sollten wir besser außen vor lassen, und zwar ganz außen vor lassen«, wiederholte er.

»Gut, wenn du meinst, dann ist das Team natürlich damit einverstanden. Nachdem das geklärt ist, stellt sich nur mehr eine Frage: Wie kriegen wir die beiden Hauptschuldigen zu einem Geständnis? Vorschläge eurerseits?«

Max sah kurz zu Werner und Gebhardt, um dann fortzufahren. »Keine? Ja, eine leichte Übung wird das nicht. Denn zum einen drängt die Zeit. Das Ganze muss ja spätestens morgen unter Dach und Fach sein. Und zum anderen fehlen uns die Methoden und vor allem die Mittel der Exekutive, sprich das Instrumentarium der Kriminalpolizei.«

Werner hatte den Mund schon zu einem Einwand geöffnet,

da gab ihm Max mit der erhobenen Hand zu verstehen, dass er noch nicht fertig sei.

»Und zum Dritten hast du, Günther, ja schon anklingen lassen, dass man die Nebenfiguren, Munzinger und die Jovanovic, nicht eben leicht gegeneinander ausspielen wird können. Weil sie durch diesen idealistisch verstandenen, also überhöhten Freundschaftsbegriff sehr, sehr eng miteinander verbunden sind. Insofern treten wir jetzt in Phase zwei der Analyse – das Brainstorming. Jeder schreibt auf ein Blatt Papier, was ihm als die geeignete Lösungsmaßnahme erscheint. Es dürfen ruhig mehrere Vorschläge pro Teilnehmer sein, wobei ich aber denke, wir sollten uns auf maximal drei pro Teammitglied beschränken. Sonst zerfransen wir uns nur unnötig. Abschreiben vom Nachbarn ist, das nur nebenbei bemerkt, höchst kontraproduktiv und nicht zielführend. Noch Fragen?«

»Warum so viel Umstände machen, wenn es auch einfach geht?«, sagte Werner, verschwand mit einem gefährlich selbstzufriedenen Grinsen in der Diele und kehrte kurz danach mit einer Pistole in der rechten Hand zurück. Er wischte sein Blatt Papier achtlos an den Tischrand und legte eine schwarze Glock 17 Gen4 mitten auf den Tisch.

»Das ist mein Vorschlag. Einen besseren gibt es nicht.« Er setzte eine verschlagene Miene auf. »Das wird selbst den verstocktesten Kandidaten zum Reden bringen.«

Max rief ein entsetztes »Um Gottes willen!« aus, während Gebhardt beim Anblick der Waffe ziemlich nervös wurde. Er fragte: »Werner, hast du überhaupt einen Waffenschein für dieses Ding da?«

Werner ignorierte die Frage. »Ich hab es dir schon am Telefon gesagt: Besondere Umstände erfordern besondere Mittel. So Zeug wie dieses Brainstorming bringt uns da überhaupt nicht weiter.«

»Ja, mag sein. Trotzdem sollten wir darauf achten, dass wir uns auch weiterhin im Rahmen des Gesetzes bewegen. Gerade ich als Schöffe … Wenn das rauskommt …«, flüsterte Gebhardt.

»Dann kannst du es gleich vergessen. Du sagst doch selber, das sind Verbrecher. Mit ›im Rahmen des Gesetzes‹«, zitierte Werner seinen Gastgeber, »kommst du denen nicht bei. Da musst du schon andere Geschütze auffahren. Geschütze im wahren Sinn des Wortes. Sag mal, Günther, hörst du das eigentlich nicht? Dein Telefon klingelt schon die ganze Zeit. Willst du da nicht mal rangehen?«

Froh, Werners Drängen und Max' Schulmeisterei für eine Weile zu entkommen, eilte er in die Diele und nahm den Hörer ab, ohne auf das Display zu sehen. Es war Kriminalhauptkommissarin Paula Steiner.

»Störe ich?«, fragte sie.

»Nein, ganz im Gegenteil.«

»Gut. Ich mach es auch kurz. Haben Sie denn mittlerweile mit der Staatsanwältin sprechen können?«

»Ja und nein.«

»Und das heißt?«

»Ich habe bei ihr vorgesprochen, aber Frau Dr. Krüger hat wenig Neigung gezeigt, mich in Gänze anzuhören. Sie hat mich auf den kommenden Donnerstag vertröstet. Auf die Mittagspause. Als wenn das reichen würde.«

»Schade«, sagte die Kommissarin, und sie schien das ernst zu meinen. »Was machen Sie jetzt? Nochmals bei ihr vorsprechen? Oder soll ich vielleicht einmal –«

»Nein. Mit Sicherheit versuche ich es kein zweites Mal bei Frau Dr. Krüger. Das geht auch insofern nicht, als der Richter ja am Donnerstag schon das Urteil verkünden will. Die Zeit drängt«, zitierte er Max. »Sonst wird es zu spät.«

»Und das heißt konkret?«

»Das heißt konkret, dass ich mich jetzt selbst darum kümmern werde, zusammen mit zwei Freunden.«

Einen klitzekleinen Moment hörte er nichts aus der Muschel. Es war ihm gelungen, sie aus dem Konzept zu bringen und sprachlos zu machen.

Dann aber fragte Paula Steiner vorsichtig und lauernd zugleich: »Darf ich das so verstehen, dass Sie und Ihre Freunde jetzt Räuber und Gendarm spielen?«

»Ja«, sagte er und legte schnell auf.

Als er sich umdrehte, wäre er fast mit Max zusammengestoßen, der an der Garderobe in seinem Mantel nach etwas kramte.

Als er wieder Platz genommen hatte, sagte Max: »Während du telefoniert hast, habe ich mit Werner gesprochen. Und ich gebe zu, seine Argumentation hat letztendlich etwas Bestechendes. Mittlerweile bin ich auch der Überzeugung, dass unser Team mit ... äh ... hm ... konventionellen Mitteln hier nicht weiterkommt respektive den Fall nicht zeitnah lösen kann. Und das wollen wir doch alle, den Fall schleunigst abschließen. Sehe ich das richtig?« Die rechte Hand hielt er zu einer Faust geschlossen, die er auf den Tisch gelegt hatte.

»Auf jeden Fall, das siehst du richtig, hundert pro.« Tiefes Kopfnicken von Werner.

»Und unter diesen besonderen Voraussetzungen«, betonte Max, »sehe auch ich mich in der Lage, einen Beitrag zu einer von uns allen angestrebten schnellen Lösung zu leisten.«

Dann öffnete er ruck, zuck die bis jetzt noch fest geschlossene rechte Faust und hielt sie mit einem stolzen, nach Anerkennung heischenden Blick erst dem Gastgeber, dann seinem anderen Teammitglied unter die Nase. Auf der Handfläche glänzte eine goldene, ovale Kriminaldienstmarke des Freistaats Bayern.

War Gebhardt beim Anblick der schwarzen Glock 17 Gen4 noch ziemlich mulmig zumute gewesen, bekam er es jetzt regelrecht mit der Angst zu tun. Auf welches Hasardspiel mit diesen beiden verkappten Freibeutern hatte er sich da eigentlich eingelassen?

»Ich fasse zusammen: Unser Team kann sich glücklich schätzen, über zwei derart ideal auf den Fall abgestimmte Arbeitsgeräte zu verfügen. Ich spreche von dem besten Türöffner, den man sich denken kann«, dabei deutete Max auf seine Kriminaldienstmarke, »und von ebenfalls dem besten aller handelsüblichen Druckmittel.« Ein Fingerzeig auf die Waffe, die noch immer in der Mitte des Tisches lag. »Das sollte vorerst genügen.«

»Exakt«, sekundierte ein über das ganze Gesicht strahlender Werner.

»Ich weiß nicht so recht«, kleidete Gebhardt seine Bedenken vorsichtig in Worte. »Das hört sich doch alles sehr gefährlich an. Und nicht nur das, auch ziemlich rechtswidrig. Machen wir uns da nicht eventuell strafbar? Sollten wir es nicht doch vorerst einmal auf die legale, die ganz und gar konventionelle Art und Weise versuchen?«

»Auf keinen Fall!« Max' Veto kam prompt und überzeugt. »Alles andere bringt nix, Günther. Und ganz ehrlich: Ob ich mich bei unserem Unterfangen immer voll und ganz im Rahmen des Gesetzes bewege oder eben nicht, das ist mir ziemlich egal, vor allem in meinem derzeitigen Zustand.«

»Warum, bist du krank?«

»Nein, nur alt, wie wir alle hier. Das ist ein unschätzbarer Bonus. Den muss man ausnutzen.«

Und weil auf Gebhardts Gesicht immer noch der Schatten einer Restskepsis aufflackerte, fügte Max mit einem aufmunternden Lächeln noch etwas hinzu.

»Wir werden das Kind schon schaukeln. Du musst dir keine Sorgen machen, Günther. Am Ende des Tages haben wir, hast du deinen Fall gelöst. So, und jetzt zu Phase drei – die Feinabstimmung.«

Phase drei war schnell abgehandelt. Werner wurde mit der Vernehmung der verdächtigen Zielperson Falter, Waltraud beauftragt, wegen seiner besonderen Verdienste als Womanizer für in die Jahre gekommene Mittelfränkinnen. Max, der mittlerweile als Eigentümer der golden glänzenden Dienstmarke eine steile Karriere direkt zum Kriminalhauptkommissar hingelegt hatte, würde sich parallel dazu um den zweiten Beschuldigten, um Reinhard Hausmann, kümmern. Der hatte, wie man zwischenzeitlich durch einen fingierten Anruf sichergestellt hatte, morgen Vormittag dienstfrei.

Und schließlich Günther Gebhardt. Ihm wurde in Phase vier die Rolle des Einsatzleiters und damit Koordinators zugewiesen: Er sollte die Fäden in der Hand zusammenhalten und bei Gefahr im Verzug die Compañeros warnen. Wie immer diese »Gefahr im Verzug« auch aussehen sollte, darüber wurde kein unnötiges Wort verschwendet; es war nur darauf zu achten, keine vorschnellen Falschalarmierungen herauszugeben.

Ort des eilbedürftigen Großeinsatzes: Stadt Nürnberg, Ortsteil Erlenstegen, Zieladresse Mörikestraße. Zeitpunkt: morgen, Mittwochvormittag, Punkt zehn Uhr. Weiter wurde vereinbart, abschließende, untergeordnete Bagatellaufgaben wie beispielsweise Durchsuchungen und erkennungsdienstliche Behandlungen den zuständigen Behörden zu überlassen.

»Nachdem nun alles in trockenen Tüchern ist«, sagte Max überaus zufrieden, »sollten wir den Abschluss von Phase eins bis drei mit einem dem Anlass angemessenen Getränk begießen. Wenn du verstehst, was ich meine.«

Doch Gebhardt verstand ganz und gar nicht, was er meinte.

»Er will einen Schnaps«, übersetzte Werner. »Ich übrigens auch.«

»Muss das sein? So früh am Tag?«

»Ja«, lautete die zweistimmige Antwort, »das muss sein.«

»Aber ich habe nur noch ein paar alte Fläschchen Underberg. Noch aus Erikas Zeit.«

»Wir sind nicht wählerisch.«

Als sich seine Gäste verabschiedeten, lautstark und in bester Laune, beschloss Gebhardt, sich für einen kurzen Moment auf dem Sofa auszuruhen. Ihm war etwas schwindlig.

Erika hatte damals, ausschließlich der wohltuenden Wirkung auf die Verdauung der Familie Gebhardt wegen, die große, dreißig Einheiten umfassende Vorratspackung gekauft. Davon war jetzt kein einziges Fläschchen mehr übrig.

Vom Wohnzimmerfenster aus sah er den Freunden nach, wie

sie zu ihren Autos gingen. Beide schienen überaus fidel zu sein und hatten deutlich Schlagseite.

***

Mittwochmorgen, acht Uhr. Gebhardt brummte der Kopf. Er trank zwei Tassen Kaffee, schwarz, rasierte sich nass und stellte sich fünf Minuten unter die kalte Dusche. Danach ging es ihm besser. Um neun Uhr verließ er das Haus. Sein wichtigstes Arbeitsmittel für den heutigen Tag, das Smartphone, hatte er über Nacht aufgeladen.

Er stellte den Wagen in der Mörikestraße ganz hinten ab, bei dem Abzweig zur Hebelstraße. Er hatte soeben sein Handy in der Mantelinnentasche verstaut, da klopfte es an das Fenster der Beifahrerseite. Er ließ das Fenster einen Spaltbreit herunterfahren und sah nun in zwei überdimensionale Sonnenbrillen mit extrem dunkel getönten Gläsern. Eine gehörte dem Trenchcoat-Träger Max und die andere …

»Hallo, Papa. Ich bin jetzt auch mit von der Partie«, lautete die fröhliche Begrüßung seiner Tochter Karin.

Und weil weder ein Gegengruß noch wahrnehmbare Spuren von Freude oder gar Begeisterung seinerseits folgten, fügte sie noch zweifelnd hinzu: »Das ist dir doch recht, oder?«

»Freilich ist ihm das recht«, antwortete Max im Brustton der Überzeugung. »Weil dein kluger Vater ganz genau weiß, dass die Kripo bei aushäusigen Vernehmungen immer zu zweit aufkreuzt, nie allein. Weil alles andere unprofessionell wäre. Wegen der Zeugen. Und das wollen wir ja nicht, uns in Phase vier zum Kasperl machen, gell, Günther?«

»Nein, das wollen wir nicht.« Jetzt war eh alles egal. »Habt ihr Werner schon gesehen?«

»Selbstverständlich. Der ist seit zehn Minuten bei der Falter, wahrscheinlich mittendrin im Süßholzraspeln. Jetzt musst bloß noch du dich auf deinen Posten begeben, dann kann es losgehen.«

Gebhardt stieg aus und sperrte den Wagen ab.

Max sah ihn skeptisch an. »So«, fragte er, »willst du dich in aller Öffentlichkeit zeigen?«

»Warum, was ist daran verkehrt?«

»In dieser Straße kennen dich mindestens drei Personen. Ein Minimum an Tarnung wäre da meiner Meinung nach schon angebracht.« Sprach's und überreichte ihm seine Sonnenbrille. »So, Frau Oberkommissarin Gebhardt, jetzt wollen wir mal. Wir haben nicht so viel Zeit wie unser Einsatzleiter.«

»Jawohl, Chef!«

Während Gebhardt seiner Tochter und Max hinterhersah, wie sie beschwingt und forsch die Mörikestraße entlangliefen, überfielen ihn große Zweifel, nicht nur generell an Phase vier, sondern vor allem Selbstzweifel. Denn er war es ja gewesen, der diesen Stein ins Rollen gebracht hatte, der jetzt geradewegs auf eine Katastrophe zuzusteuern schien. Er zwang sich, nicht weiter darüber nachzudenken, und begab sich auf seinen Posten. Dort verharrte er regungslos die nächste Dreiviertelstunde. Vorsichtshalber zog er sein Smartphone aus der Tasche und blickte darauf. Aber nein, da war kein Anruf, den er verpasst haben könnte.

Als er wieder aufsah, preschte ein babyblauer Kleinwagen der Marke Nissan Micra an ihm vorbei und hielt dreißig Meter weiter. Aus dem Auto stieg – blond gefärbte Haare, rosa-silbrig glänzende Leggins, dazu rosafarbige Pumps – eine junge Frau, die ihm bekannt vorkam, und rannte auf die Wohnanlage zu. Als sie auf seiner Höhe, aber schon auf der anderen Straßenseite war, fiel ihm endlich ein, woher er sie kannte.

»Frau Ziegler, halt!«, rief er ihr nach. »Bleiben Sie sofort stehen! Hier spricht die Polizei.«

Die Firmeninhaberin von »Lacky Nails« blickte für einen kurzen Moment zu ihm herüber, schickte sich dann aber an, ihren Weg ungerührt fortzusetzen. Da machte sich sein intensives, tagelanges Training positiv bemerkbar. Sein Training in Lug und Betrug.

»Sonst werde ich von meiner Schusswaffe Gebrauch machen«, sagte er und öffnete langsam den obersten Knopf seines Jacketts.

Das half. Sie blieb stehen. Gebhardt wechselte die Straßenseite.

»Sie können jetzt nicht zu Herrn Hausmann. Der wird gerade von meinen Kollegen verhört. Sie wollten wir sowieso noch vernehmen. Dann können wir beide uns die Fahrt zum Präsidium ja sparen und das gleich hier an Ort und Stelle erledigen.«

Gebhardt nahm seine Sonnenbrille ab, ging behände zwei Schritte auf Jeanette Ziegler zu, so nah, dass er das kleine geplatzte Äderchen in ihrem rechten inneren Augenwinkel sah, und klopfte sich drohend auf die imaginäre Waffe unter seinem Sakko.

»Wir gehen davon aus, dass Sie an dem Mord an Friedhelm Manz mittelbar beteiligt waren, in mehrfacher Hinsicht. Ad eins: Sie haben dem Täter das Mordwerkzeug, den Opel Corsa Ihrer Schwester, beschafft. Ad zwei: Sie haben das Opfer am elften oder zwölften Februar, das müssen wir noch verifizieren, in betrügerischer Absicht angerufen und ihm vorgegaukelt, Herr Hausmann sei von Gangstern gekidnappt worden, die ihn nur gegen ein entsprechend hohes Lösegeld wieder freilassen würden. Stichwort Enkeltrick. Was wir allerdings nicht wissen, *noch*«, betonte Gebhardt, »nicht wissen, ist, inwieweit Sie an dem Mord selbst beteiligt waren.«

»Das bilden Sie sich doch alles bloß ein!«, schrie sein aufgebrezeltes Gegenüber in schrillem Diskant. »Sie haben keine Beweise gegen mich in der Hand, gar keine.«

Da zog Gebhardt sein Handy aus der Tasche, blickte lange gedankenvoll darauf und sagte schließlich: »Beweise, da haben Sie recht, haben wir bislang nicht. Aber was wir mittlerweile haben, lese ich gerade, ist ein Geständnis von Herrn Hausmann, dass Sie bei der Vorbereitung zu dem Mord eine entscheidende Rolle gespielt haben.«

»Ich habe damit gar nichts zu tun! Gar nichts! Ich war in Zabo nicht dabei.«

»Ich habe nichts von Zerzabelshof gesagt. Wer Täterwissen hat, ist auch ein Täter. So einfach ist das. Und noch etwas: Man muss nicht zwingend vor Ort gewesen sein, um an einer Tat beteiligt gewesen zu sein. So, ich schlage vor, alles Weitere werden wir dann auf dem Präsidium klären.«

»Ja, das wäre jetzt auch mein Vorschlag gewesen«, sagte eine wohlbekannte Altstimme hinter ihm. Hauptkommissarin Steiner. Er hatte sie nicht kommen hören.

Sie winkte eine junge rotblonde Frau zu sich heran, die neben Herrn Bartels stand. Beide lehnten an einem von zwei blau-silbrigen BMWs mit gelben Markierungsstreifen. Auch die beiden Polizeiwagen bemerkte Gebhardt erst in diesem Moment.

»Sie bringen Frau Ziegler bitte schon mal ins Präsidium, Frau Brunner.«

Die Kommissarin wartete schweigend so lange, bis der Wagen aus ihrer Sichtweite war.

»Und Sie verraten mir jetzt auf der Stelle, wo sich Ihre beiden Freunde derzeit aufhalten. Über die Sache mit der Amtsanmaßung sprechen wir später. In aller Ruhe. Auch auf dem Präsidium.«

Gebhardt sagte es ihr. Im Grunde war er froh, dass die Aufregung, die Gefahr, das Schwindeln und Betrügen nun vorbei waren. Er hatte noch nicht zu Ende gesprochen, da näherten sich auf dem schmalen Fußpfad mit federndem Schritt Max und Karin, die einen Laptop unter dem Arm trug.

Er stellte die zwei falschen Kommissare den beiden richtigen vor. Bartels nahm Karin Gebhardt den Laptop ab und brachte ihn zu dem verbliebenen Streifenwagen.

»Ich erkläre hiermit offiziell Ihren Polizeieinsatz für beendet, es hat sich ausermittelt, meine Herren, Frau Gebhardt«, sagte Steiner mit einem winzigen Lächeln.

Dann wurde das Lächeln ausgeknipst, und sie fuhr fort: »Ich hätte nicht übel Lust, Sie alle drei von den Kollegen der Inspektion Ost zum Jakobsplatz überführen zu lassen. Mit allem Drum und Dran, mit Blaulicht und Martinshorn. Doch dafür fehlt uns die Zeit. Außerdem gehe ich davon aus, dass Sie sich freiwillig und zuverlässig auf schnellstem Weg zum Präsidium begeben und dort auf uns warten, bis wir Sie zur Vernehmung holen. Liege ich da richtig?«

»Auf jeden Fall, Frau Kriminalhauptkommissarin«, erwiderte Max prompt. »Sie können sich auf uns verlassen.«

»Gut. Dann bis zum Wiedersehen am Jakobsplatz.«

Um halb zwölf trafen Gebhardt, Karin und Max im Polizeipräsidium ein. Eine halbe Stunde später kam Werner dazu, den man fast mit Gewalt aus der Küche von Waltraud Falter hatte loseisen müssen.

»Die Frau kann kochen, sag ich euch«, rühmte er ihre gastronomischen Fertigkeiten. »Es gab Krautwickel mit Stopfer, einfach sagenhaft!«

Über drei Stunden hockten sie im Eingangsbereich herum, mehr oder weniger schweigsam, mehr oder weniger schuldbewusst. Endlich wurden sie von Frau Steiner und Herrn Bartels in das große Vernehmungszimmer im Erdgeschoss geführt.

Auf der einen Tischseite nahmen Paula Steiner und Heinrich Bartels Platz, ihnen gegenüber saßen die vier Sonderermittler. Auf dem Tisch stand ein winziges Aufnahmegerät, das eingeschaltet war.

KHK Steiner nahm jeden Einzelnen des Quartetts eine lange Zeit ins Visier, bis es in ihren Mundwinkeln flatterte. Aus dem Flattern wurde ein Zucken, aus dem Zucken ein Beben und aus dem Beben ein Lachkollaps. Nachdem sie sich wieder gefangen hatte, sagte sie:

»So wie es aussieht, ist der Fall gelöst. Wir haben ein Geständnis. Nicht von dem Hauptbeschuldigten, das heißt: von Hausmann, aber von Frau Ziegler. Sie hat angegeben, für ihren Bekannten den Anruf bei Friedhelm Manz wegen der angeblichen Entführung Hausmanns getätigt zu haben. Und sie war es auch, die ihm den Opel Corsa ihrer Schwester besorgt hat. Mit dem Mord an Friedhelm Manz allerdings habe sie nichts zu tun. Hausmann bestreitet die Tat nach wie vor. Das nützt ihm nur wenig, denn wir werden zusätzlich, da bin ich mir sicher, im Innenraum des Corsa seine DNA-Spuren finden.«

Ehrfürchtige Stille auf der anderen Tischseite.

»Außerdem haben wir auf seinem Laptop ein Suchprotokoll vom Januar dieses Jahres gefunden, wo er nach Begriffen wie ›Tod durch Schlafmittel‹ und ›nicht nachweisbare Gifte‹ forschte«, ergänzte Paula Steiner. »Das alles zusammen reicht für einen hinreichenden Tatverdacht aus. Die Staatsanwaltschaft hat bereits Untersuchungshaft für Reinhard Hausmann beantragt.«

»Und was ist mit Waltraud Falter?«, fragte Gebhardt.

»Die hat mit dem Mord nichts zu tun«, antwortete Werner. »Ich hab das schließlich überprüft. Und außerdem: Wer solche Krautwickel macht, ist zu so einer Tat nicht fähig.«

»Sie haben tatsächlich recht«, erwiderte Paula Steiner. »So wie es derzeit aussieht, hat Frau Falter davon nichts gewusst. Genauso wenig wie Patrick Munzinger und Michaela Jovanovic. Jeanette Ziegler hat ihren eigenen Angaben zufolge ihrer Schwester vorgemacht, dass sie es war, die den Unfall verursacht hat. Worauf sich Frau Jovanovic an Patrick Munzinger gewandt und ihn gebeten hat, die Schuld auf sich zu nehmen. Und diese Bitte hat er ihr dann ja auch erfüllt, sozusagen ein Freundschaftsdienst der besonderen Art. Noch Fragen?«

Kollektives Kopfschütteln.

»Gut. Ach ja, *ich*«, betonte sie, »möchte noch etwas sagen. Aufgrund Ihrer besonderen Verdienste in diesem Fall sehen wir davon ab, das Delikt der gemeinschaftlich begangenen Amtsanmaßung strafrechtlich weiterzuverfolgen. Das heißt: Sie können jetzt gehen.«

Sie richtete sich auf, ging zur Tür und blieb dort abwartend stehen. Paula Steiner verabschiedete sich von jedem Einzelnen mit Handschlag. Als Letzter war Günther Gebhardt an der Reihe.

»Das haben Sie sehr gut gemacht …«, für einen Moment zögerte sie, und in ihren Mundwinkeln zuckte es leicht, »Kollege Gebhardt. Aber bitte, missverstehen Sie das jetzt nicht als ein ›Weiter so‹.«

Als Gebhardt zu den anderen, die auf dem Jakobsplatz auf ihn warteten, trat, fragte Max: »Und, was hat sie zu dir noch gesagt?«

Da antwortete Gebhardt, noch ein wenig trunken von dem kriminalpolizeilichen Ritterschlag: »Das ist mein Geheimnis und wird es immer bleiben.«

Epilog

Fast vier Wochen später. Großes Halligalli in der Hochstraße. Chefermittler Gebhardt hatte seine Assistenten bis hinunter zum Rang der Oberkommissarin zu einem krönenden Fallaufklärungsabschlussessen eingeladen, und alle waren gekommen. So saßen jetzt Max und Werner, Daniela Dienstl, Karin und ihr Stefan um den runden Tisch im Wohnzimmer herum und machten sich miteinander bekannt. Lautstark, fröhlich, ja geradezu übermütig. Von Verlegenheit oder gar Rücksichtnahme auf die Nachbarn keine Spur.

»Hoffentlich gibt's was G'scheit's zu essen«, sagte Werner schließlich, als der Gesprächsstrom nachzulassen drohte und der Gastgeber sich noch kein einziges Mal hatte blicken lassen.

Doch seine Bedenken waren unbegründet. Denn die Rindsrouladen waren saftig, à point und gut gewürzt, der buttrige Kartoffelbrei eine deftige Delikatesse, das Dessert, ein selbst gemachter Schokoladenpudding, so schmackhaft wie raffiniert. Dazu wurden ein kühles Bier – oder zwei oder drei, je nach individueller Vorliebe – gereicht und hinterher, quasi als Dessert Nummer zwei, ein paar Underberg.

Ja, die Nürnberger verstehen es, langjährige oder, wie in diesem Fall, auch sehr kurze Traditionen zu pflegen. Auf solch störende Beilagen wie Gemüse oder Salat wurde gottlob verzichtet.

Und da es sich dabei um ein Arbeitsessen handelte, widmete man natürlich auch ein paar geistreiche Gedanken den abgeschlossenen Ermittlungen. Das heißt: Man ereiferte sich über die besondere Kälte und Heimtücke des mittlerweile inhaftierten Hausmann, debattierte Pro und Contra einer etwaigen Anklage für Patrick Munzinger wegen Vortäuschung einer Straftat und gab seiner Hoffnung Ausdruck, dass Jeanette Ziegler einen »justiziellen« (Gebhardt) »Denkzettel« (Max), mithin eine im übertragenen Sinn »gscheide Fodzn« (Daniela Dienst) verpasst bekäme.

Etliche Stunden und genauso viele Underberg später herrschte allgemeine Aufbruchsstimmung.

»Ermitteln macht fall Spaß. Des könnten wir doch öfter machen«, lauteten Werners Abschiedsworte.

»Ja, zumal sich unser kleines, aber hocheffizientes Team in jeder, ich betone: in *jeder* Hinsicht bewährt hat«, schloss sich Max übergangslos an.

Daniela Dienstl sagte: »Den Fall Hausmann, den werden wir zwei verhandeln, gell, Herr Gebhardt?«

Und Günther Gebhardt? Sagte nichts. Er nahm sich nur etwas vor, als er die Tür hinter seinem letzten Gast geschlossen hatte: Nie wieder Schwimmen!

Petra Kirsch
MORD AN DER KAISERBURG
Broschur, 224 Seiten
ISBN 978-3-89705-715-9

»Die gelernte Journalistin lässt ihre Heldin durch eine liebevoll-detailliert beschriebene Noris düsen und in das eine oder andere Fettnäpfchen treten. Das Humorpotenzial macht die Sache auch für routinierte Konsumenten einschlägiger Literatur unterhaltsam.«
Nürnberger Nachrichten

»Paula Steiner ist eine Ermittlerin, wie sie Krimileser lieben.«
Nürnberger Nachrichten

www.emons-verlag.de